老　河

栎风 著

陕西新华出版
陕西旅游出版社
·西安·

图书在版编目（ＣＩＰ）数据

老河 / 栎风著. — 西安 ： 陕西旅游出版社，
2023.9（2024.8 重印）

ISBN 978-7-5418-4505-5

Ⅰ．①老… Ⅱ．①栎… Ⅲ．①散文集－中国－当代
Ⅳ．①I267

中国国家版本馆 CIP 数据核字(2023)第 167071 号

老 河   栎 风著

责任编辑：韩　双
出版发行：陕西旅游出版社
　　　　　（西安市曲江新区登高路 1388 号　　邮编：710061）
电　　话：029-85252285
经　　销：全国新华书店
印　　刷：永清县晔盛亚胶印有限公司
开　　本：787mm×1092mm　　　1/16
印　　张：16.25
字　　数：250 千字
版　　次：2023 年 9 月　　第 1 版
印　　次：2024 年 8 月　　第 2 次印刷
书　　号：ISBN 978-7-5418-4505-5
定　　价：64.00 元

守 望 家 园

　　阎良是一座飞机城。阎良东部有两个古镇，分别为关山镇和武屯镇。从历史角度来讲，关山、武屯、振兴、新兴过去都是临潼的地盘。今天的武屯镇前身是古栎阳所在地，是昔日大秦帝国的发起之地，而处在战略要塞的关山镇则是古栎阳城的京畿之地。关山与武屯皆为历史古镇，这两座古镇隔河相望，在文化、经贸往来上相互交融，又如手足兄弟一样亲密相处。我家在关山，唐勇家在武屯，我们算是一步邻近的乡党了。"乡党见乡党，两眼泪汪汪。"我对这句话的粗浅理解是：倘若在外务工，乡党见了乡党，仿佛见到了知音，乡党与乡党之间有一份亲情，更多一份彼此照应！

　　早前，我在阎良前进路开办"荆山茶居"，做过一段茶叶买卖。或是文字机缘，又或是以茶为媒，我与唐勇认识了，慢慢有了交情，后来我们既是文友，又是朋友。文学总是一团火，"荆山茶居"既是喝茶的地方，也是一个文学交流阵地。此间，著名作家高建群为"荆山茶居"题写牌匾，著名作家叶广芩、商子秦、和谷、杨莹、杜文娟等都到过"荆山茶居"。"荆山茶居"既是作家的家园，也是文学爱好者的家园。隔三岔五，阎良以及周边的文朋诗友便会来荆山茶居雅集。唐勇工作的单位距离"荆山茶居"很近，自然而然，我和唐勇联系就紧密一些。后来因疫情，加之我成天忙关山文化馆的事，与唐勇闲聊的机会就少了许多。

前不久，久未谋面的我们在诗歌之乡神东村清风廉政主题诗会上相遇了。他将一本即将出版的书稿捧在我的面前。我翻阅书稿内容，洋洋洒洒约十五万字，文字质朴无华，字里行间透露出浓浓的乡情，将老河岸边的风土人情与历史掌故娓娓道来。我为之惊讶，他不出手不说，一旦出手则要一鸣惊人呀！他用文字吟诵岁月，用文字回敬生他养他的一方热土。借此，作为文友和朋友的我对他充满钦佩，也祝贺他新作即将出版。

我理解基层写作，那是个循序渐进的过程。每一篇内容犹如每天在海边捡来的贝壳一样。书的合集成册过程，又如用一条线将自己捡来的贝壳，像穿珍珠一样连接起来。出版社对书稿反复校对，其实可以理解为手中文玩打磨的过程。

唐勇与我有过相似的生活经历，我青年时期钻过建筑队，当过小工，唐勇也一样。不同的是，我钻的是关山建筑队，他钻的是武屯建筑队。不过，要提到干事，唐勇从小工开始，干成了大工，后来又成为工程管理人员，直到成为公司高管。而我"尖尖沟子"，干啥没有韧劲，虽然有匠人带，也学不来一门匠人手艺，又何谈成为一个建筑队的管理人才呢？唐勇有底层体悟，他对社会认知也就超乎常人，对生活有敏锐的洞察力，而且具有独特的思维。在阎良作协这个大家庭里，唐勇是作家里的评论家，评论家里的作家。唐勇的文字十分走心，不少文章经过蓝总阅读上了喜马拉雅平台，播出之后，收获了不少文学粉丝。

在我的印象当中，唐勇给人办事很热情，也很守诚信。四五年前，作家杜文娟打来电话，说自己要给一家出版社赶稿子，时间比较紧迫，想找个写作的地方。尤其冬季来临，杜文娟要找一个类似贾平凹早期创作之地——方新村一样的地方，这样写作者既有了灵感，又多了仪式感。于是，我找唐勇联系，他热情好客，为作家杜文娟提供住宿。杜文娟在那里一口气完成了自己的长篇小说《红雪莲》的创作，《红雪莲》最终摘得第五届柳青文学奖。

我因忙社团的事，学习时间少了许多，唐勇则不然，他喜欢看陈忠实老师的鸿篇巨制《白鹿原》。有关《白鹿原》的读后感，我们常常进行深入交流。虽然我和唐勇都出身农村，但是耕读传家、乡贤文化是我们永远宝贵的精神财富。唐勇用文字守望家园，耕耘着自己的一份文学田地。我相信，有付出就一定有收获。他文字里的真知灼见，恰恰是他内心深处对传统文化回归思潮的坚守，更是他对于脚下这方土地那浓浓乡愁的坚守吧！

唐勇托付我为本书写序，我不敢怠慢，以上文字权且是共勉，是为序。

冉学东

2022.11.14

冉学东，笔名关山牧。中国作家协会会员、陕西散文学会乡土委员会主任、阎良区文联副主席、阎良区作家协会主席，著有长篇小说《关山刀客》《大荆塬》《谷风》《老关山》《白驹》，散文集《荆山笔记》。

目　录

第一辑

那山那水那景

老 河

我家乡的南北各有一条河。

北面是与家乡相距十几里的石川河，南面不远处是小清河，两河在东南方几里路远的二龙口交汇后流入渭河。石川河因盛产石子儿，与比它宽大得多、盛产中砂的渭河齐名。"南河沙子""北河石子"是当地盖房修路的主要用材。"南河"与"北河"被当地人整天念叨着。"南河"离我家较远，故不曾常往，而"北河"却是我从小就喜欢着的。

姨妈家在石川河下游的沟王村。因为有河，所以我小时候最爱去姨妈家。

沿着田边的土路走不了多远，翻过一道沟，顺着一道长坡推着自行车爬上去，就看见了几户人家。姨妈家在村子东头的老崖头，站在门前的土台上向前看，视野宽阔，庄东边的苇子壕里总有鸟儿欢快地叫着。沿着门前一道长坡小跑着下去，一道宽宽的、明晃晃的水面就在眼前了，河边是种着桃树、枣树、苹果树的果园，清清的河水、绿绿的草地，水流冲刷而形成的有沧桑感的沉积层理的土崖，组成一幅美丽的图画。

大多时候石川河的水都很小，水面虽宽，却并不深，有时竟会断流，只是从大人那里听过它曾经的壮美。

夏天是石川河的汛期，也是最有意思的时候！我和姨妈家的表哥赶着羊，沿

着长坡下到坡底，把羊儿拴在河边让羊儿吃肥美的青草；抑或是去草丛里的清水湾中抓几条小鱼回家喂鸭子，就有姨妈在灶下的铁勺里炒了金黄的鸭蛋吃；抑或是和同伴们去果园里偷摘几个未长大的苹果。我们追着、闹着、跑着，"扑通、扑通"相继跳进河水里，蹚着清凉的河水，一步步地移到了河中间，踩在脚下的是软绵绵的河沙。远处的河水平静地流过来，从胯下钻过，匆匆地向东而去，拐过弯儿就不见了踪影。

我们小心地蹚着河水到了对岸。沙土地上长着一垄垄绿油油的花生。将手插进细细的沙土里"掏蛋"，轻松地拽出一把落花生的果实，洗去沙土，剥去外壳香甜地嚼着……突然听见一声断喝，有人追过来了，赶紧起身又"扑通、扑通"下了水，慌慌乱乱地就到了河中间，留下追过来看田禾的人跳着脚叫骂。

石川河涨水时，就一改了往日的平静，黄泥水翻卷着巨浪咆哮而来，淹没了原来长着绿草的河岸，水已涨到了土崖的一半，发了怒地翻滚着。涨了水的河岸边，人也多了起来。"捞柴"的人用绳子拴了铁叉、耙子去钩那浮在水里的木头。这些所谓的"柴"其实就是上游的房屋或者瓜棚被水冲了下来，椽子木料漂在水里，有时还有西瓜和淹死的牲畜，一股脑儿全在泥水里翻滚着。村子里的大人们齐上阵，或多或少地捞一些木柴回家。有胆大些的下到水里，浮浮沉沉得像开水锅里煮着的一只兔子。小孩子是不敢近前的，只能远远地看着。

姨妈家的石川河没有石头，我很好奇，姨夫说"河水响不过炮"，炮即炮张，是上游不远处的一个村子，意思是石川河到了炮张段，因为地势平缓，所以上游的石头到不了这里，水流也就没了响声。于是我很想知道石川河的上游是怎样一番景象。在我的想象中清澈的河水流过铺满鹅卵石的河床，伴随着银铃般的声响，有肥美的水草、鱼、鸟……但因为我年纪小而未能成行。

上中学时，我随教书的父亲去了新兴中学读书，听说学校北面不远处就是石川河，几次向同学打听关于石川河的情况。学徐志摩的《再别康桥》时，想着附近石川河上的"康桥"会不会就像诗词中的美景一样。联想着诗一样美丽的画卷，就越发想去石川河看看。有一次，我跟随家住石川河北岸"水北村"的同学去他家游玩，终于有机会看看惦念已久的石川河。

我们俩骑了一辆自行车，绕过了几个村子，沿着铁路从官路村东头上了桥。这是一座火车通行的桥，且是唯一一座过河的桥。人在桥上不能骑车通行，只能推着车子快速通过。我管不了那么多，坚持要在桥上停留，看看石川河。

站在高高的桥上俯视石川河，我却找不见清澈明亮的河水，只有大大小小、一片一片的水面藏在乱草丛中若隐若现。河滩上远近各有几台采石机、洗石机在忙碌地工作。"嗒、嗒、嗒"的响声从一座座山丘一样的石子堆后传来，未见鱼、鸟，更未听见银铃般的清水声。

"就是石头多，几万年形成的石层不知道有多深，总也采不完。"同学自豪地说。

正说着，远处火车鸣着笛过来了，我们慌忙跑到桥中间为铁道工人休息而修的向外伸出的小斗篮中躲避。等车过后，我再也无心观水，就急匆匆失望地离开了。

后来，我从事跑车拉客的生意，有一次去耀州，有幸去看看石川河的上游。沿着耀州城西一条铺满乱石并且干涸的河床向北行几公里，车在一处大树环绕、高耸的大坝前停了下来。我沿着台阶步行向上，到了宽阔的坝顶，眼前豁然开朗了起来。苍翠的群山环绕四周，山与山之间是碧波荡漾的水面，不时有鸟儿飞过，这就是桃曲波水库，是石川河的上游。站在坝顶，我贪婪地吸着干净的空气，冲动得竟想用手去扒开大坝，放一股清流去滋润我家乡的石川河！

2015年的一天，我陪同公司老总去富平拜访一位他的同学。据说他的同学为了打造山川秀美的石川河，要投资在富平县城段蓄水、修坝、建景。

我们乘坐越野车沿崎岖的河床向上游行进行考察，行至庄里段时，仅有的一家采石场还在作业。清清的河水从黑亮的石子上流过，我们一行几人踩在河水中捡拾了几枚好看的石头，听着设计人员对改造方案的描述，急切地盼望着下游石川河也尽快变美……

听说被叫作栎阳湖的石川河阎良段景区建成开放了，我急切地要和好友开车去看看原来乱草丛生的石川河变成了啥样子！

沿着新建的栎阳湖路向北行约一公里，穿过铁路桥就到了滨河村。这个原先靠卖石子和种菜为生的小村庄，已变成了街道宽阔、街景秀丽的美丽乡村。我们穿过秀丽如画的街道，眼睛还未来得及眨，就看见装了路灯，崭新宽平的石川河大桥。桥下碧波涟涟，宽阔的水面映入眼帘。水面上摩托艇疾驰而过，带起一行白白的浪花，也有游人脚蹬小船在水面荡漾着。河岸边的几亩荷塘里，荷花丛中九曲回廊的木质栈桥，把几座精美的凉亭连接起来，凉亭里有几人在惬意地垂钓。沿河两岸是新修的宽阔平坦的柏油路，像是为石川河镶上的两条花边。

不舍得让车辆破坏了画卷的美感，我们便早早地停了车，沿河堤路步行赏景。远远就看见茂密的水草，原先的乱草滩和采石场不见了，真是还原了绿色生态的沼泽湿地景区！我们踩着脚下错落有致的石板小道，小心翼翼地走向河床中心，芦苇和长着毛茸茸小棒的水草整齐地生长着，清亮的水流从芦苇下轻轻地托着几丛睡莲，悄悄地流入下游宽阔的水面。

天空中下起了细雨，虽是初秋，却有几分凉意。水面上三三两两在一起的几十只黑色的野鸭子似精灵般忽而游上岸来，又忽而一动不动地浮在水面，又忽而一个猛子扎下水里半天不见。

同伴说："你看它们多可爱，不怕冷，也不怕人。"

我想：这里本就是它们的领地，它们才是这里的主人，是我们惊扰了它们！

几只白鹭展开双翅，向芦苇后大大小小被水包围的长满绿草的土丘上落去。大桥、水面、游艇、荷塘、芦苇、水鸟……好一幅唯美的画卷！人在画中竟不忍移动了。

远处老旧的铁路桥孤零零地横在那里，我又想起了年少时在桥上看石川河躲避火车的情形了……

石川河全线开始了美化改造，下游也建成了"相枣区""观光农业园区"。姨妈家早已迁移回了华阴，离开了原来贫瘠无水的石川河岸边的老崖头。我想，如果能早看到今天石川河的美景，她也是万不会迁走的！

静下来时，这些年与石川河有交集的一幕幕场景浮现在脑海：一会儿在石川河水库边大坝上行走；一会儿和表哥们蹚水过河去偷还没有成熟的苹果；一会儿又好像涨水了，看大人们在"捞柴"，竟急急地喊叫起来……

家乡的石川河的确是越来越美了！

乡　趣

　　大概是因为在农村长大，在城里工作生活久了，竟怀念起故乡的田园生活，总是愿意经常回老家去走走，惦念那里的一人、一物、一草、一木，尤其留恋那夕阳下的乡间小路。

　　周末的时候，偶尔会带着妻女回老家去看看，告诉女儿：这房子是父母和爷爷住过的；这田是爸爸曾经跟随爷爷种过的；这村道是爸爸小时候每天的游乐场；这乡亲们是看着爸爸长大的；这乡间的小路，爸爸曾经每天放羊割草回家时走过。女儿对这些并没有多大的兴致且不以为意。是的，她本不属于这个乡村，这些令我魂牵梦绕的一切，对她来说是陌生的。

　　修葺了祖屋和翻盖了新房后，我回老家的次数明显增多了，几乎是每个周末必须回去。到村口，每每碰见散步的老人们，总会停下车子很高兴地和他们打打招呼。他们照例热情地问："可又回来了！"我倍感亲切。

　　新宅装修完成，回想起先辈为人处世的准则和后辈对于家风的传承，我同父亲商量后，将"勤俭谦恭承先祖遗风，耕读传家登锦绣前程"的家风文化，请名人写了字，雕刻成木牌，悬于厅房正门外的廊下。先辈是"耕读传家、习文知理"的大户人家。同族的人在当地声名俱佳，颇有影响！家风文化的传承和发扬是再重要不过了。

　　我在房前和院子里特意留了一方土地，种上花草和蔬菜。门前两边各种一棵银杏树，个儿虽不大，却也枝繁叶茂，每到秋季一树金黄。树下全栽了丛生的红叶石楠，春、秋季节新生的叶子，红艳艳得像花一样好看。树前立有一尊秀石，是从秦岭峪道里拉出来的水冲纹的石头，像水流一样的花纹，似瀑布一般倾泻而下。我给它取名"高山流水"，寓意"福运长久"。秀石与树木、苗圃在门前相映成趣，常有人驻足品评、合影留念。

　　把房前院里收拾齐整，尤感过不够耕种的瘾，又干脆把村边废弃了几年的土地开垦出来。说干就干，我挑一个周末和妹妹、妹夫除杂草、捡树枝、施肥耕地，经过一整天的忙碌后，平整松散的土地只等播种了。

　　"清明前后，种瓜种豆。"既然耕作，就不能误了农时。清明节的一场春雨过后，我买了菜苗，凭着原先务农的经验和老乡们的指点，小心且兴致勃勃地在起了垅的地里栽了红薯，而且新知道了红薯苗要斜栽进土里，根要向阳。之后又栽了几株辣椒，种上豆角盖上薄膜，南瓜苗种怕冻坏也要用塑料薄膜盖起来，还栽上几行韭菜的宿根，插上几沟葱，林林总总，边干边请教，各种季节的蔬菜种满了田地。

　　种上了苗，就种上了希望，必须时刻留意、马虎不得，在高温天气照看不及时菜苗就会受旱，要不就是杂草丛生，还有虫子的破坏，所以必须像照料孩子一样仔细经管，虽然受累，但看着菜苗一天天地生长、结果，也是一种幸福、一种享受。

　　在夏日骄阳的暴晒下，为了保证菜园子里的"宝贝们"旺盛地生长，每天下班后我就急急地回家，换了衣服，给架子车上的塑料桶装满了水，一路小跑送到田边，放下水管子，打开龙头，清凉的水浇进干土里，冒着小泡。菜苗欢快地喝着水。一段时间后细长的豆角挂在架上；白胖胖的四季豆结满了藤架；辣椒一簇簇地藏在叶子下面；茄子一边喝着水，一边羞怯地从叶子底下探出修长的身子。翻开碧绿肥厚的大叶子，找出藏得极其隐蔽的南瓜或嫩黄的笋瓜，我将它们捧在手里，爱不释手。每天晚上从家里到田里往复几次拉水浇菜，虽汗流浃背，但看见我的菜苗一天一个样，也丝毫感觉不到劳累了！

月夜下拉着水管子放水冲肥，听见蛐蛐在身旁欢快地叫着，水汩汩地流着，吹着凉风，韭菜或者香菜淡淡的香味伴着浇过水的泥土的气息，直往鼻孔里钻，此时此刻我感觉清清凉凉的，舒心极了！一不小心，手就会碰到一个茄子，抑或是脚底下会踢到一个可爱的南瓜。整个世界被漫天的繁星伴着黑夜包裹着，安静得让人舒心，白天工作的紧张感荡然无存！

收获的季节总是充满了喜悦。吃不完的蔬菜送给朋友或乡亲，总要特意告诉人家："这是我自己种的，没有农药和化肥，真正的无公害蔬菜！"听到大家的夸赞，我无比自豪！

天气一天天转凉。国庆节已过，忙了一个夏天的抗旱、除草、捉虫，迎来了瓜菜的成熟。红薯胖胖的身子把土地挤得裂开了一道口子，隐隐地露出红彤彤的身子；辣椒已红亮亮地结满了枝丫；几沟葱擎起绿绿的身子，直挺挺地立在田里；长在地垄上的萝卜，露出粗壮的身子；白菜也蹲在田里已胖得起不了身了……周末邀了朋友挖红薯、拔萝卜、挖葱，大家兴奋地尖叫着，收获着，满意地扛回一袋袋的"战利品"。我幸福地笑着，帮着朋友将"战利品"装上车，就像是送走出嫁的女儿一样，心中是满满的成就感。

等到大雪下了一尺厚，田野里就像用橡皮擦过的画板一样空空荡荡的，但照样有"宝贝"。请上几个好友，围在炉边吃火锅。扒开一层积雪，铲上些许绿生生的小青菜和菠菜，挖几根葱，刨几根秋天时埋在土里的脆萝卜，雪地里再拽上几颗白菜心、几根蒜苗，还有些许香菜。真难想象雪地里还能变戏法一样找出这么多的菜，绝不会少了兴致。

忙碌了一下午，天黑时回到家里，打开门外的灯，抬出小桌椅煮了香茗，招呼过往的乡亲和弟兄们歇歇脚；谈谈今年的收成；品评一番种菜、种花的经验；交流一些近期本村和外村的新鲜事。推杯换盏间，已月上树梢。一阵阵凉风吹来，笑声伴着灯光传得很远很远！

我的小院里，也是生机勃勃。

几株月季使劲地开着红的、粉的花朵；丝瓜爬上墙头肆意地生长着，沿着扶梯，摘一簇嫩嫩的顶着黄花的丝瓜，大方地送给来访的朋友或亲戚；种在水缸里的莲藕，骄傲地伸展着莲叶；伏在水面的水葫芦，早已连成了一片毡子；几棵芭蕉肆意地疯长着，已高过房檐，满院子绿意盎然。

坐在后厅窗下的书桌旁，隔窗享受着满眼的绿意。听着雨点落在芭蕉叶上，奏着美妙的乐曲。雨水顺着叶子，珠子般地落下来。清新的空气，静寂的世界，纷乱的心情平静下来。梳理着和乡亲们交谈采风得来的灵感，写一些乡亲们的故事，写一写乡间的美景，写一些过去的事儿，写上几篇让自己陶醉的文章。

"采菊东篱下，悠然见南山"的意境也不过如此吧！虽无南山，但晴碧的天空下，神清气爽地呼吸着清新的空气，这独享的宁静，这静寂无忧的意境，在喧闹的城市里，是无法感受到的。

夕阳下，落日的余晖洒向田野。通向田野里的乡间小路是窄窄的，抑或是在田埂上新踩出来的。从田里归来的农人，身边是急急往家跑的几只羊；路边，厚厚的草上渐渐地泛起了潮意。漫步在庄稼地中间蜿蜒曲折小路上，放松了心情，整个世界都慢了下来！

春 的 畅 想

久居城市的人们，对于季节的变换，的确不是那么敏锐。

一夜醒来，忽然间感觉吹到脸上的微风已不再生冷，平添了几分温和。街上的美女们早已褪去了冬衣，穿上艳丽的春装秀出了婀娜的身段。城市广场上，空中飞舞的风筝多了起来，阳光暖暖地照在身上，让人感到有些微微的燥热。春天已经来了。

我急急地跑到马路上，道旁的柳枝真的吐出了嫩芽，那些嫩绿的新枝随风快乐地飘舞着。春天真的来了！

我心里莫名地激动起来，要迎接春姑娘了呢！她是温柔、善解人意、浪漫、迷人的，她是我一直魂牵梦绕的。我要立刻去迎接小别后悄然出现的她——春天。哦，田野里或许最容易找到她，她在跟我躲猫猫吗？

我奔向了郊外，扑入视野的是满眼的绿，空气仿佛格外清新。路旁的泥土松软了许多，刚从冬眠中醒来的小草害羞地伸出尖细的小脑袋，怯怯地试探着春天的气息。间或还有一些叫不上名字的小花，那娇小的花几乎不容易看见，是紫色的，也许是粉色的呢，都在使劲地装扮这个季节。

郊外的树木，虽然还没有吐出新芽，树干却已经泛绿，在众多还略显干枯的同类中显得那么妖娆，他是春天的新宠吧！

乡间街道上，孩子们已褪去了厚重的棉衣，新潮的春装穿在身上，雀跃地嬉闹着。"嘟——"一声低沉的笛声传来，小男孩圆鼓鼓的嘴上正吹着一支柳笛，声音时高时低。孩子们兴高采烈地追着、闹着、跑着。

村头的空地上，几个老人围坐在一起，打着纸牌，晒着太阳，不知谁家刚出生的羊羔咩咩地叫着，撞翻了老人的茶杯，又扭头撒着欢地跑到母羊的肚下去吃奶了。

或许是人勤春早呢，人们在地里忙碌着。白白亮亮的温室大棚里，早已是春色盎然了。西葫芦开着黄的花，已结了瓜呢，好像在说："春天早都到了！"不远处的桃林，花儿怒放着，已有蜜蜂在花丛中飞舞着，连这小东西都感受到了春的气息，已开始了忙碌地工作。

最妙的是下起了丝丝细雨呀！到处是湿湿滑滑的。空气里夹杂着泥土的气息冲进了鼻孔，还有些许春草的味道，让人舒坦极了！

村道上的动物们，自顾自安详地活动着，小羊羔撒着欢地跑着。几个顽童依旧吹着柳笛嬉闹着。梧桐树上的花儿间或落下，打在行人头上。田野里，麦苗挺直了腰杆，贪婪地喝着雨水，苗尖儿上顶着水珠明亮亮地晃动着。

咦！哪来的一头

牛？却不见骑在牛背上的牧童！原来是主人赶着刚去奶站吸完了牛奶的奶牛！主人拿手里细细的柳枝轻打着牛背，牛迈着缓缓的方步前行，是人在赶着牛，或是牛在领着人，牛与人都融入了春的细雨中，是一幅春天的图画呢！

回到城里，雨还在不大不小地下着，行人穿着雨衣急匆匆地行进着，只是湿湿的空气已格外清新了，道旁的柳树好像更绿些了，最让人惊喜的是有一大一小两兄弟，八九岁的样子，正把折来的柳枝放在手里扭着，头上戴着柳枝编的帽圈。不一会儿，"嘟——"低沉的柳笛声响起了。我已不再孤单，我已上前加入他们的活动中。我们一起在寻找春天。

那一夜，我做了个美妙的梦：我见了我丢失的她，我和我的她高兴地跳着、笑着。我躺在她的怀里，幸福地睡着。她，就是春天，我所迷恋的、向往的、最最珍爱的春天。

我找到了春天，令人痴迷喜爱的春天……

畅游双龙湾　醉美桃花谷

一车的欢声笑语，留下一路的大地飞歌。在旖旎的五月，公司全体员工回归自然，放飞心情，带着对山水美景的向往，向着双龙湾进发。

在豫西大峡谷充满激情地漂流之后，大家对于北方山水风景的感受，也并未超出预期。在前往双龙湾的路上，大家都昏昏地睡着了，就连车子也发生故障，在司机师傅的努力下，短暂抛锚的车子再次启动，人人都对即将到达的景点没有一丝期盼。

车子在山间蜿蜒盘绕，天黑时分到达谷底。晚饭后小憩，看见满山那点亮的灯光，伴着天上的一轮明月，诗一般的梦境唤醒了我沉寂于心底的些许惆怅和痴狂。这美妙的山间夜景，让我不由得在心底对接下来的旅程充满了期盼。

翌日，大家很早就起床了，精神抖擞地沿溪而行，前往景点，远远地就看见红白相间的几排房子围着广场，广场中央有一块刻着"桃花谷"的秀石。远远地，大家都被吸引过去，蜂拥着拍照，嘻嘻地说笑，好不热闹。

大家乘上游轮，划破了那如翡翠般的江面，在被誉为"北方漓江"的水面上行进着。苍翠俊秀的山峰向身后退去，站在船头，船上机器的声音轰轰响着，让人感觉仿佛置身于桂林山水了。船在大龙头与小龙头形成的"S"形双龙湾中行进着，我畅想着闯王当年傲立船头的气概，仿佛两旁山上的坚石就是闯王的士兵，游人已成了闯王呢！

最美的要算是"桃花谷"了。苍翠的青山脚下，一条人工雕琢的金色巨龙，迎接我们开始了"净心之旅"。踩着洁净的石板小路，沿着脚边一湾清流，转了半个弯，一挂瀑布便在眼前了。瀑布从两三米高的崖上泼洒下来，并没有太多的喧闹。顺着脚下清澈的潭水望去，"龙须瀑"三个惹眼的大字挂在瀑布旁。那瀑布真的像挂在龙口下的一绺胡须！

正在静静地观着龙水，突见右手边有一山洞，可进人。洞内湿凉，行不多远，出洞后又是一重天！

眼界忽然宽阔了起来，两边群山环绕，中间是绿意盎然的山谷，而山谷中，一条河静静地流着，整个画面像是一幅油画。"龙口瀑""三叠瀑""千层瀑"，一处处，皆是美景。白亮亮的水流从长满绿苔的巨石上流下来，跌入洁净极了的石瓮中，层层叠叠，令人眼花缭乱。那水流嬉笑着，打闹着，从上游缓缓而下，才在石间休息一会儿，便又迫不及待地往下一处石阶去了。聚在石涧中的水流，由四周光滑洁净的巨石抱住，像是投入母亲怀抱的婴儿，不再欢腾，而是静静地休息着，不时地轻轻推开扰弄她的那些水草的叶子，安静地流着，从这一处的湾流入那一处的潭。我站在原地，竟不敢动，生怕惊扰了她。

正犹豫时，看见对面水边的青石上，一只不知名的鸟很安详地站立着，水中倒映着它的身影；清可见底的溪水中，间或有几十条两三寸长的鱼儿，穿梭在水草间，若隐若现，像精灵似的游着。鱼儿偶尔游过倒映在水中鸟的影子，水中的鱼便与岸上的鸟相映成趣了。旁边摄影的老伯说："这鸟、这鱼都不怕人。"其实它们才是这里的主人，是我们惊扰了它们！

越往上走，经过"静心石"与"玉女崖"，峡谷已趋于平坦，到处是不知名的植物，无拘无束地长着。火红的野草莓在努力地展示着它的果实。溪水在草丛中静静地流着，一忽儿从漂流的睡莲下，从成片的绿草形成的毡子下，从游人脚下石板的缝隙中，安静地流着；一忽儿又从一人多高的崖上跌下来。那崖上，也是各类细细的绿草，发丝一样地铺开；一团团疯长着的绿苔，浓浓地贴满了崖壁；水流在绿苔上跳跃、飞溅着，从三面的崖上自由自在地似散落的珠子般落入潭中，

难怪旁边石上刻着"珍珠瀑"了！

　　铺在水底浓密的水草，舒展着轻柔的身姿，向一个方向斜斜地摆着。层叠低矮的瀑布流过的崖上，各种绿草生长茂盛，浓厚的绿苔肆意地填满了绿草的空隙。

　　山谷中两边树木繁茂，从水下到脚边到山上，到处是绿色，游人像是在油画中行走，满眼的浓绿使人目不暇接。人们畅快淋漓地呼吸着清新的空气。

　　咦？那是我的两位美女同事，坐在溪边的石头上休息，同行的李总从旁边经过，说这是"秀水丽人"呢！人，也成了这油画中的风景了。

忽然间，两边的山高了起来，水流也宽了起来，到处像是在渗着水珠般，空气潮潮的，凉爽了起来。远远地就听见了水的响动，沿着清澈的溪水上行，在一处开阔处，游人聚集了起来，一挂瀑布便在眼前了。

瀑布从十几米高的山崖上跳跃而下，落到了几处突兀的石台上，水花四溅开来，在几米宽的山石上，形成大小不等像屏风一样的雾气腾腾的水幕。而水幕的后面，幽暗的山洞神秘地藏在其中。这莫不是《西游记》里孙猴子住过的水帘洞？雾气腾腾的水幕，夹杂着散落的珠玉，碰到岩石上，溅到身上，凉凉的、爽爽的，一时间，浑身十万根毛孔舒张开来，惬意地被这无尽的清凉包裹着。抬头望去，仿佛能听见水帘洞中闯王议事的情形（相传此洞为闯王的议事大厅）！

层层的瀑布，如五彩瑶池般的水潭，此景不应天上有，人间难得几回醉。满目的美景，清新的空气，这时才感觉到了些许疲惫。

在长廊处小坐，遇见操着陕南口音的小商贩，惊讶于这里是河南的卢氏县，怎能人人都讲陕南话？闲谈后得知，这里虽是河南，却地处秦岭山脉，与陕西商洛同宗同源，这漓江便是洛水上游的支流之一。满口纯正的秦音叫人不得不怀疑这是到了故乡了，难怪当年闯王李自成会在此屯兵修整，日后借双龙湾成就了帝业，而高夫人的丫鬟桃花为保护主子，献出了生命，谷中虽无桃花但依旧被命名为"桃花谷"了。

不由得叫人为这里的山水叹服，为秦人闯王及桃花等折服，为自己作为秦人而骄傲了。

怀着依依不舍的心情，我细细地品味着这山、这水，享受着这静逸的气息，回首再见"羞花洞"几个字，走出了山谷。

"秦氏有好女，自命为罗敷"，"来归相怨怒，但坐观罗敷"，这桃花谷，就是秦人的妙龄少女，娇羞地、静静地等着你！

梨 花 雨

迎着清晨的朝阳，开车出了城，向我上班的工业园区前行。

我喜欢这样的时刻，从喧闹的城市到农村的厂区，抑或是从厂区又回到城市，路上的田园景致就是紧张生活的缓冲带、调味剂。田间地头，茂密的庄稼和乡村风景令人陶醉。打开车窗，春风裹挟着各类农村特有的土腥、绿草的气息直往人鼻孔里钻。

沿着公路前行，各种的绿在眼中不断地变换。沿禄寨村下了公路，车子刚拐上小路，一丝香甜的晨风扑鼻而来，无意中就闯入了梨花的世界。

扑入视野的，就全成了梨花，漫田遍野，望也望不到头。一束束、一丛丛、一片片地看不到头，全是雪白的梨花。有枝干粗壮、树皮已皲裂的老树，也有新发芽的小树，但无一例外的，都开满了一树树雪白的花朵。沿着公路两边向前延伸开去，也看不到头，全是梨树，花开处满眼的白，没有一丁点儿的杂色。

那些梨花像精灵似的立在枝头，舒展开五个瓣儿的花蕾，花芯顶着或粉或白的花蕊，像蝴蝶似的在跳舞。远远望去，就像是顶了一树树的白雪，圣洁地伫立在春风里。

花的清香和甜蜜，也引得虫虫鸟鸟起得特别早。蜜蜂辛勤地飞舞在花丛中，从这朵花飞到那朵花上忙碌地采着花蜜，翅膀后的小腿上裹着米白色的花粉球。

灰色的斑鸠、花色的喜鹊和长着长尾巴的灰喜鹊也在花下捡拾着花或是虫子，一会儿在树下漫步，一会儿又跳上枝头，欢快地唱几声，一会儿又忽地飞向高空不见了。田野里，花树丛中，虫、鸟、花构成了一幅幅美妙的画卷。

开车前行，欣赏着醉人的春景，仿佛听到有人声，便在路边停下车。花树丛中，远远地有人在说笑着，银铃般的笑声从树丛中传了出来。

循着人声望去，几位年轻的妇女在一起为果树疏着花。花开得太密也不行，要人工去疏减，每束留下来两三朵健硕的花。疏花的美女，张开细长的手臂，伸了纤纤玉手去摘花朵，手臂在花间轻盈地舞动着，一片片花朵在空中飞舞着，像雪花般飘落。那一张张喜盈盈的笑脸，在梨花的映衬下甜美地笑着。立在扶梯上的美女和树下的美女说笑着、俏骂着，嬉笑声冲出梨园，飘向了很远。

树下的老人一边疏着花朵，一边应着树下孙子的问话。

"奶奶，这花是香的，你闻。"

老人就应着孙子的话去嗅枝头的花香："就是，就是的，香得很哩！"

"奶奶，你尝这花是甜的，你尝嘛！"

老人又笑着揪了花朵放进嘴里："嗯，是甜的，甜得很！"

树下的小狗，这时也欢快地在梨花雨中追逐着飘落的花朵。梨花雨中俨然正在上演一部浪漫的童话剧。

春天是花的季节，果园里的杏花、桃花、梨花，你方唱罢我登场。如果说粉红的杏花像美妙的少女般透着羞怯，浓艳的桃花像姑娘般热烈奔放，那雪白的梨花就是穿着一袭旗袍的江南女子，端庄、典雅。一树树雪白的梨花，总是那么圣洁、华贵，"腹有诗书气自华"，充满了诗情画意。

置身于千亩酥梨基地，村寨周围、房前屋后、道边墙外，处处是梨树，一个个村子点缀在梨花景中。在这花开的季节，梨花的香气弥漫了村村落落，人们的生活也总是透着甜蜜。

在漫山遍野的梨花丛中，偶尔有一座红瓦的房子，低矮地掩映在梨花园中，白的花、红的房子，偶尔还有几株亮黄的油菜花，像是一幅充满诗情画意的油画。

正痴心地欣赏着美景，前面不远处，在"酥梨观光停车场"的牌子旁，几辆车停了下来。几位俊男靓女下了车，直奔路边的梨树而去。美女惊叫着用手压了挂在脖子上的围巾，伸长脖颈去闻那梨花的香气，这显然是被花香引诱得下了车的。几个人摆了各种姿势去拍照，俊俏的脸去凑近洁白的花枝，人美、花美、景美，恋恋不舍地，竟不忍离去。

正陶醉在这美景中不忍清醒的时候，又有阵阵的笑声从林间传了出来，是时候上班了，我赶紧转身上车。田间地头三三两两的人们，呼吸着弥漫着花香的空气，正准备去林间劳作。车子穿过一树树繁盛雪白的梨花，透过雪白的梨花，我仿佛看到了枝头的累累硕果！

酥梨基地举办的"梨花节"吸引着远近的宾客前来旅游，热闹程度一年赛过一年。雪白的梨花也开得一年胜似一年，百姓们的生活也带着花香，透着蜜甜！

这人、这花、这景，美在眼里、甜在嘴里、醉在心里！

地平线下的村落

　　陕北黄土高原上的一孔孔窑洞，以造价低廉、冬暖夏凉宜居而受人喜爱。然而把窑洞的建筑方式与四合院的风格相结合的地坑院，无疑充满了神秘色彩且令人向往。

　　早就听说河南陕州地坑院不错，一直想去看看，却因为工作太忙而不能成行。恰逢公司组织团建活动，其中一站就是去陕州参观地坑院，所以很是激动。

　　黄河沿着秦晋之间的千年古道一路南下，在陕西的东大门潼关折了个弯儿，裹挟着泥沙浩荡东行。陕州地处秦、晋、豫三省之交，沿河而居的人们，秉承了三省的生活习惯，沿袭了陕北窑洞的穴居方式，把四合院建在了地下。

　　从三门峡下了高速，行不多远就看见"陕州地坑院欢迎您"的牌子横在路边。在一处欧式温泉花园酒店里用过餐，急忙上车前往地坑院景区。路两边的土崖长满了浓密的酸枣树，间或裸露出白色的崖土。大约行进了半小时，车子在一处平坦宽阔的广场上停了。

　　下车后穿过广场，一段南北宽百余米、高六七米的泥黄色寨墙挡在了人们面前。刻着"南平门""北安门"的两孔门洞和正中间刻有"陕州地坑院"几个大字的正门洞很是气派。正门上刻着"地平线下古村落 民居史上活化石"的对联，门旁花坛中立着"来了，老弟"几个大字，让人倍感亲切，像到了亲戚家一样。

窑顶上旌旗猎猎，墙上红灯闪烁。沿着大门进入寨内，宽大的广场上又是一面泥黄色的围墙挡在一处建筑物的两边，墙面上装点着陶制饰品，汉白玉栏杆相拱而出，汉白玉的石狮子威武地立在门前。拱形的陶制造型上刻着"陕州地坑院民俗文化园"几个大字，原来这才是正门呢！

门里迎面是一道影壁，由三面浮雕墙组成。导游给我们讲了刻在浮雕墙上的故事，大家仿佛身临其境地感受着周、召二公凿石柱立于陕塬，而后"自陕而东者周公主之，自陕而西者召工主之"，不由得对脚下这块土地的厚重而倍生感慨。

跟随导游的指引，我们转身进入临塬而建的大厅，东西墙上由南向北挂着一幅幅介绍地坑院的图像，从制作工艺到生活场景，讲述着地坑院的古往今来。

大厅最北端有一孔窑洞，洞壁全部用青砖箍就，砖缝用细白的灰膏很精致地勾勒，"天井自是居福地　古窑俨然如洞天"的对联刻在两旁，穿过头顶上"福地门"顺着窑洞向里走，便到了地坑院的天井里。

红、黄颜色鲜艳的塑料灯笼，一串串横挂在院子天井的上空，甚是喜庆。院子正中间放着一套造型巨大的石杵子和一方巨大的木制胡基模子，四周栏杆上挂着打胡基的黑白实景照片，让人觉得这是到农家小院了。

黄泥墙壁上，青砖拱砌而成的窑门，把院子四周围合起来，窑洞里干净凉爽，"农耕用具展馆"里，铁锨、犁、耙等各式农具把人的思绪带到了田间地头；"营造技艺馆"等各类型的展馆分布在院子四面窑洞里，供游人参观，各式各样没有见过的农耕用具引得城里来的人不停地拍照。

正说笑间，跟随人流又进入了一孔窑洞。窑洞顶上挂着一排红灯笼，顺着红灯笼，又到了另一座地坑院。猛然听见燕子的叫声，回头看时，其中的一只灯笼上有燕子筑了巢，巢内一窝乳燕正欢快地叫着，欢迎着来客。

院子正中间有一座巨大的雕塑——"金牛献瑞"，金色的聚宝盆里"财宝"四溢。地上的福袋和挂在盆沿儿的珠宝，给人财气横流的印象。院子角落里的梨树上结满了果子，顺着树梢望去，院子里的树和窑顶崖上的树连在一起，一派生机。

在一株火红的月季花的映衬下，青砖拱造型镶嵌下泥黄的窑面墙上，挂着一串串红红的辣椒和金黄的玉米。沿铺着青砖的天井绕院子一周，居住窑、客窑、主窑、厨窑、牲口窑、厕窑，按易经风水学的方位排列。"居住窑"里沿两面窑墙排列着黑漆家具——八仙桌和木柜、茶桌再配上古色古香的中式木椅。面向门的正里端，八仙桌旁的墙上挂着寿星和"福如东海寿比南山"的剪纸画，仿佛主人正在接待着来客。椅背后的墙上是大幅剪纸做成的背景画面，其余全糊了报纸，从墙壁到窑顶，花花绿绿的报纸铺天盖地，充满了乡村生活气息，我端详着墙上的《三门峡日报》，试图找到我曾经投递和刊登的稿件。此刻，不由得想起了小时候家里的情形：新房盖好后，我和母亲烧制了糯糊在苇子秆扎成的棚顶上糊满了新的报纸，睡在炕上，睁开眼就看见报纸。一遍遍地阅读完了所有内容，想着想着就不忍离去了。

　　同伴的一声"走了"，让我猛然醒悟，才又去参观了其他窑洞，研究着牲口

窖里的粪土是怎样运去田里的，水窖里的水是从哪里来的，雨水从哪里流入。架在水窖上的辘轳向人们诉说着百年的沧桑。水窖旁大红门开启，有通向地面的台阶，顾不得走上去，随着人流进入了另一座院子。

四周墙上挂着红的绸布大花和灯笼，一派正在张灯结彩过喜事的架势，这是风俗展示馆。天井里的墙边，一顶花轿引得人们争相拍照。花轿旁是状元结婚彩色合照，造型上空留了人脸的位置，男男女女去拍了合照沾个喜气。跟随着一位花白头发的老奶奶，我们推开两扇下部是红底色有牡丹图案、上部是天蓝色窗棂格贴着红色和黑色窗花的门，进入了洞房。

窖里摆着水缸、脸盆、木柜子等结婚用的家具，窖顶上糊了报纸，正中墙上的大红喜字和墙上贴着的浓黑的剪纸图案，营造出神秘古朴的庄重感，与门外大红"花好月圆"的喜联形成鲜明对比，让人仿佛回到了过去的岁月。

院子里靠墙边的梨树下，一个穿山灶立在那里。青砖砌成的穿山灶上，九孔大大小小的铁锅架在上面，蒸、煮、炸、炖、焖、保温功能齐全，仿佛院子里正办着婚事，穿山灶上炉火熊熊，"十碗席"在热闹地进行着。笑声、唢呐声、吆喝声、鞭炮声、划拳声，顺着地坑院的上方传到了很远。

坑院连着窖院，我们连着参观了五处院子，沿着青砖台阶和同样青砖墙的甬道上行到了地面。窖顶的平地上，到处是参天的古树。空旷的塬顶上，要是不仔细寻见青砖砌的女儿墙，就不会知道那里是地坑院子，就像是在山野空地里一般。"进村不见人，见树不见村，只闻人言笑语、鸡鸣犬吠，却不见村舍房屋。"如不是亲眼所见，有谁能想象得到，这热闹和生机勃勃的景象全在这"地下的世界"里！

出了"吉祥门"的门洞，沿着两侧是石材栏杆的台阶而下，在一串串大红灯笼映衬的廊下前行，便到了商业街。

大家拥挤着在巨大砖雕影壁上的百家姓里找自己的姓氏，又嬉闹着扭头就进入了叫作"百艺苑"的仿明清古建一条街。街两侧商户门前的红底黄字、黄底黑字的长幡在迎风飘扬。各种式样的工艺品、古董字画、金银玉器琳琅满目，令人目不暇接。买一杯饮品、一包小吃，拿在手里，自由自在地逛着。"百味巷"小吃街上的品牌小吃，结合了秦、晋、豫三省口味，自豪地迎来送往着四方宾朋。

来到广场上，天气有些热，在树荫下小憩片刻。听导游在给大家讲着近期有关云南野象迁徙的新闻，又说大象在继续向北，河南已做好了欢迎大象回家的准备，说河南的简称就是豫，就是大象的故乡。我也想起了上学时学过的"黄河象"的故事，也许这里的确就是大象的故乡，不免跟大家一起开心地笑了起来。

回头再看大门口花坛中立着的几个字——"走，崖上看灯走"，想必地坑院文化园的夜景应该也不错吧！顺着陕塬四周望去，处处生机盎然。这方厚重的土地下，不知还隐藏着多少繁华！

导游在给大家讲着景点的演出节目有"陕州剪纸""锣鼓书""澄泥砚""木偶戏""皮影戏"等。大家都后悔出来太早，没有看一看演出，只能猜想着今天的节目，也有人凭着想象给大家进行了讲解。

几声沉闷的鼓点声传来，地坑院里可能又一次热闹了起来……

如今，勤劳的陕州人早已把地平线下的繁盛搬到了地上，好日子一天赛过一天。

但华夏文明的根，却在这地平线下的村落里越扎越深！

锦绣公园春意浓

平日里按时上班惯了，周日早上又准时醒了，电话响起，小妹邀约一起去走路，原本的赖床计划竟未实现。为了方便去市场买菜，就选了离"凤凰市场"较近的一处街边公园走路。

早就听说前进西路的路边公园不错，心想着马路边的一处公园能有啥景，半信半疑地应了约，决定去看看。

迎着朝阳，接了小妹和妹夫，我们一行四人驱车前往。沿前进路西行过了试飞院的铁路专线，向西看去是一条宽直的柏油马路，满眼的绿扑面而来。路南面是交大一附院（东院区）大楼前宽阔的绿化广场，路两边再无其他建筑，远近或浓或淡的绿色填满了视野。右边与西韩铁路线之间的地方就是公园。

我们在一处停车场里停了车，沿着绿化小路一路步行，穿过马路就步入了公园。沿马路边有一条六七米宽的绿化景观园带，与里侧相邻十余米宽的森林景观带共同形成两条风格迥异的景观长廊。我们决定先从森林长廊进入，向西后再由绿化长廊折回。

几行茂密的红叶李，枝叶交错，形成一条红叶粉花的长廊。廊下是一条红色的透水沥青路，红的路面、紫红的树干、红的树叶、粉的花。落英缤纷的拱形长廊，像极了婚礼上新娘子步入婚礼殿堂的花廊。走在长廊下的人，就仿佛成了新郎或者新娘了。

路的右侧种满了雪松，一丛丛、一簇簇似云一样的枝条沿着树干平铺开来，间或露出蓝的天、白的云，树下铺满了干黄的松针。红色的小路把长廊和森林曲来拐去地引向远方，让人总也看不到尽头。我们漫步在长廊下，尽情地吸着醉人的氧气。林间或远或近地总有不同叫声的鸟儿在欢快地唱着，我们仿佛置身于大秦岭的山水之间，顿觉神清气爽。

林下的红径通幽，不时有跑步的人从身边经过，轻盈的步伐像音符跳动一般，小泰迪狗跟在后面，吐着舌头跑跑停停。林下小径边干净的长椅上，有人手里拿着收音机，坐在那里惬意地听着广播。雪松林后的土坡上，有人手臂弯曲做着提起丹田之气的动作，努圆了嘴大声地在呼喊着，像是在练声，又像是鼓足了劲儿要把肺里的浊气呼出，去用力吸这洁净的空气！

在林下正前行着，偶然发现右手边一条小路通向铁路，在路基处有一洞口。我们屈身入洞，弓着身子行不多远，出了洞竟又是一重天了。这是到了铁路围着的林子后面，沿着麦田和油菜花的地头小路望去，远处人家的后门外，树影婆娑、鸡犬相闻，像是世外桃源一般。

看到地上的标线上标着"两公里"的字样，才知道走到了森林长廊的尽头。出了长廊，又沐浴在阳光下。

我们几人按计划沿着花园景观区折返。花园景观区更是美不胜收，弯曲的石板小路和各种花草树木的景观组合让人眼花缭乱。

长着宽叶子的板蓝已抽出了剑穗，准备好了向人们展示娇艳的花朵；红叶石楠满身刚长出红嫩的叶芽，凑到人面前，兴奋地向人身上蹭着；月季花和蔷薇新抽出的嫩枝，顶着毛刺欢快地生长着。路边石板间铺满了长势浓密的三叶草，草丛里许许多多像猫的眼睛一样的猫眼草，引得我和小妹研究了半天，让人想起了小时候农田里的春天景象。

向前行，在一丛叶子正红的南天竹处拐个弯儿，就看见一行桃林沿着弯弯的小路向人们微笑着招手。花虽已落尽，但那些微胀大的子房能让人想象到桃花繁盛时的样子。几只蜜蜂还在恋恋不舍地飞舞着寻着花蜜。

正惊叹间，又一转身，几株杏树扑面而来。圆圆的叶子间弹珠般大小的杏子在风中摇曳着，像是在自豪地炫耀着，让人能闻见杏儿黄熟时的香甜。樱桃树上已结了小小的果实，柿子树上嫩黄的叶子刚长齐全，樱花树上花开绚丽，似一团团轻云……满园的春色，人在树丛和花丛间或隐或现，一步一景，步移景异，人也成了这画中的一部分。

我们如醉如痴地前行着，从挂满一串串如玛瑙般紫色花束的紫藤廊架下穿过，不觉间就到了一处广场。

健身器材上，老人们在慢悠悠地锻炼着，广场边的一块巨大的景石上，"锦绣阎良"几个大字红艳艳的。景石前的广场空地上，一群妇女在音乐声中舞动着。广场的热闹打破了游园的安静。再向东，几丛浓密的竹子和鲜花，又把人带入了美的画卷。过了车声吵闹的立交桥，再向前行不多远，从竹子与鲜花围合的翠绿色的洞里钻出，就到了公园的尽头。

来回约四公里的路程，不远不近，运动量正好。感受了忽而静、忽而闹，忽而神清气爽、忽儿花香鸟语，在或急切、或缓慢、或平静、或热烈的变化间，身体虽有些出汗，也不觉得累，只感到心旷神怡、身轻体健了。

秋　雨

下午下班时，天下起了雨。开车回城还有一段路程，为了避开城区拥堵的车流，我决定沿机场路回家。

下雨天开着车，车内暖得像钻进了被窝，雨刮器不停地刮去挡风玻璃上的雨水。路上的行人并不多，车里放着《琵琶语》的曲子，一声声琵琶的弹奏伴随着潮潮的空气，心里竟也潮潮的，我喜欢这种凄美的感觉。不觉间已行至机场路。

长得看不到尽头的环机场路，本来就因为在机场边而显得空旷，下了雨更是看不见一个人、一辆车，整个世界仿佛都静止了似的。

路边田里的麦苗已密密实实地长满了田地，绿油油的，贪婪地喝着雨水。雨并不大，极细极密地洒向田野里，让饱吸了水分的泥土越发肥沃了。分散在麦田里远远近近的几块菜地里，菜花的叶子蓝蓝绿绿地舒张开，一株株相互掺在一起，想进去摘一棵，可能都无处下脚。田间的一行树，在雨中湿漉漉地顶着几片孤零零的叶子，滑稽地立在秋雨中。地头的几株柿子树稀疏地挂着几颗柿子，已不见鸟儿的眷顾，光光的枝丫诉说着曾经的繁茂。路边在夏天里曾经生长茂盛的青草，也变得干黄无神，努力地想留下一丝对夏日的眷恋。

秋雨还在淅淅沥沥地下着。

远处树木稠密的地方就是村子，或远或近、或大或小地在雨中静立着。因为生活条件的改善，已寻不见小时候让人留恋的袅袅炊烟，只有些许窗里透出的微弱的黄光，暖暖地迎候着家人归来。

一切都静立在雨中！

迎面过来一位骑电动车的美女，穿着雨衣，车前挂着厚厚的帘子，背着书包的儿子蹲在车前的厚帘子下面。我把车停在路边，等她们小心地通过。又有几位中年人背着手在田边看看停停，大声地评论着麦子的长势，估着产量和价格，商议着留下的空地里种什么菜，农闲时去哪里打工。"青箬笠，绿蓑衣，斜风细雨不须归。"人和雨中的田野构成了一幅生动的画面。

机场跑道上亮起了灯，橘黄明亮的引道灯在跑道上点起两条长长的灯带。远近高低各类的灯都已点亮了，天色暗了下来，能看见远处楼房里暖暖的万家灯火了。

到了十字路口快要进城了，大路上的人和车辆多了起来。骑自行车的、开车的、打伞的、穿雨衣的，男男女女都急急地向城外一个方向拥去。

正准备通过时，看见十字路口停着一辆小货车，车厢打开着，车上堆放着一车的苹果，一男一女站在车旁等着生意。虽是秋天，男的却穿着厚厚的外套，腿上裹着皮质的护膝，显然平时早出晚归在为生计奔波；女人穿着一件皮衣，围在脖子上的围巾几乎遮住了整张脸。十字路口的生意不用叫卖，但可能是下雨的缘故，少有人买，人人都不愿停车，都急忙地往家赶。虽然没有顾客的光顾，夫妻二人却仍然坚守着岗位。

他的生意赚钱多吗？他们的孩子和老人不用照看吗？这会儿也该是家人在门口焦急地等他们回家吧？他们不冷吗？……我竟同情起了他们来。

下车买了几斤苹果，算照顾他们吧！收了钱，女主人又爽快地搭送了一个苹果。我道了声谢，提醒他们该回家了。女主人说："不急，等人过完了再回，要不然有人来不及买东西，回家后娃闹活哩。"说话间露出了幸福的微笑。原来挣钱是一方面，能给别人带来幸福，又是另一方面！我想这勤劳的夫妻二人的生活肯定差不了，生意也肯定差不了！

回到家里，妻问我今天咋回来得有些晚，我说今天的收获大，虽是雨天但心情很好，一边洗着苹果，一边给她讲着今天的见闻。

咬一口苹果，凉甜的汁液滑入喉咙，的确是很香甜！

天黑了，窗外的雨还在下着！

乡村的清晨

　　天刚麻麻亮，刚能面对面地瞅见人形时，乡村就从清晨的沉寂中醒了过来。电动三轮车从门前经过时，在水泥路上颠簸而发出的一声响，敲开了清晨的门环。

　　"一日之计在于晨"，农村人没瞌睡醒得早，凌晨三四点钟，就有起床在村口集合的钟点工。五妈是领头的，她招呼一班妇女，头上戴着"鸡娃灯"，提着小马扎，有序地上了一辆大一些的面包车，她们今天要去铲芹菜。

　　我们附近的村子都种菜，一片连着一片的，劳动力就成了问题。家里没种菜或者是不忙的人，就组织着去打忙工，一小时十元钱工资，这为种菜人解决了劳力，自己又多了一份收入，摘辣椒、装黄瓜，忙得不亦乐乎。

　　"钱里头有火哩，"五妈说，"我一天都没短过工。"

　　为了避免中午干农活时太阳的暴晒，农民干活就一个"早"字。五点钟不到，田间地头到处都是忙碌的身影。夫妻二人铲菜、摘叶、装筐，将一筐筐的花白、菜花运到地头，小心地码上停在地头的自家电动三轮车上。田地里的些许雾气漂浮着，似仙境一般，人就成了采摘仙果的仙人！挂在头顶的圆月、朦胧的雾气、碧绿的菜畦和人，简直就是一幅美丽的图画。空气清新得像洗过一样，站在菜地中间深吸一口，甜甜的味道，沁人心脾，五脏六腑都是舒坦的。明亮的露珠在叶子上滚来滚去，似琼浆，它的味道一定甘甜。一不小心露珠就掉下来，落在手背上、鞋袜上，冰冰凉凉的。

车上高高耸耸地装满了菜，车帮被向外撑开。不知道他们是啥时候下地的，只知道昨晚在门外闲谈时，听他们说今天铲菜的计划。种田人整天仔细地侍弄着菜地，栽苗、浇水、施肥的活基本都是在清晨完成的。

当村里的狗被各家主人开门时放出来后，村子里就有了生气。在院子里关了一夜的狗，一出门就低着头，四处游玩，又去各家门前的垃圾桶里翻捡食物。现在生活好了，农村的狗和捡破烂的拾荒者一样，都爱翻垃圾桶。不同的是，拾荒者是为了找纸壳子卖钱；而农村的狗是惦念那垃圾桶里的好吃。谁家昨夜扔出的垃圾里有吃剩的肉菜、骨头，狗就趴在垃圾桶上，弓着身子仔细地翻拣，直至满街道的垃圾桶都被翻倒在地，打都打不走。

鸟儿有自己的作息规律，当早起的鸟儿叽叽喳喳地叫着从院子和街道上飞过时，养羊的人就提上大桶、小桶挤好的羊奶，在村口等着收羊奶的车来。清晨的凉风伴着潮气，把人的说话声、倒奶时铁桶产生的碰撞声和奶的香气传到了村道深处。

七点多钟，各家的大门打开。大人招呼着、领着孩子去村口等校车接学生上学。年轻人打扮得清爽靓丽，骑着电动车去上班。各家开始准备早餐，使整个村子充满了烟火气息。吃饱了早餐的人们，开着汽车或骑着摩托车、电动车出村而去，惊落了顶在草尖上的露珠，惊出了半轮红日，也惊出了天边一抹艳丽的彩霞。

村外的蔬菜代办处，这时候是最忙的。一辆辆三轮车满载蔬菜，人们正在摘叶、过磅、入库、上车、记账。泥湿的衣服搭在车头上，头顶上冒着热气，人人都是高兴的，都满脸笑容地忙活着。

校车鸣着笛靠了站，学生们在大人的监督下排队上车。等车走后，大人们又去路边的早点摊买了包子、油条，赶紧给家里老人送回去。农村的老人、孩子也和城里人一样幸福呢。

太阳一竿子高的时候，田里的人就开始往回走了。忙完了活路，地里的人就少了许多。卖完菜的人开着空的三轮车进了村，村子里就热闹起来了。走路晨练回来的几个女人，比画着刚从超市买来提在手里的菜品，商量着中午饭的做法。男人们东家西家地相邀去喝茶，交流着今天的菜价和收成，交谈着耕种技巧。

几个老人闲不住地在劈柴。其实农村早都烧煤气了，这些柴也许就没有用处，但老人干了一辈子，习惯了，仍旧收拾了柴火，用袋子装了，垒在屋后的房檐下。还有几个老人聚在一起摸起了纸花牌。逛累了的黄狗，这时也卷着尾巴蜷缩在旁边晒起了太阳。

给村子里人家干装修的人到了门前，不一会儿，电锯声、气泵声就响了起来。卖菜的、收粮的，人声、车声此起彼伏，村道上热闹了起来。

田里的露水已经散尽，收拾完田里的活路，青壮年又要外出打工挣钱了，人人都有使不完的劲，人人脸上都洋溢着自信的笑容。

乡村的清晨就是这般从田地里到村子里处处透着无限的生机，从宁静中开始，在热闹声里上演。

在希望的田野上

听说经过两个多月的人居环境提升改造，我们村子大变样了。周末一大早，我就迫不及待地开车往回赶，想去看看我的村庄到底有怎样的新面貌。

转过种子试验站的围墙拐角，远远地就听见了音乐声，是从村党员活动中心广播里传出来的。《在希望的田野上》那动听的旋律引得人不由得加快了车速。

在学校门前停了车，步行向村子走去。远远地望去，不见了原来村口流出来的烂泥污水，干净整洁的新村出现在眼前。

在城壕拐角处的村子入口，一块碧绿的草坪上，有一座方形的大理石台子，石台上方圆形造型的青石盘上，红底金字的"美丽到唐庄"几个大字映衬着青山红日造型，和雕刻的"永远跟党走"几个字一起，让人油然而生敬意。

石雕下的草坪使劲儿地吐着绿意。沿着路边新刷了黄黑相间油漆的道牙望去，一排防腐木桩上被两道粗麻绳连着形成的围栏，既古朴又别致。木桩上挂着刷了彩色颜料的旧轮胎。绿草、石景、围栏，这简直就是城市里的口袋公园。

南面一户人家外，用青砖砌成的种植带镶了小瓦填了泥土，从整个围墙外一直延伸过来转了个弯，种植带中新栽的红叶石楠和小叶黄杨已开始了生长。在拐角处的绿植丛中，又是一座青石台，台上又是一样的圆形石盘雕塑，金黄色的谷穗及"任官人民欢迎您"映衬着"党建引领"几个大字，吸引了人的注意力。

新刷过漆的雪亮工程监控杆旁，又新立了别致的铁艺路标指示杆，"村委会"和"幸福一路"指向不同方向。

我顺着"幸福一路"走过去，疑惑这还是原来我上学时经常走过的那条泥水路吗？

各家门前都扫得干干净净，街道好似变宽了一样；两边用青砖砌成的小景墙和种植池镶了小瓦，间隔着用彩色旧轮胎做成的小品，每个轮胎上各有一字——"产、业、兴、旺""生、活、富、裕"，在门两边。各家门前，都拆除了厕所和杂物间，新修了门面。老邢家门前几个装满玉米棒子的铁丝网粮囤，与街景就融为了一体。最边上的老胡家也跟着忙活了两个月，从院里到门外已经焕然一新，新铺了石材的门楼和新装的大铁门，与新街道相应成了景。

沿干净整洁的"幸福一路"前行，一抬头，一座门楼就出现在眼前。几根深棕色的大木柱子顶着搭了仿真茅草的顶棚，门楣上挂了竹席编制的圆形盘子一样造型的招牌，上面写有"唐庄组"三个字。顶棚上的仿真茅草，让人想起了原先的唐庄村，几乎全是茅草房，这样的房子，现在再也找不到了。

左边四妈家门前，清一色米色的墙面上，一边是竹席和竹圈编制的圆盘子，口向外一只只钉在墙上，画了扇面彩绘，每个竹盘一幅画、一个字，分别是"人、不、负、青、山，青、山、定、不、负、人"；另一边同样是写了"爱、小、家、为、大、家、美、丽、乡、村、人、人、夸"的竹圆盘。更令人惊奇的是，四妈家门前的空地上也被做成了口袋公园。碧绿齐整的草坪上，两座用稻草扎成的粮仓立在里面。粮仓上面挂了四支竹制圆造型，上面绘了丰收的图案并分别写着"五、谷、丰、登"四个字，让人仿佛看到粮仓中丰盈的粮食。粮仓的景象和门楼上挂着的"勤劳致富"牌子相得益彰。

门楼右边五妈家的门前，南面墙上有"建设美丽乡村"和"保护环境人人有责"的壁画，墙角的位置画了枯木逢春的图。原来庄后的卫生死角摇身一变，竟成了绿草茵茵的美丽公园。地上整齐摆着的两只垃圾桶，与画中的垃圾分类相映成趣了。

大门楼南北两侧随风摆动的四组灯笼串，把人的目光吸引到了门内。穿过门楼，两户人家围墙形成的过道是村子北出的通道，但多年已未行车了。两家墙外的土台下通道里的泥水挡住了出村的道路，万不得已时，要很艰难地从台子上小心地通过。

如今，原来的土台子已换成了青砖铺砌的水泥台子。不见了一点土的台子上，东西各有一排回收利用的旧粗瓷水缸，被彩绘了"春、夏、秋、冬""花、鸟、虫、鱼"的图画。画面简洁生动，房子、树木、雪景、荷花，传神生动。那枝头的几只麻雀逼真得像要飞出来一样。粗瓷缸沿子上也落了一只麻雀，叽叽喳喳地正在和它们吵架呢。

墙上是《桃花红了》《青山绿水》的巨幅壁画，壁画上"村庄有规划，环境美如画，产业特色化，生活传佳话"和西墙上"共建美好乡村，共享美好生活"的几幅标语，格外醒目。的确是这样，乡村整齐的规划和人居环境的改善效果显著。唐庄村近十年来改变了原来单一的种粮产业，家家都从事蔬菜种植，把特色农业搞出了名堂和花样，也见了成效，村民的生活的确是越来越好了。

出了巷道，就进入了"幸福二路"的主街道。出口对面三爷家二层楼房的清水砖墙上被画了巨幅的壁画。"蓝天、白云、远山、河流"，远山苍翠，房屋整齐，河水清清，河岸边水草肥美，长长的草叶子随风摆动。几个儿童在河边玩耍，后面跟着的大鹅像在门前走动一样，连房子墙上本来就有的接拉电线的小铁架，也点缀在了画中，像落在画中的燕子。画面右边的几个小孩子在仰头、抬手，好奇地观望着，而孩子的上面就是房子原有的窗台，就像是争相张望窗户内的景象一般，与画中意境真假相融，添了几分童趣。猛然间看见一位穿着白上衣、披着长发的美女在欣赏着画面，像在画中一样，着实叫人分不清哪个是真，哪个是假。

房子前，路边青砖砌筑的种植池后，是一组由古旧的石磨盘垒起的造型，"奋进唐庄"被当成了迎宾的影壁。影壁后是景色别致的小公园，停步石点缀在坡地草坪里，旁边有砖砌的小道沿和鹅卵石铺成的小道。在绿草和"南天竹""黄杨"等灌木中，一挂旧马车、青石碌碡、石碾子点缀其间，碾盘上石碾子的木架子油光明亮的，泛着很有年代感的气息，仿佛刚刚有人碾完了谷物一样。

小公园旁边的健身广场上，安放了十几种器材。一架秋千上，一男一女两个大人在玩着，喜笑颜开，好像回到了童年时代。

站在街道中央向东、西两边望去，整条街道干净整洁。街道两边青砖砌筑而成的种植池中，红叶石楠等苗木郁郁葱葱；各家门前的墙上统一刷了米黄色的乳胶漆，各家的大门都自己翻新了一遍，透着一个"新"字；几处旧房子，门外挂了"关中传统民居"的牌子；各家门前的核桃树叶子已泛黄，红彤彤的柿子挂在树上；门前的土地上种了菜苗，菠菜、蒜苗长得齐齐整整，菜地和花园都统一用竹片编成的小栅栏围着，不见一丝的杂乱。

沿街道向东，三爸家门前突出的墙头挂了竹席圆盘组合，红蓝相间的几个字——"培育特色乡村，保护乡村风情"非常别致。对面墙上几个竹制圆盘里贴了立体的字——"草儿绿，环境美，人健康"，门前小竹篱笆围出的空地正在等待着主人栽种呢！

街道两边青砖砌筑的种植池中，隔几米就立了一个旧磨盘。每个磨盘上有一个字，分别是大红色"仁、义、礼、智、信、温、良、谦、恭、让"，分散两旁。这正是唐庄人的品行写照，是唐庄村的村风民情，也是唐庄人对后辈的期望。

正观赏间，碰见了同村发小，开着电动三轮车刚从田里劳动回来，他热情地邀我去他家喝茶。刚准备答应，抬头看见一座木亭，便只好婉拒，独自又去赏景了。粗壮的棕色木柱，顶起八角造型挑着云角的亭子，亭子盖下的中式窗棂格造型和柱子围成的休息围廊，把亭子凸显得精致古朴。亭子中间的小方木桌上，两位老人正在专心地下着象棋。

亭子旁是一处空园子，已被整修一新了。一座门楼显眼醒目，两根大木柱顶着装饰了仿真茅草的顶棚，"村史馆"几个字表明了去处。门柱两侧有一米多高的棕色栅栏，和门楼一起就成了大门。门柱脚处各有一只粗瓷大缸，刷了白漆，上有桃花和牡丹的图案。

村史馆里，院子三侧围墙已刷成了米黄色，东西各一排由木柱顶起方木修成的仿茅草铺顶的长廊柱子上，挂了仿真的蒜辫、辣椒串和玉米等。东面长廊下，一只大些的竹席圆盘上彩绘了乡村图案和"乡愁"二字。左右各挂了几幅放大的老照片，有碾场的场景，有休息的场景，有小孩子在一起跳绳的场景。一座泥瓦砌筑的房子和一幅幅旧生活用品的老照片，的确勾起了人们淡淡的乡愁。

在邱少云、毛岸英、刘胡兰宣传教育挂图后，就是仁官村简介，让人从地理位置到风土人情，从历史沿革到现状，可以粗略认识仁官村。再向里，同样的竹席盘上，"乡思""乡味""乡情"和东墙上"乡貌""乡风"组成了系列装饰画，从人物到场景，从色彩到绘画，可以说是乡间生活的真实写照。

西廊下的墙上，挂满了旧时的农具，从铁叉、木叉、镰架到麦钩、木锨、水担，再到木的犁铧和木匠的锯子等物，一件件物品像讲故事一样向参观者诉说它们曾经的辉煌。

水泥地和两侧方砖铺就的整个院子干净整洁。一个崭新的乒乓球台子放置在中央，静静地等着喜好打球的人们。

院子顶头用青砖砌了墙头，墙上绘有山水、荷花的彩色大型水墨画，几朵荷花吐着新蕊。画前摆了磨豆腐的石磨、架子车，还有一架辘轳和石材做成的假水井口。

院子西南角几只水缸排列在一起，透着生活气息，一架旧的织布机子，把人引向过去。苍老陈旧的机身上，满是岁月留下的痕迹。织布机后面墙上挂着一方竹帘，掀开帘子，后院子里菜畦碧绿、苗壮菜丰。

真的叫人流连忘返。

出了小院儿，沿街道向西，最顶头是青砖砌筑的影壁，上面写着"百姓大舞台"几个字，在等待着属于它的热闹场景。

站在七婆母家门前十字路口向南望去，就是"幸福三路"，西墙上是大红色的"绘五彩航程新貌，奏美好乐章"标语，东墙上是"保护乡村风情，培育特色乡村，建设美好家园"标语。这条街道是连着并通向外村的交通要道，过去一直是晴天塘土满天，雨天泥水遍地。人们把庄稼从田里运回时，必须从泥水里过，每回经过时都要更换雨鞋，劳神费力。大家走亲访友都不喜欢从这里经过，冬天外出回家时要到半夜以后，等上冻后路面结冰变硬才能走。

沿着干净的水泥路向北，就到了村子北口。右边老胡家和老杨家围墙上的"乡规民约"很是醒目。青砖和小瓦组合变换着各式的造型，写了红字"环、境、美、产、业、美、生、态、美"的旧石磨盘，和墙上的"绿水青山，就是金山银山"的巨幅壁画相互映衬。花池里新栽了几株"百日红"，正在等待着来年的花开。

路北是从学校拐角处延伸过来的景观带。绿草青青，把黄黑相间的道沿点缀得异常醒目。长廊顶端，新盖了一处茅草房子，是垃圾分类存放的地方。茅草房和绿色景观长廊一起，乡趣十足。

景观带外是村子里早年留下的土壕，这里曾是最大的积水坑，也是垃圾场，现在新建了专业、现代、时尚的污水处理站，有专业的设备房，有太阳能灯光和监控系统，担负着全村生活污水的处理排放的重任。

唐庄村现在处处是美景！站在村口回望，村子里静悄悄的，偶尔有人匆忙经过，脸上也都是喜笑颜开，透着幸福。

"三叔，你看现在村里的景色美不美？"我问正在门口一边扫地，一边和人聊天的三叔。

"美么！咱这里现在就跟景区一样。"三叔语气坚定地回答。

"那你还不快准备做个啥生意？挣来参观人的钱！"我打趣他。

"那你看我卖馍咋样，生意能做不？"三叔和门口的几个人都笑了起来。

不远处，村党员活动室中心的音乐还在响着，优美的旋律随风传向远方。

现在的农村和城里一样，的确是越来越美了！

游 三 门 口

康桥离我家不远，其称呼从"公社"变到"乡"，进而到"镇"，再后来并入了关山镇后就成了"村"，这些我是熟悉的。康桥有个"三门口"，我却并不熟悉。

开车沿阎关公路进入康桥街道，还是原来那个熟悉的古镇。顾不上细看两旁熟悉的店铺，就到了透视围墙装扮的清净整洁的康桥小学，向右转过去，就到了村委会广场。

由阎良作协举办，并邀请临近区县作协骨干人员参加的"送文化进康桥活动"在此举办。我们在会议室里进行了简单沟通，听取了村主任对"三门口古渡"的介绍后，跑下楼迫不及待地去寻那古渡遗迹了。

出了广场就是一座公园，青砖砌筑的粉壁与青砖小瓦修筑的造型别致的矮墙，合围成一座园子。园子里砖铺的小径点缀在绿树丛中，虽是早春，却也绿意盎然。不远处，一座蓝瓦青砖的影壁便挡在人的面前，"三门口"三个红字，与影壁旁旗幡上木质的"康桥村"三个字相应着。顾不得游园，径直去寻"三门口古渡"了。

古时，康桥的东、西、南三个门口有三条直道直通渡口，故曰"三门口"。古镇虽已不在，但站在这里，人们仍有仿佛置身于古镇门外的感觉。顺着直道向南望去，大斜坡把路引向了看不见的河道里。路两边清一色的古建民居，勾着白缝的青砖墙，顶着由灰瓦、砖雕、脊瓦挑着飞檐的门楼，门楼两边是顶着脊瓦的粉墙白壁。门前青砖铺地，干净整洁、古朴典雅，具有典型的明清关中民居风情。路边每隔十几米的石柱墩上，立着粗大的木柱，其上垂悬着两串大红灯笼，与各家门洞下的宫灯一起，让人感受到古渡的节日气氛。路东边青砖的矮墙上，每隔几米顶着一段仿真茅草铺就的墙顶，绵延百十米，向南望去，有了古渡的沧桑感。

　　沿路行至坡口，两边的土崖形成的平整的土台上，四面巨型的大鼓把人吸引了过去，我顾不上去土台观景，便下坡去寻那古渡口的遗迹。

　　站在坡口回望那断崖绝壁，左右两边是褐色的防腐木围栏，左边有"石川关山邑"几个大红的立体字，右边护栏内四面巨型战鼓上有"古韵康桥"四个红色立体字，红的字、白的鼓面相映衬，格外显眼。

　　崖壁上已用巨石砌筑，钢制的中式巨幅画轴分列两侧，彩绘有关山著名民间老艺人戴万直先生根据史料记载整理的"康桥八景"。从东门外的"忠孝贤碑"到西门外的"水打磨"，从东南方的"神童碑"到东北方的"秦驰道"，一个个故事演绎着千百年来康桥的沧桑历史。

从西北方的"苇子河"到南门外的"古渡口"，从画面上能够感受到苇子河清泉的静逸和三门口古渡的热闹景象。

正看至兴处，忽听崖上鼓声阵阵。抬头望去，却见一美女正在挥拳擂鼓，"咚、咚、咚"，似战鼓声声，惊扰了这一阵清静。我顺着鼓声传去的河道下了河堤。

河堤下是新修的步行道，红色透水沥青的小径沿着河沿，蜿蜒着伸向远方。远远地看见有孩童在戏水，便紧走几步上前去查看。铺满了青石子的河床上清流潺潺，两个小男孩正在水边捡石子，转身又弯腰扔向远处的水面去打水漂。河水从上游的芦苇丛里明晃晃地钻出来，像亮亮的带子一样从脚下桥洞中穿过，向东而去，在很远处转向南不见了，只看见烟气萦绕的远处高崖上观音庙大殿威武的轮廓。

河对岸的土崖上布满了村落，却不见"三门口古渡"，站在河道回望两边相枣树下土崖的沧桑，那战鼓声传来的地方，似乎正在演绎着古渡曾经的繁盛。

"三门口古渡"是古时秦晋商道上的必经之路，一队队车马满载货物，沿秦晋商道而来，从此过石川河，向西南而进长安，进秦岭而奔茶马古道。置身于此，仿佛还能看见渡口车马争相过河时的喧闹，仿佛还能听到独轮车轱辘的"吱扭"声，马脖子上挂着的铜铃发出的"叮当"声，人的吆喝声……穿越千年而来。千年的"秦晋商道"把这里的繁盛引向了四面八方。

我呆呆地看着河水，狠劲地嗅空气里古渡的味道，闭目去聆听古道声声，河水千年不断地流着，却不见了"三门口古渡"的身影。

远处新建的石川河大桥架在河面上，几排圆大的柱子像蜈蚣腿一样密实地立在河道里。这桥我是熟悉的，在邻近不远的新兴中学读书时，每天晚上跑步，行至此处必折返。月光下，扶着栏杆，听着蛙鸣，观着月光下白亮亮的河水，深情地吟诵徐志摩的《再别康桥》，心中便有了些许的惆怅。

忽听音乐响起，诗会开始了，又有人在吟诵《再别康桥》的诗句，而此康桥非彼康桥，也许大家都想应了这景而发一发感慨吧，或诗或词、或歌或颂。

"你们这些人还洋蛋得很。"正热闹时，一中年妇女骑电动车从此经过说。

"我们这叫洋气。"同行美女很不屑。

"这是农村人的叫法，洋蛋就是洋气，是好话。"妇女强调着。

这些颂词的、唱歌的，对农民而言的确是"洋蛋"，他们也用自己的话来夸赞这些令他们艳羡的"洋"人。

不觉间太阳已高高升起，暖阳照得人浑身有些燥热，已到了饭时，我们一行合影后准备离去。沿古道上行，又参观了一遍民情街，听主任描绘了新农村建设的进展和"三门口古渡"建设的构想，讲述了已建成的养老院、文化站。

交通越来越便捷了，古渡早已消失了。站在村道中间回望"三门口古渡"，仿佛依旧车水马龙，两边店铺林立，生意依然兴隆。

民居的门前，两位老人在悠闲地择着刚掐回来的野菜，脸上是满满的幸福！

柿 子 红 了

时值深秋，正是柿子成熟的季节，早就听说富平县曹村镇的"柿乡文化"很有名，很想去看看。特意挑选了一个天气晴朗的周末，和妻子陪同父母开车前往，权当郊游了。曹村镇距阎良二十几公里，路程并不远，周末散心出游并无体力负担，大家都欣然同意了。

从阎良出城后向北，过了石川河大桥就到了富平县城，两座城市几乎连成了一体，出了富平县城才觉得是刚离开了家，远远地已能看见北山或高或低青黛色的轮廓。因为母亲有晕车的状况，所以一路上我很小心地开着车，尽量避免急刹车，窗户也开了半边，吹着秋天的凉风，欣赏着醉人的秋色，很惬意地行进着。

当山影越来越清晰的时候，我们已进入了曹村镇境内。路两边果园多了起来，除了柿树还是柿树。推销柿饼和收柿子的广告牌立在路边，向车后倒去，偶尔也能看见几户人家院墙上挂起红红的柿子。

穿过一个立着雕塑和大幅广告牌的十字路口，就到了曹村镇街道。街口的广场一角立着《岁岁年年柿柿红》巨幅剧照；沿街是两行齐整的造型别致的柿子形状的路灯；街道上几处收柿子的庄家，正忙着验货、过秤；几家饭店和商店里，主人忙碌地接待着外地来参观的人。黄澄澄的柿子、红彤彤的路灯，随处可见的各种柿子广告，让人感到真是到了柿乡！

真正的柿饼制作基地和柿文化中心，在曹村北边的山底下，还有几公里路程。我们不敢停留，急切地继续北行。

沿着两边全是柿子园的水泥路，向北再行约两公里的样子，眼睛就得忙碌了起来。

路两面柿园之间分布着大大小小蓝色彩钢瓦搭建的晾柿饼的通风棚，人们在没有院墙的空地上忙碌地加工着柿饼，棚下挂着一行行、一串串黄澄澄去了皮的柿子，偶尔可见叶子已成红色的柿子树，枝头挂着红彤彤的柿子，仿佛笑盈盈地向人招着手。

我们在"中国柿文化博物馆"的广场上停了车，母亲不用人搀扶下了车，径直向挂着柿子的地方走去，那些一串串、一行行密密匝匝的挂了满架的去了皮的柿子，似金色的珠幕，似黄色的瀑布一般在太阳下泛着亮光，这是在晒柿饼。有师傅正往绳子上小心地挂着去了皮的尖顶柿子，动作娴熟得像穿珍珠项链一般，母亲已看得入了神。

一处柿子去皮工艺的场地前围满了人，我领着还在柿子珠帘美景中陶醉的母亲也去看个究竟。

十几台简易的机器一字儿排开，坐在机器后小椅子上的工人，戴着手套从身旁的塑料筐里捏起一只黄澄澄的柿子，右手极轻盈地安放在机器的顶针上，松开离合器，机器带着柿子飞快地转动起来，工人左手拿特制的弯刀贴近转动的柿子，一条黄色的带子从机器上空划出一道弧线飞出。美女工人个个像魔术师一样，柿子在她们手里、机器上变换着模样。看得游人屏气凝神、啧啧称奇，不停地用手机拍照，不忍离去。

父亲独自挨个地看着小广场周边展板上的文字，从柿乡的人文、历史，柿饼的制作工艺，柿产品的介绍到柿子文化的宣传，看得津津有味，又打听着去参观柿子醋的加工流程了。广场上有抖音直播的年轻人，正在热情地宣传和推销着；也有拍广告片的，就着金黄的柿子珠幕，把镜头对着"模特儿"不停地拍照。

旅游大巴和各种私家车在停车场上交替地走了又来、来了又走，下车的游人都急切地四散开去，寻找自己的乐趣。逛累了的游人坐在凳子上小憩，伸着脖颈尝着柿园里摘来本是农民留给鸟儿吃的淡柿，舒心地说笑着。又有游人脖子上挂着相机，戴着太阳帽兴高采烈地上了车准备离去。到处是欢笑，到处是游人，到处是醉人的柿子味道。

不觉间已到了午后，我们赶紧去寻吃饭的地方。开车顺着山坡向上，老远看见一排房子，房前有大的停车场。下了车，从仿古的大门楼进入，穿过大厅就是一座大院子。院子里靠北是一排依山崖而建的窑洞，透过精美的木制窗棂，可见整齐的摆设。院子四周是青砖砌成的围墙，人在墙上可以通行，沿墙顶行至两边稍高窑洞的顶部，又见一座青砖的四合院。带着砖雕的院子套着院子，错落有致地分布在山崖上，使人仿佛置身于王府的深宅大院中。

院子里的几株银杏树，叶子已经金黄，菊花正在怒放，花与树之间摆着几张小桌。坐在桌旁的小竹椅上，抬头可见蓝得出奇的天空，像轻雾一样飘着的白云，心情瞬间格外的平静。点了几个特色的农家小吃，要了特有的野菜，或许是饿了，或许是环境的幽雅，觉得满桌子的小吃都很美味。母亲说稀饭好喝，要再喝一碗，妻子说手工馍好吃，要买几个带回去。大家都说再坐一会儿吧！难得有让人心情平静的美景！人人都吃饱饭了，但不忍离去。

时间还早，沿着农家乐大门外西边的土路向窑后村子里走去。穿过隐藏在几株结了硕大石榴的树间的小径，几户人家依山崖而居，人们忙着加工着柿子，门前都挂着一串串金黄色的柿饼。再向里走，到了一处沟沿边，沟底是数不清的柿子树。向沟对面望去，可见沿着山沟延伸到远处加工柿子的棚子，点缀在漫山遍野的柿子树林里。沿着很远处的山脊望去，隐约可见一座小庙隐秘地立在山顶。蓝色的彩钢房子或远或近地点缀在青灰色的山里，黄的、蓝的、绿的、红的，真是一幅色彩斑斓的山水画！

和母亲在土崖边的果树下，揪了几朵不知名的小花贴近鼻孔嗅着，又寻着去掐了一把小蒜，醉人的泥土气息里透着柿子的清香。母亲说："这景色太美了！"

下了山，合作社门前的广场上有各种土特产在卖，南瓜、金瓜、花椒、柿子、柿子醋，简单地摆在筐里、地上、布袋里，游人在高兴地挑着选着。父亲买了一桶柿子醋，妻看中了一只长着白腿的金瓜。大家在打听着柿饼上市的时间，夸赞着柿乡的柿子。摆地摊的柿农说："买柿饼要预定哩，都出口到外国了，不然买不到！"买的和卖的人脸上都堆满了笑。

天快黑时，我们才恋恋不舍地上车，告别了美丽的柿乡。一路上，大家意犹未尽地回味着柿乡的美景。

华灯初上，霓虹灯闪烁的城市夜景虽美，总觉得不如柿乡的景色美！

蝶　变

我的家乡不远处有座城。小时候，总听父老乡亲们称它为"172"，是因有造飞机的"172 厂"而得名。说是城，其实是"172 厂"的家属区。而对我来说，是它在我童年时就早早地带给了我对城市的认识。

外婆家在距我家百里外的蒲城县，去外婆家就必须从"172"乘火车。父亲用自行车带着我从家出发，穿过一条条乡村土路一路向北，走十几里就到了飞机场。在不"演机"的时候，大家在卫兵的引导下，结队从飞机下快速通过，穿过机场就进了城。

小城不大，只有两三条街道，街道边矗立着两排四五层高的楼房。看见晾着衣服和蔬菜的一个个阳台，我总是对城里人的生活产生无限的遐想。从火车站出来，沿着铺满一地秋叶的胜利路向南，看见了百货大楼，就到了城市中心。沿人民路向东步行约五百米就出了城，到了农村。

上中学时，有时会去看电影或者考试，进城的机会就多了。中午时，洒水车喷着水雾，响着好听的音乐开过，留下了一地的清凉。从红安公司各楼栋里出来的穿着同样服装的工人潮水般地沿每条街道向一个方向涌去。我们骑车子停在路口，油然而生几许对城市生活的向往。

中学毕业后走向社会，阎良就成了我寻求事业发展的港湾。阎良城也像慈母一样包容和接纳了我，给了我生存和发展的平台。

20世纪90年代初期，胜利路商业街成了阎良最繁华的街市。胜利路两边是低矮的门面房，商铺后面是小良村的麦田、菜地。胜利路上摆摊的商贩，都租住在周边的城中村。我们租住在陈家村，村东的公园路到东闸口的路两边是凌乱的树丛和麦田，有几家从事竹竿加工的场子，散乱地分布在农田间。出了东闸口，就又是乡村了。

阎良最美的地方，就是阎良公园。沿着深邃静谧的通道前行，尽头是小桥流水、亭台假山；各种花卉在苍翠的青松林间点缀着，令人心旷神怡；公园中间的人工湖里小船荡漾、游人如织；动物园里猴山、孔雀等引得小孩子们流连忘返。我也曾带母亲专门来游过园，看过猴子。再后来，老家兄弟姐妹来了，我也必然带他们去逛一逛，就算是进了一回城。公园的东墙外是大良村的耕地。围墙东南角靠近土山的地方，有一个总也堵不上的豁口。

城西的凤凰村，因为地势稍高，原来也叫凤凰岭。凤凰村以西是地地道道的农村。凤凰路以东，除阎良面粉厂外，有的只是荒草、老树和臭水坑……

1997年，阎良迎来了建区三十周年，在新的领导班子带领下，开始了建设高潮三技校向西要建开发区，一条笔直的迎宾道路横贯南北。向西新修的道路两边高高的土堆后，远远近近的已经有好多工厂在圈地建厂。阎良城旧貌换新颜，一天一个样地发生着巨大变化。

胜利路市场拆了，建成了"布匹市场"；原先脏乱的农贸市场拆了，建成了"新世纪商城"；老百货大楼拆了，变成了"千禧广场"；新修了环城东路；凤凰路也改建成了美丽的城市道路。城市中再无农田，喜迎千禧年，城市大变样。

"全国园林绿化城市""全国卫生城市"各种称号纷至沓来，阎良城成了渭北地区的明珠。凭借飞机设计、制造、试飞为一体的综合产业，阎良城成了"东方的西雅图"。作为西安市的卫星城市，阎良人走在大街上，昂首挺胸，很是自豪！

一路走来我见证和参与了阎良城的巨变。

昔日交通拥挤的人民路，现在成了两条通畅的绿化景观长廊。一处处土丘形成的坡地景观上，铺满了草坪，旁边有灌木和原先留下来的城市古树，一条红色

的胶粘石道路曲来拐去地从这一处的绿草坪延伸而入，又从下一处草坪里弯出来，就像是在演奏着美妙音乐，在小路上散步的人，就成了跳动的音符。市民推窗见绿，下楼即是公园；石川河已成了水美景美的湿地公园，城区四周多了"街边公园""口袋公园"；城中再无农田，再无脏乱和灰尘，只有无尽的美景。

清晨，早早地就有人在各条道路边的景观公园里晨练。短裤、背心、运动鞋，布带紧束着发髻，朝气蓬勃，活力四射。

晚饭后，路灯下，散步的人悠闲地漫步在彩色的小路上，爱犬在前面走走停停。偶尔有人停下来，坐在长凳上小憩，说着永远说不完的过去的事情，久久不愿离去。

站在楼上的阳台向外望去，远处的绿一直延伸到了窗下，尽收眼底。夜间，远处的公路变成了几行亮灯的直线，延伸至几十公里外，和渭南城的璀璨灯火清晰地连在了一起。

农村也变得更美了。公路两边的村道上是各种主题文化景观带，以农耕文化为主题的绘画或其他布置，让人分不清是城镇还是乡村。清晨，校车在十字路口接走了孩子，大人们也顺便去吃了早餐，逛逛超市，在乡村道路上散散步，或者坐在村口的广场边聊天。夜幕降临，农村人也有了和城里人一样的夜生活，夜市、烧烤能持续到后半夜。村东头的广场舞，不论冬夏都准时地进行着，年轻媳妇们个个红上衣黑裙子，妖娆地舞动着。

"上有天堂，下有苏杭，除了北京、上海，就是阎良。"这是多年前阎良人口中相传的骄傲。飞机城，这座新兴的城，虽无苏杭的清秀，却充满了希望。阎良人个个脸上都带着笑，人人都充满朝气、活力和激情。飞机城就像迎面跑来的一位小伙子，浑身上下透出旺盛的精力。

而今的航空城，人才公寓里住进了一批批的建设人才。从城市到乡村，一切都发生着日新月异的变化。高速路方便快捷，高铁、地铁项目正在建设，阎良不仅仅是西安的卫星城市了，还是关天经济带上的美丽明珠。

阎良人幸福地在飞机城生活着，阎良城也在一天天地飞速发展！

陪着老妈逛北京

在我妈的心里，北京代表的就是天安门，就是毛主席。老人家有时高兴了，边干活边哼唱，唱样板戏《红灯记》《洪湖赤卫队》里的唱段，也唱《我爱北京天安门》《北京的金山上》《读毛主席的书》等曲目，这些都是我妈年轻时的流行歌曲。在电视上看到国庆阅兵时，她就异常关注，经常叨咕，要是能去北京看看天安门，能去毛主席纪念堂看看毛主席就好了！

趁着五一节假期，天气不凉不热，我就和妻商量，陪着老妈和岳母一块儿去北京逛逛。

岳母八十多了，老妈也七十多了，要陪她们去逛千里之外的北京，我俩着实费了一番脑筋，详细地规划了行程，提前在网上购了票，又去医院开了健康证明和晕车药，还特意准备了足够的食品和日用品。我俩分了工，各自负责照看好一位老人，另外还安排妻姐同行，专门负责拿行李、搞服务。考虑到两位老人一辈子没坐过飞机，所以，我们决定让老人体验一下在天上飞的感觉，返程时再乘坐高铁。两位老人也都高兴地配合我们做了相应的准备。一切准备停当，只待出发。

为了能在观看风景的同时不至于太忙乱，我们特意选定了下午三点的航班。一大早，我们一行五人乘专车去机场。路上，母亲兴奋地问这问那，并没有晕车。顺利地进入到宽大明亮的候机大厅，然后排队过安检、登机，一切犹如天助，非常顺利。

上了飞机，我给老妈调换了靠窗的位置。老妈坐在舒适的座椅上，异常高兴，把脸贴近舷窗目不转睛地看着窗外。飞机飞行中，老妈看着云层下面那些从来没有见过的壮观景色，很是兴奋。用了飞机上提供的免费简餐后不久，飞机就落地北京机场了，老妈一直没有任何不适的感觉。

此刻的北京，华灯初上。提前联系好的网约车早就等在机场了，司机热情周到地把我们很快送到了预订的酒店。酒店离天安门广场很近，是一家五星级酒店。洗漱完毕，母亲丝毫没有睡意，拉着我坐在茶几旁的沙发上聊到很晚。回味起一路上的经历，她给我讲了自己大半生的不易，说还真没想到会有机会坐飞机逛一回北京，说自己是全村最幸福的老太太。

第二天，我很早就起床，照顾老妈洗漱完，又去餐厅里吃了丰盛的自助餐，然后，背着水壶搀着老妈，出门向西穿过王府井大街，就到了长安街东头天安门广场的东入口。我们跟随着如潮的人流，排队通过安检后，再从地下通道里上行就到了天安门广场。

九点多钟，天安门广场上已热闹起来了。三五成群的游人在偌大的广场上，或拍照，或欣喜地说笑着。晴空如洗，太阳不毒辣，照得人浑身暖暖的。广场北端红墙金顶，宏伟壮丽的天安门城楼吸引着游人的目光，喷泉溅起的水雾，使天安门显得更加神秘而庄严。我们站在高耸的旗杆下，仰头望着迎风飘扬的国旗，心潮澎湃，后悔没有早起来看升旗仪式。人民英雄纪念碑的四周有很多游人在驻足观赏，母亲告诉我"人民英雄永垂不朽"几个字是毛主席写的，这个她竟也知道；她扶着栏杆迈上台阶，小心仔细地端详着四周的浮雕。

再向南就是母亲所牵挂的毛主席纪念堂了。我搀扶母亲急匆匆走过去，却发现大门紧闭，门口贴了"馆舍维修，三日不开放"的告示，母亲和很多游人一样感到失望、惋惜，在原地站立了良久没有说话。我能感受到她的失望与遗憾。为了减少她的失落感，我指着庄严肃穆的纪念堂建筑，给她讲平时游客从哪里进入，里面是怎样的情形，她都非常仔细地听着，不断地点头。

在草坪边道沿上坐着休息时，我给母亲指着介绍四周的著名建筑，哪里是人民大会堂，哪里是历史博物馆……妻提议大家照相留念，我们便变换着组合，请人用手机帮忙拍了很多相片。看到有专业摄影师在拍照，就干脆请摄影师找好了位置，给岳母和母亲拍了几张单人照片，又一起合了影。照相时摄影师说有个"老外"不小心挤进了我们画框，问我们要不要重新照，我说："不用了，广场上游人本来就很多，我们也可能挤进了别人的相框，图的就是个人气和热闹。再说，这个'老外'也许是羡慕我们中国百姓一家人的幸福时刻呢。"现场有打印机，稍等片刻，精美的照片就到了我们手上。

离开广场，用手机在网上购了故宫的门票。走上天安门前的金水桥，穿过城楼通道，就直接进入故宫。从瓮城穿过午门后，我找到一处有树荫的地方，帮母亲褪去身上的厚毛衣，让她喝水休息了一阵，大家便起身汇入人流，开始游览故宫。

穿过太和门，游览了太和殿、中和殿、保和殿三大前殿，参观了皇帝上朝和办公的大殿。我们一行又从乾清门进入后宫，参观了乾清宫及东宫。当看完太后的寝宫后，母亲告诉我："你看太后住的地方都比不上现在老百姓的住处。"的确，时代变了，现在普通百姓的生活要比过去皇宫的生活好多少倍。

母亲好像对故宫里的石雕装饰和器物特别感兴趣，仔细地端详着大殿外由整块石头雕刻的盘龙浮雕，摸着精美的汉白玉栏杆，久久不忍离去。我给她讲古代在建紫禁城时，盘龙石雕运到京城是怎样的艰难，给她讲大殿前黄铜水缸上的鎏金被八国联军进入故宫掠夺时用刀刮过。她听得可认真了。

出坤宁宫进了御花园，坐在长廊下休息，我们都感觉很累，可母亲却一个人还在看古树、流水、假山，我硬拉她在古松下的长凳上坐下，给她拿了水。"妈，你累不？"我问。"不累，"她说，"我感觉我和皇太后一样了。"引得一旁的人都笑了。

神武门外，便是故宫北门外。回头再望故宫博物院几个大字，大家再次留影，之后，恋恋不舍地离去。

看时间还早，我们一行人沿护城河向东，去寻吃饭的地方。有好几对青年人在拍婚纱照，红墙、丽人、美景，人如在画中一般。母亲高兴地看着我们拍照、说笑。寻到一家叫"天外天"的饭店，我们点了正宗的京味饭菜和北京烤鸭，母亲和岳母直夸好吃。

回酒店午休，傍晚再陪同母亲和岳母去逛王府井大街。霓虹闪烁，商场林立，游人如织，买了一串冰糖葫芦，母亲说要带回去给孙女吃。晚上，母亲说："逛美了，咱回家吧。"我告诉她明天下午回程的高铁票早都定好了，明天上午我们还可以在北京逛上半天。

第三天上午，坐车就近去逛了恭王府，母亲和岳母凭身份证享受了免费参观的待遇。听导游讲了王府的来历和故事，亲自摸了石碑上的"天下第一福"。我又花钱请了两副字带回，准备让福气常伴父母身旁。

恭王府旁边不远处就是北海公园。因上学时从课文里了解到关于北海公园的故事，尤其是歌曲《让我们荡起双桨》里的"绿树红墙""水中倒映的白塔"，故我多年来一直就想去北海公园看看。北海公园里凉风习习，风景如画，我们也权当是休息和放松一下。陪母亲和岳母参观了九龙壁，在一处摊点前为两位老人换上古装，摆了皇太后的造型，坐在"龙椅"上拍了照。"真像慈禧太后。"旁边有人说。我说："就是太后啊！"大家都笑了起来。

从北海公园出来，穿过小胡同，走走停停，随便找地方吃了午饭，接我们去车站的车也就到了。坐上平稳的高铁，母亲很惊诧，说比原来回娘家时坐的"绿皮蜗牛"快多了。

晚上九点钟到了渭南，我们的专车早就在等候了。坐在回家的车上，母亲高兴地说："真快，中午还在逛北京，晚上咱就到家了。"我说："妈，明年咱再去看毛主席，还有，下次咱争取看一回大海。"母亲说："不了，不了，这次逛美了，再不出去了，看看北京就够了。"

回到家整理行李时，母亲看照片里"老外"做着手势，还有自己当"太后"的照片，舒心地笑了。我想：母亲心里的确是高兴的，愿母亲健康长寿，快乐相伴每一天。

有机会我一定陪老妈再去北京看看毛主席！

那人那物那情

母亲的愿望

母亲有一个愿望，是想让我陪她去看看兵马俑。

母亲的这个愿望，是在我买了房子举家迁到城里后才有的。电视中《最美陕西》里壮观的兵马俑阵容使她感到震撼，也大概是因为结束了半生的操劳，生活日渐安逸和相对富足后而产生的。然而我并没有在意，只是一声"行"敷衍过去。

"唉，啥时去看看兵马俑就好了。"之后的几年，她好像又提过几次，我都没有在意。大概是我自认为这不是生活所必须满足的，同时我多年跑车拉客的经验告诉我，参观完兵马俑博物馆的人大都因为"不懂"而觉得平淡无奇，我心想：只上过几年小学的母亲，又能看懂些什么？故而都以太忙为借口，搪塞了过去。

母亲一天天变老，近两年身体状况极不佳，冬天往往不敢出门，五月底还不敢换掉棉衣，怕凉而且容易生病，心脏也不好。我忽然觉得，是该陪她出去走走了！

经过几天的调理和准备，特别挑选了天气晴好的日子，母亲很高兴地在父亲的陪同下，早早地就等在小区门口。我开车接上父母，向兵马俑博物馆进发了。

公路两旁，清新的空气伴着满目庄稼醉人的绿色，向车后缓缓地移动着。母亲一边很高兴地欣赏着美景，一面很急切地询问着关于兵马俑的故事，孩子似的十分兴奋，竟没出现出发前所担心的晕车现象！

三十多公里的路程，我不忍心过早地结束母亲对大自然的醉美享受，悠悠地走了一个小时，才到了目的地。

眼前广阔的广场、如潮的游人，都使母亲格外兴奋，尤其是看到有很多的外国游客。

她小声地对我说："看，人家那么远都来看，肯定很好。"

买票时，因为父母都是老年人，可以免票，母亲又很自豪地说："看，来对了吧！"

我们跟随着人潮，进入了博物馆。偌大的展厅里，母亲被一排排整齐壮阔的兵马俑阵容震撼了，呆呆地看了很久，嘴里念叨着："咋这么大？"

我们随着人流慢慢向前移动着，母亲的手一刻也没有离开过那刷了白漆的栏杆，不时伸进去摸摸那隔在栏杆里面土台上的泥土。

我没有想到不懂得多少历史文化的母亲，竟然如此认真地欣赏兵马俑，更想不到她在观看秦俑兵阵建造时，看到上面用木料搭设的天篷有被烧过的痕迹，问我这是否就是当年项羽所烧。

她认真地看着那些表情丰富的秦俑，像是在注视着她的儿子，怜爱地几次想去触摸那冰冷的面颊。

"唉，要是能摸一摸就好了，我眼睛不行，看不清了。"她一边回头看了看我，一边自言自语。

我很心疼地告诉她："妈，你慢慢看，一会儿那边就有精品展，能走到跟前看。"她才满意地应了一声。

我担心她行走不便，要扶她，她坚持说自己能走。她手里拿着手帕，扶

着栏杆，走走停停，看她想要看的东西！每看到有图片文字解说，母亲就停下来，一字一字小声地念着，我偷笑她连英文注解都要仔细地看，其实她并不懂英文。我提着专为她准备的装着热水的暖瓶，小心地跟着，给她讲有关秦俑的故事，她很认真地听着。她停我就停，她走我就跟着走。她有时不小心挤到了别人，那些年轻人都礼貌地让开，母亲显然已经把自己融入了历史之中，她是那样专注地用她独特的方式和秦俑对话……

到了精品展区，因为能近距离观赏秦俑，所以密密实实地挤满了人。母亲个子矮小，我找了空隙把她带到展柜前。终于能近距离地观赏，她很激动，仔仔细细地看了每个展品。我认真地讲给她听，指给她看，那些士兵的服饰、纽扣、鞋子的不同，些许红色颜料的残留，等等……

她看得极其认真，像一名虔诚的朝圣者，手扶着玻璃，崇敬地仰望着立在玻璃柜中的秦俑。

她是感叹那秦俑的身世吗？她是为秦俑的造型惊叹吗？她是为那曾经的英雄气概而感叹吗？她在马俑前仔细地端详着，是为马俑那健硕的身躯而慨叹吗？

她专注地盯着马俑残破的身体，为残破的马俑而微微叹息："可惜了！"她是在慨叹马的命运，或是骑在马上曾经叱咤风云的士兵的命运，抑或是曾经秦人的命运……

我悄悄地跟着她，不忍心惊扰她。隔着玻璃，想为她留下影像时，看见她那样专注，竟心酸了起来。

这还是我的母亲吗？她的白发隔着玻璃愈发显得灰白了，她的目光已不像原来那么有神了，她嘴角的肌肉已变得总是向下弯垂着，加上布满额头的皱褶，岁月已无情地把母亲推向了衰老的行列！

我愧叹着这么多年从来没有认真仔细地端详过母亲的面容。

这还是那个我小时候必须依偎在她怀里，才能安然睡去的母亲吗？

这还是那个曾经把我和妹妹带到田间地头，既要干活挣工分，还要远远地望着、牵挂着我们的母亲吗？

这还是那个因为我不愿走路而抱着我挎着柴草，一边走一边停下来休息，蹒蹒前行的我的母亲吗？

这还是那个我认为最能忍受骄阳的曝晒，在人家都收工后独自一人在田间劳作的母亲吗？

这还是那个在她的儿子小时候被人打后，去找人家"算账"的母亲吗？

这还是那个在我上初中时，每周日中午站在场苑口等着我回来，我大老远就能瞅见的身材矮小的母亲吗？

这还是那个在我高考失利、前途迷茫时，陪着我落泪的母亲吗？

这还是那个在我把女朋友带回家时，顶着炎热的天气蒸了凉皮，高兴地看着我们吃饭的那个母亲吗？

这还是那个为了照看好我的女儿，抱着她下楼时踩空，把自己膀子摔坏，孩子却毫发无损，让我想起来就心痛的母亲吗？

这么多年来，我们都因为工作忙，几乎忘记了父母的存在，有时只考虑到他们的物质需求而总是无暇顾及他们的精神需求，在繁忙时对母亲的一个嘘寒问暖的电话感到厌烦。却不知，父母从来都不曾忘记或减少对儿女的关爱，哪怕听到电话那头不耐烦的声音，他们都觉得是天大的慰藉。

他们关心的是儿女的安好！会因为看了报纸的法制栏目而半夜打电话来告诉你要锁好门；有时也会跑到你的单位仅仅是问你晚上想吃什么饭。

他们就像是儿女的影子，无处不在地伴着你的生活。他们会把对你们来说不必要的爱加倍给你的儿女。因为在他们看来，你们和你们的子女，就是他们生命的延续，家族使命的延续。

其实，他们一直都在默默地燃烧着自己，把哪怕是最后的一丝光和热都用来照亮儿孙们前进的道路！他们的爱，是天底下最无私的爱！请关爱我们的父母，不要再让父母亲有一个实现不了的愿望！

三　姐

　　三姐是妻的三姐，是我的妻姐。

　　三姐大妻五岁，和我们也算是同龄。三姐走了，是因为患了癌无法医治，走得很匆忙，叫人无所适从、猝不及防。

　　三姐的命运是多舛的。小学毕业就辍学，投师学了裁缝的手艺。她心灵手巧，早早地就出师自立了。新潮时尚的流行时装，三姐看了图片就能做出来，且一模一样。三姐对父母的安排总是言听计从。三姐曾经谈过一场恋爱，两人同村，一起学裁缝一起出师，感情很好。可是因为双方家人的反对，三姐最终被岳父送去了甘肃打工，从而结束了自己那段难舍的恋情。多年后妻闲谈时问姐："还想他不？"三姐笑了笑说："和谁过都一样。"

　　三姐对她心爱的男人是掏心掏肺地好。经人介绍，三姐认识了她的第一任丈夫，在相识几个月后，草草地结了婚。丈夫长相虽好，但生性懒散。三姐经营了一个铺面，专门接活做衣服，丈夫则在店里做饭打下手，每天喜好打牌喝酒，楼上经常有啤酒瓶子堆成的一堵墙。别人都说："小凤女婿是个会花钱的主。"

　　十多年来，三姐家三天一小吵、十天一大闹，大家都习以为常了。老黄牛一样内敛、忍让和包容的心态，让三姐在十多年的生活中虽有短暂的幸福，但总是伴随着长久的伤口。最终，三姐还是离婚了。

妻是三姐的徒弟。三姐在妻十六岁时，就把她带到了城里，手把手地教她，严厉地要求她。很快，妻和三姐一样在当地小有名气。做衣服的主顾，姐不在时找妹，妹不在了找姐，"大雅""小雅"在同一个市场、同一条街道，生意很是红火。

妻和三姐年龄相差较小，又在一起朝夕相处了十多年，姐妹俩总是无话不谈，分享快乐、分享成功的喜悦，她们因为对方的烦恼而一起烦恼，也因为对方的高兴而一同高兴。她们之间也发生过几次小的不愉快，但只要一个招呼就烟消云散，姐妹俩依旧形影不离！

三姐喜欢孩子，特别喜爱我的女儿。女儿每次看见三姐，就远远地跑过去抱着她："姨妈，我爱死你了！"三姐总会很幸福地笑起来："等姨妈老了，将来就靠我娃了！"女儿跟着三姐学会了针线活，小小年纪缝制沙包、小布袋子等，针脚细密。妻说："这是得了她姨妈的真传，要接她姨妈的班哩！"

三姐很勤劳，因为从事的是裁缝生意，二十几年来，三姐几乎没有休息过。每天都起早贪黑地干活，她用自己的积蓄给前夫家里翻盖了崭新的房子、送终了公婆、养大了儿子。儿子很是出众，上了大学，从军入了伍。三姐高兴得逢人就夸："有我娃也就够了。"

三姐疼爱自己的儿子，因为对儿子的牵挂而放弃自己对幸福生活的向往，把自己全部的爱都给了儿子，给儿子创造最好的生活条件。儿子当兵退伍时，我和妻陪同三姐去接机，母子两年不见，儿子上前把三姐抱了起来，母子亲情，让人感动。

三姐第二次嫁人了！男人忠厚老实，对三姐也好，经常出双入对，我们都说三姐找到了真正的幸福。在他们的婚礼上，我作为主持人很动情地祝福他们能有幸福的后半生，三姐当兵的儿子也发来贺信，看着他们幸福地牵手，在场的所有人都为之动容。

然而，当所有人都还沉浸在三姐的幸福中时，不幸却不期而至！三姐患了近十年的胆结石，一直都因为怕耽误生意，强忍着不做手术。终于在腊月二十六，正在赶制年前最后一件客户定制的床罩时，三姐因疼痛难忍而住进了医院。在上手术台后，被医生告知发生了癌变。

进而三姐去省城治病，花费巨资做了手术。三姐的所有积蓄很快就花光了，妻就开始用自己的钱给三姐治病。我的父母异常支持，老母亲告诉我："娃好得跟啥一样，咋得下这病？我想起来就恓惶得不行，你们多花些钱给治吧，钱没了你们以后还能再挣。"我很是感动，因为母亲是极细发的人，一双袜子补了再补也不舍得扔掉的，但这次如此慷慨，是因为她一直把三姐当自己家里人看待。

然而一切都无济于事，妻把自己关在车里大哭了一场后，开始了四处求医问药给三姐治病的历程。哪怕听到一个模糊的消息，妻都会认真地去打听，有时开车一跑一整天。妻已经不顾自己公司的业务，心思全在救治三姐上。因为三姐是妻的影子，是妻的知己，是妻最亲近的人。

我们把三姐送回了她第二任丈夫的老家，为的是乡村清新的空气和安静的环境有利于三姐身体的康复。我和妻每天都穿梭于三姐家和我家。在经历了三次化疗后，三姐的病情急剧恶化了，经常疼得直不起腰，总是问我："咋都看成这了还不管用？"我总是安慰她："手术有些大，伤及了其他的脏器，肯定要有很久的恢复期。"她听后不作声了。她对我的话总是深信不疑，在她心里，一直认为我是有文化、有见识的。妻总是在背后悄悄地流泪。后来很多的治疗

花钱费力，虽然我明知是徒劳，但从不忍心阻拦，期望能让妻心里得到些慰藉！

随着进食量越来越少，三姐的情况也越来越糟，已不能起床。我和妻开始着手为三姐置办寿衣。三姐的人缘极好，和同一市场的同行们没有红过一次脸。大家对三姐极为同情，他们为三姐手工赶制寿衣，都说："凤这人真好，给别人做了半辈子衣服，要走了，她要穿的衣服我们给做得美美的。"

一切都收拾停当，大姐把病情告诉了三姐。三姐倒显得很坦然，自己安顿了后事，提起了想见的几个人，其中就有前夫。其时前夫已娶了新妻，生了女儿。三姐是想要交代并托付关于儿子的事情了，但前夫终归没有来。

后来，三姐精神已经恍惚。因为亲姊妹不能见面的讲究，妻特意嘱咐我去照看。三姐爱干净。上午，和三姐相好的两个姐妹为她洗了头，靠在儿子怀里的她被用吹风机吹干头发时，已经疲惫得不想睁眼了。我进去看她，她很安静地躺着，有气无力地看着我说："我也没有什么放不下的，就是娃交给你了，你就权当是你的儿子。"这本是要告诉她前夫的话，无奈才讲给了我。我的心情很是沉重，这哪里是一句简单的交代，这是多么沉重的嘱托，这是母亲将逝时对儿子的无限挂念和眷恋，这是一个母亲无奈时的祈求！三姐如释重负地托付完后，已虚弱得不能睁眼了。我坐在床边，静静地看着她，她不时地用难以听清楚的声音叨咕着："唉，咋还走不了？"

经过几个小时安静地守候，三姐终于走了。三姐带着对刚刚开始的美好生活的眷恋、带着对儿子和亲人的留恋和对自己命运的万般无奈，抛下她的儿子、她的亲人和无数关心她的人，独自去了。烛火摇曳、纸灰飞灭，她的朋友们来看她了，曾经和她在一个市场里做生意的人们都来了，泪流满面地祭奠她、怀念她，她曾经的徒弟用悲怆的哭声送别她。

所有人无不悲切伤痛，三姐却再也看不见了。

对于妻来说，从此少了一位能和自己分享快乐、情趣相投的手足。三姐的儿子没有了母亲，妻用最大的努力去减少他的伤痛，我的女儿也天天"我哥长""我哥短"地叫着，她为多了一个哥而高兴。我和妻尽力地为孩子们营造着幸福的生活，一切如同什么也没有发生过一样，日子还在一天天地过着，只是在除夕或者清明节的时候，少不了必须要做的事情，那就是祭奠三姐。

三姐永远地走了，只是我时不时地会梦见她，每次我都告诉她："姐，你放心，我们和孩子都很好。"

胡爷打胡基

胡爷姓胡，是住在我老家祖屋的邻居，大我十多岁，因为辈分大，我得管他叫爷。

以前，老家农村盖房子、砌墙、盘炕、泥炉灶，都要用胡基。胡基是用田地里的黏土制成的土坯，就地取材，造价低廉，是人们盖房子必不可少的建材。要是看见谁家在地里打了几撺子胡基，那八成就是要请匠人盖新房了。胡基廉价，但费力气，村里人盖房子前都要请人帮忙打胡基。

胡爷打胡基，是年轻时候的事，是业余的。他身强力壮，生产队里的活路干完，还有使不完的劲。像大多数农民一样，胡爷虽有一身力气，却很穷困。他幼年丧父，和耳背的老母亲相依为命，自知娶媳妇是很遥远的事，所以从不想着要给自己盖房，打胡基也就没有用，但胡爷生性热心，村里人总是请他帮忙打胡基。

清晨天刚亮，露珠儿还在草上明晃晃地挂着。在吃了主家从灶下热灰里掏出的两个烤得焦黄的玉米面馍夹咸菜，喝了一壶"铁沫子"茶后，胡爷扛上青光的捶布石，提了盛着草木灰的笼、石头杵子，用铁锨挑着胡基模子就出门了。

打胡基首先要选土，太干或太湿都不行。土太干，没有黏性板结不了，就必须要泼水闷土；土太湿，打成的胡基就成了泥坯，变形不能上撺，所以要选田里温度合适的土。选择地势较高的地方平了地基，用石杵子砸了一遍，修整平顺，在旁边支好青石，放好灰笼、杵子，用铁锨铲了浮土和柴草，准备停当就开工了。

在摆放平整的捶布石上，支好模子。模子有大小之分，本地人用的模子薄且形体稍小，用起来轻巧顺手得多，而山东模子较厚且形体稍大。胡爷力气大，爱用山东模子。打胡基要两个人搭配，一般都是主家负责供模子，胡爷专门打胡基、摞胡基。

在灰笼里抓一把草木灰，均匀地撒在模子里，这是防止土粘着不易脱模。用铁锨铲了三锨湿土，堆进模子拍平整。这时候，胡爷轻身一跃，两脚就踏进模子里土的中央，双脚随着身子的前倾和后抑，脚尖和脚跟用力地把土踩实，再次轻跃踩了两步，模子里的土已被踩实踏平。胡爷双脚移至模框上，手心里吐了唾沫，提起了平底的石杵子，随着杵子的起落，一声轻一声重有节奏地击砸，直至砸平。胡爷每次将杵子提高至齐眉，又准、狠、有力地落下去，最后再用力捻两下，胡基表面就变得光滑平整了。这一系列动作既要娴熟又要稳、准，讲究"三锨、六脚、十二个杵子窝窝"，身体的晃动，脚步的跳跃、踩踏，有节奏地锤砸，要一气呵成。胡爷每每都像跳舞一样，轻松潇洒极了。

放下杵子，用脚蹭去模框上的黏土，就势用脚后跟一磕打开模具，弯腰支起模子取掉挡板，四棱饱满、平整规正的胡基就成型了。用手端起胡基，摞在身旁的垛子上。端胡基一般人是两手立着提起来，叫平模子摞胡基，胡爷却是连同模子立起来，然后褪去模子，用手举起胡基上摞，叫立模子摞胡基，一般能摞十三层。这样的方法比平提胡基多摞好多层，但要有力气和技巧。

摞胡基看似简单，却很关键。在结实平整的土基上摞胡基，要保留空隙，一行向左倾斜、一行向右倾斜，压着茬地码放。这样摞起的胡基垛子，通风，利于干燥却不易倒塌。打胡基前虽看好了天气，但总归做不了老天的主。突然变天，下了几天的连阴雨，胡基摞不好就被泡了，几天的辛苦也就白费了，是很恼人的。

胡爷摞胡基是把式：平整的根子地势较高，处理得好，不存水；摞放也得整齐稳固。他摞的胡基垛子，像花墙一样整齐美观。每有人投来羡慕的眼光并夸赞他时，胡爷总是自豪地说："会打不会摞，不如屋里坐。"

胡爷有的是力气，总是不知疲倦。几个小时打了几百页胡基，不停地提杵子、弯腰、打胡基，一般人早累得散了架。主家催促中间休息一会儿，胡爷却和供模子的我二爸从附近小学围墙的豁口翻进操场，抱着篮球打起来。二人你防守他投篮，打了十几分钟的"半篮"，出了一身水又回到地里。"这下歇美了。"胡爷用手帕擦着汗满足地说，又开始打胡基、摞胡基。

等天色渐暗，炊烟从村里往田野里弥散开时，胡爷在主家一再地催促下才收工了。几个人又扛着青石、铁锨，挑着模子、杵子等工具，哼着他自己爱听的戏，走在回村里的路上。胡爷和我二爸又商量着今晚去哪个村子看电影的事。他们身后的地里，是整齐漂亮的近千页胡基摞成的"花墙"。

胡爷在老妈跟前是孝顺的。

只要他一进村，我总是大老远就能听见他高声地唱着"焦赞传孟亮禀，太娘

来到"，然后就听见他进了门，学着《屠夫状元》里胡三大声地喊："妈唉！你娃回来了！"

"这货！"老太太高兴地笑着。

主家谢偿他好吃的，他总是急着给老妈带回来。

胡爷因为胡基打得好，有力气，也娶了媳妇。随着包产到户政策的落实，农民的日子像芝麻开花般地好了起来，家家都拆了原来的胡基房，盖成了一砖到顶的瓦房。胡爷买了拖拉机，专门拉砖跑运输。在买砖紧张的时候，他总是半夜排队去开票，去砖厂提了砖，一块块地装车，运到指定地方后又一块块地卸车。一车砖近两千块，运一趟得装、卸各一次，挣的就是力气钱。胡爷打交道的不是胡基就是砖，总是干着跟盖房有关的力气活。人家问他咋不换个事干？胡爷总说："唉，咱有的是劲。"胡爷凭力气给自己也盖了新房，过上了好日子。

再后来，胡爷不拉砖了，外出闯荡几年，学会了修理，成了焊工把式。今年回老家，和兄弟闲谈时得知，胡爷的生意好得很，焊钢架、搭雨篷，整天从这村到那村地忙着。拖拉机早已换成了七座商务车。清闲时，胡爷哄着孙子、带着老伴，去自乐班唱戏潇洒。大家都说："老胡张得很！"

现在，每当听见胡爷"焦赞传孟亮禀，太娘来到"高亢的唱戏声时，仿佛还能听见胡爷铿锵有力有节奏的打胡基声。

现在的人们，渐渐地已不知胡基为何物了！

夕阳下的背影

进入冬季，天气渐冷，中午十二点钟正是我们酒店一天中最忙碌的时候。后厨操作间里的炉火正旺，精美的菜品不断地出台，从大厅到包间，到处都是服务员来回穿梭的身影。

我作为酒店的运营负责人，时刻监控着服务的每个环节，迎来送往着熟识和陌生的面孔。

"你们这能吃饭不？"自动门打开，一位老者探进身子。他想进来却又犹豫，显然是被酒店考究的大门及豪华的装修吓住了。

"能，大叔快进来。"为了避免他被门夹到，我赶紧上前搀扶他进来，安排服务员倒了一杯热茶给他。他小心翼翼地进来，用手扶了扶戴在头上的毛线编织的很破旧的帽子。

他的年纪约莫有八十岁，背已经弯得很低，几乎九十度地与地面平行了。一件布满褶皱、宽大的旧皮衣盖住了他的旧棉裤，一双沾满泥污的破棉鞋站立在光洁的地板上，让他感到很不自在。

"看我把地都踩脏了。"满是灰尘的苍黑的脸上，一双小而无神的眼睛透着浑浊的目光，小心地四处看看，怯懦地自言自语。

"大爷，您请坐。"服务员按照我们培训时要求的规范流程，专业认真地服务着。

"我今天不吃饭。" 老人唯独说这句话时很自信，想让大家明白不用对他这么热情，因而音调高了几度。

我吩咐服务员去忙别的客人。这一类的闲事，由我来处理，以节省人员服务的成本。

"我是想订桌饭给我老伴儿过生日。"老人极其认真地说，"我老婆子一辈子可怜得很，马上过生日，我想给她庆祝一下，先来定个日子，到跟前了再来点菜。"

"好，欢迎你随时来。"我又扶着老人，按他的要求，在接待宴席的登记本上做了登记，让服务员送走了他。

我对于老人要过生日的事情没有太在意，不几日，这事情便没有人再记起了。

大约过了半月，同样是中午最忙的时候，服务员照例各自忙着看台服务。前台收银员报告说有个客户订饭，客户对她的点菜服务不满意，其他人又都在忙，就请我出面。

我停下手里的事情来到前厅，大老远就瞅见餐桌旁坐着一位老人。这不是那个要给老伴过生日订饭的老先生吗？他依旧戴着那顶破毛线的帽子，穿着那身脏旧的衣服。

我一眼就认出了他！

他看见我显得很激动："我今天来点菜，你给我看看，刚才那女子给我点的菜不行，太便宜了。"

有人点菜嫌便宜！我还是第一次碰到。我从服务员手里接过菜单，才发现老人只点了几个热菜，没有凉菜，没有主食。作为包席来说，一般讲究的是热凉搭配、荤素搭配。三百五十元的标准，对于包席来说的确有些少。

"这老叔没有钱，凉菜也不要。"服务员一脸的委屈。我理解服务员是在同情老人，实在不忍心让他多花钱。

我建议给老先生加两个凉菜及热菜，再加上主食和一道汤羹。餐费总计五百二十元。"这还差不多。"老人的眉头舒展开来，"我要给老婆子好好地过个生日哩，就按你说的弄。"然后张开粗糙的手掌，把早已攥在手里发皱的一张百元钞，扯得平平展展，小心地交给我算作订金，要求服务员给他登记好日子并留了位置，叮嘱再三后满意地离开了。

第三次看见老先生是在他老伴儿过生日的那天，老人依旧是那身打扮，和老太太早早地就到了，儿孙外甥共坐了一桌子。我吩咐后厨给老人上菜加量、少辣，并尽量要热一些。开席后老人不停地给老太太碗里夹着菜，老太太显得很木讷，不说一句话地吃着饭。我们酒店特意为老人送了有两个荷包蛋的长寿面，并由全体服务员列队给老人唱了生日快乐歌。老人喝了酒脸红红的，显得很激动，站起身来一个劲儿地道谢。

吃完了饭，老人的外甥要到前台买单。老人坚决不让，非得要自己掏钱。孩子们把钱包了红包给他，他也不要。"我们老了，弄啥花钱呢？不用！"老人坚决地拒绝了，然后解开皮衣，从贴身的衣袋里掏出一卷钞票，一张张仔细地数了几遍，很大方地交到了吧台。

他的背驼得很低，抬起头来几乎和吧台一样高。他高高地举着一叠大大小小

的钞票递向收银员，看着越发地让人心疼。我赶紧上前轻轻地接过钱，抽出一张百元交还给他说："我们有规定，八十岁以上的老人过寿，可以打八折优惠。"他很高兴地接住了，说道："这酒店真好。"他又一次千恩万谢，弄得我们不知所措了。我只得搀扶着他连声

告诉他："应该的，应该的，也祝你们二老健康长寿。"

老人拉着我的手告诉我，他家离这里有十几里地，他和老伴儿是怎样的不易。由于家里穷年轻时候娶不上媳妇，他岳父把姑娘嫁给了他，有人阻止他岳父，怕让女儿跟他受穷受可怜，岳父坚信他人好，将来日子一定会过好。因为负担重、拖累大，两个儿子也是老实巴交的农民，只知道土里刨食，老人的生活一直很窘迫。老两口送终了家里的老人，勤劳地过着日子。

老人说老伴年轻时在他家把苦下扎了（注释："把苦下扎了"就是吃了很多的苦），没过过一天好日子。老伴一生都像男人一样地干活持家，孝敬老人，艰难地过日子。家里盖房时老伴一整夜地从一里外的石川河河道里担水泡泥。近年来老伴得了抑郁症，前不久走失了，一个多月后被找回来。他感到她是他一辈子离不开的人，他必须亲自为老伴过一回生日。

"八十多了，还能再活几天，我欠她的。"老人说着说着竟老泪纵横了。

等老人心情平静下来，我送他们出门。老人搀着老伴坐上他的小三轮电动车，替老伴儿包好围巾，自己则佝偻着身子上车。

"今儿给你们说得多了，你莫怪呵！"

"不会，大爷。看你现在多幸福的，我羡慕你哩！"

我想尽可能地让老人高兴一些。我帮他把车子扶到大路上，看着他启动车子上路。

我不知道老人佝偻着身子十几里路跑了几次是怎样的不易，我也不知道老人背后还有这样的故事。这虽然是千千万万农民都经历过的故事，但从没有过像今天这样令我有感触。可能是因为老人的感恩之情，也可能是因为老人对老伴真挚的感情。从老人身上我看到了像我父母一样的老人的不易和艰辛。那种几十年的患难夫妻，生命已经融为一体的情感，是让人感同身受和心疼的。我期盼着他们的晚年能多一天地享受幸福，也期盼着天下所有的父母都能安享晚年。

我的心久久不能平静了！

夕阳下，老伴坐在车后拽着老头儿的衣服。两个低矮的身影被金色阳光照着，在地上拉得很长很长……

九　爷

九爷在我们本家排行第九，是脑外科专家。

九爷生在农村，长在农村，年轻时候考学外出，读的是医学院，学的是临床医学。毕业后，九爷在市中心医院工作，娶妻生子，住在了省城。

九爷的名气很大。我外出办事告诉人家我是唐庄人，每次无人不问："唐教授你认识不？""那是我九爷，我是他侄孙子。"每次我都自豪地回答。很多时候，人们都投来羡慕的眼光。没办法，九爷的名气就是这么大！

九爷的医术精湛，是远近闻名的脑外科专家。与颅脑有关的病，很多宣布治不了的病，把九爷请去手术，病人都转危为安了。九爷学习刻苦，工作认真，被中心医院派去做过援藏医生；和在同一医院工作的妇科专家九奶，一起去安康的秦岭深山做过援村医生；受国家委派代表陕西省去苏丹援助过医疗；就连一九七六年唐山大地震时，九爷还在天津坚持学习，从未中断。九爷大半生走过很多地方，留下了一路的美誉。

九爷好像啥病都会看，每年清明节回乡祭祖，吃饭时总有十里八村的人络绎不绝地带着片子和检查报告找九爷看病。从内科到外科，从耳鼻喉科到妇科，他好像啥都懂，总是耐心地看片子、问病情，给予治疗方案。老家门前热闹得跟医院一样，作为唐家人，此时我们感觉脸上都有光呢！

　　九爷的医德高尚，他对病人极其负责，老家有时有人托关系找本家人带病人找九爷看病，九爷总是很热心地接待，陪着病人楼前楼后地跑。他身材高大、精神矍铄，上楼下楼很少有人能跟上他。后来只要有人说是阎良来看病的，虽然不认识，他都极其热情地接待，领着检查看病，有时还要垫上费用。后来当地人去找九爷看病，干脆就不找本家人陪同了。

　　九爷看病从不给人乱开药，不让患者多花钱。九爷的儿子说九爷就不会看病。很多人找九爷看病，九爷的治疗方案一般就两种：一种是不用看，九爷经常说"啥好药都比不上半个蒸馍"，如有人找九爷看贫血病，九爷说"回去多吃点儿好吃的就行了，不用开药"。我去年腰疼，做了 CT 是腰椎间盘突出，针灸、拔罐、敷药袋看了个遍，九爷过年回来时碰见了对我说说："不用治，休息休息就可以了。"结果休息了一阵，的确好了许多。

　　邻村有人头疼住了半个月医院，拍了片子，检查结果是脑瘤，立时没了精神。他儿子用架子车把人送到车站，本家人陪同前去找九爷，九爷看后说："这个阴影就不是脑瘤，头疼是感冒所致。"半个月都没有吃饭的病人立时来了精神头，吃了一碗羊肉泡馍后，竟走着回家了。

　　另一种情况也是不用看，病人病情危重，不用再开药花钱。很多病重的患者找九爷看病，都

想着"死马当活马医",都希望可治或者出现奇迹,九爷往往让家属冷静,并建议保守治疗,绝不让患者乱花钱。正是因为九爷的这种负责态度和医德,医院在九爷退休后还返聘他坐专家门诊。

九爷虽一直在外工作生活,却有着浓浓的乡情和亲情。九爷生活简朴,最喜欢吃的菜是生拌红萝卜丝,最喜欢吃的饭是农村的玉米糁稀饭。九爷经常提着一只无纺布的袋子,袋子里面装着钥匙和老年证,这是九爷退休后每天去医院的"标配"。九爷有时会去医院门口摆摊的小贩处,顺手买五元钱两双的袜子穿。九爷心里总是装着老家农村的父老乡亲,虽不在农村住,但老家有人来看病,他总是打听本家还有谁日子过得不好,他还捎钱给老家去打井、买农用车。村里要修路,他第一个支持。只要是村里乡亲的事,他从不吝啬。每次回家时他都要买几件礼物去看看曾经找他看病的人,不管多远,多么不方便。人们都笑着说:"唐教授看病,售后服务是五星级的。"九爷听后总是笑一笑罢了。

九爷总是积极、乐观向上的。九爷很关注儿孙们的学习和成长,经常过问和支持本家子女的教育。我高中毕业后,九爷就极力支持我继续上学,并帮助我联系好学校,因为其他情况我最终未能继续读书,有些后悔。九爷说:"干啥都行,只要好好干,都会有成绩。"本家谁家孩子学习不好被大人训斥,九爷知道了,总是说:"学习不好,长个好身体也行,将来会有出息的。"

九爷对我们家族在当地的声望有很大的影响,和我谈论最多的也是怎样把唐氏家风和家族文化发扬和传承下去。九爷经常给我讲太爷爷辈、爷爷辈是如何勤俭持家的,又是如何德行乡里的,总是希望我这一辈能继承和发扬唐门"勤学识礼、耕读传家"的家风。九爷打算把唐氏祠堂建起来影响后人,但后来考虑到乡间的影响,只好作罢。但对于我弘扬和传承家风的活动甚是支持。

九爷现在八十多岁了,仍旧每天早上五点起床出门,手里提着他标配的无纺布袋子乘公交车去医院。儿子问他:"又不上班还去那么早干啥?"他说怕影响年轻人上班挤公交,所以早走。他每天准时去医院,虽没有办公室也不用上班,但他自告奋勇要求去管理医院的图书室,顺便还可以看看书,学习学习。只要有人来找他看病,他就高兴极了,依然健步如飞地带人检查、找医生,他觉得他依然还能起大作用。我取笑他："九爷，你是医院年纪最大的志愿者。"他高兴地说："就是就是。"

九爷年纪大了，但老家每年除夕和清明节的祭祖活动，他从不缺席，总是一大早让儿子或者侄子开车送他回来。上坟祭祖时，九爷也和年轻人一起村南村北地跑。我作为家族长，每次活动结束聚餐讲话时，九爷总是很认真地听，并时不时地点头表示赞同。对我在家族里的一切活动倡议和要求，九爷总是第一个支持。村民在村子里碰见九爷，都会热情地问上一句："回来了！"九爷总是很高兴地答应着。九爷说他只要还能走动路，就会每年回老家参加这些活动，如果他哪一天走不动路了，他也会让儿子替他回来，总之唐家的活动不能停。

现在，每当我工作压力大了，心烦了，累了，或者不顺心的时候，总会静下心来，想到九爷那阳光、乐观、积极向上的人生态度，浑身又充满了力量。每到节假日或者周末，我总是会开车回到老家，打开院门，想起九爷的期望，感觉肩头总有家族兴旺的责任感，总想努力地为家族多做一些事情。这时，我总感觉到九爷回来了，花白的头发，端端正正高大的身影，就在家门口站着！

我祝愿九爷晚年幸福安康！九爷永远都是我的偶像！

我的朋友牛三林

三林会崩苞谷花，这个消息着实让我吃惊不小。

三林姓牛，是我干女儿的姑父。因为我和干女儿一家走得较近，和三林也就熟识了，也成了朋友。

三林个子不高，中等身材，人长得清瘦干练，穿衣戴帽干净整洁。说起穿衣，三林有时候穿衬衣，系领带，脚踩皮鞋，西装革履；有时候穿夹克、劳动服；有时候穿背心、大短裤，随着身份角色不同而变换。

三林是个能人。龚红超的女儿是我的干女儿，我经常去他家。有一年，龚红超要在家中院子里盖兔子窝准备养兔子，他的姐夫牛三林就是提刀的匠人，动作娴熟老练，干的活儿也漂亮方正，我才发现三林还是个能人！三林丈母娘说："我三林能得很，啥都会干！"后来才知道三林开过商店、磨过面、卖过蒸馍。

龚红超说："三林自小卖蒸馍，啥事都经过，还会做木工活儿！"后来，三林岳父去世时的寿材竟然是三林参与制作的。三林在院子里双腿叉开，腰子猫着，看着刨花一卷卷地随着"嘶、嘶"的响声冒出来落在地上。他的耳朵上夹着红蓝铅笔，偶尔提起木板，眯着单眼，刷胶、起拱、安人箱、上柏木档，样子甚是专业。

"我三林是个尖沟子。"三林丈母娘这样骂三林。三林的确换了很多职业，啥原因谁也说不清，但三林的日子过得倒是越来越红火了。

三林能吃苦，是个闲不下的人。三林家在水泥厂隔壁，离建材厂、造纸厂也不远。凭着得天独厚的条件，三林在几个厂轮番上班，哪里给钱多就去哪里，哪里有活干就去哪里。往往是造纸厂转麦草忙完又去水泥厂拉石头，水泥厂活不紧时就去建材厂搬砖坯子。六月天的大日头，平板车推砖坯子装窑、出窑，虽然挣钱但是很累人。三林不知疲倦地在三个厂子之间来回地跑。

由于三林会做木活、干泥瓦活，一九九六年，我和龚红超带着三林去山西河津市干装修。老板给我们租了一间公寓，可惜没有家具，我们就席地而睡。干活是在距离驻地两公里的一个别墅区，全是煤老板们买的别墅。刚开始我们还比较新奇，没几天就觉得枯燥无味了。

下午天未黑我们就准备收拾下工，三林总是不情愿地跟着我们回去。晚上我们相约去夜市吃麻辣烫、喝啤酒，三林说："出来就是为了多挣几个钱，我不去，你们去。"当我们吃饱喝好，一路唱着歌，回到公寓时，并不见三林的身影。我们睡得迷迷糊糊的时候，三林回来换衣服洗脸。我们看见他一身的土，以为他去偷东西了，轮番地给他做工作。

"出门了不容易，做人要本分。"我说他。

"姐夫，你再不敢这样啊，叫人操心。"红超也不高兴了。

"看你们都胡想啥哩，我去干活了，不信你明天去看。"三林急得红了脸。

第二天我们到了工地才知道，三林趁着我们去逛，自己又回去给另外一家人砸墙了，几个小时挣了二百元。三林从来不乱花钱，有时候吃过饭还捡纸箱子卖。"三林你不怕被人笑话？"我问他，他笑一笑自豪地说："怕啥？一不偷二不抢，凭下苦挣钱哩，光荣！"

三林是个不但闲不住而且生存能力极强的人，不光能吃苦还是个文人。前年我去干女儿家里闲坐，和红超正喝着茶谈论着一些不着边际的闲话，突然听见院子里狗叫了几声，三林推门进来了，我却不敢认。他穿着天蓝色的小方领衬衣，系着一条深蓝色的领带，藏蓝色西装的胸口上别着铝合金材质的工作牌。

我赶紧起身迎接，握着手寒暄了半天，才知道三林现在一家保险公司上班，是职业经理人，负责员工培训和大客户管理。我试探着和他沟通了保险的重要性，

三林从中国保险业的起源与发展到保险条款和保险产品的分类，滔滔不绝地讲起来。尤其谈到产品营销和客户管理，连我这个多年从事房地产策划营销自称专家的职业经理人，都听得目瞪口呆，感觉自愧不如。此刻，我发现，在三林面前我是个学生！

三林也是一个乐观向上、仗义的人，好像没有能难住他的事情，什么事情在他看来都是简单的。三林说得最多的话就是："这没啥，都能弄！"三林和我们在山西干活期间，虽然对自己吝啬，但在路上碰见乞讨的老人，他从不空手。以至于有一次坐火车，看见站台上有老太太讨钱，他立即下车去施舍，差一点误了上车。

我们在山西干了几个月活，最后老板生意出现了变故，我们没有拿到钱回不来，大家都很沮丧。三林给我们做工作："不着急，已经是这样子了，咱安下心慢慢要。"为了缓解压力，大家一起去黄河边游玩，三林说："管他的，来了几个月了还没逛过，这几天先逛逛再说。"大家心情愉悦了不少。

再等了几天，大家又都坐不住了，有人提议把设备工具卖了回家。三林挡住了说："老板不给钱，定是有了难处，我们不能干这不仁义的事。"后来几天，三林带我们天天去找房东拉关系、讲道理，终于房东给我们每人发了几百元，我们把设备工具带了回来。后来事情解决了，设备也还给了老板。在我们还是毛头小伙子的这个时候，三林让我们明白人是要讲道义的。

三林就是这样的人，顺境时，能快乐地工作，快乐地生活；逆境时，能放下架子，适应能力和生存能力极强。他"上山打柴、过河脱鞋"，既能"上得了厅堂"，也能"下得了厨房"，既能咬文嚼字地品味生活，也能黑水汗流地干活。有时手头没有零花钱了，他就在路口支起锅子，烧着小炉子，崩几锅苞谷花。这就是三林。

年前和同事聚餐，去东闸口外吃地摊鱼。一会儿同事回来，手里提着一袋苞谷花说："给大家吃个稀罕的。"我问了她买的地点，赶紧跑出去。果不其然，在十字路的一角，有一个穿着皮夹克崩苞谷花的，正是三林。

"快过年了，弄两包烟钱。"三林说着话，停下火，用手提起黑亮的锅子，放进铁笼子，娴熟地操作着。

"砰"的一声响过后，白气散尽，白亮亮的爆米花四散开来……

大 总 管

但凡村子里过事，少不了要请大总管。

红白喜事过得好坏，关键得看大总管。主人家在授权给大总管后就不管事了，大总管就像是一台戏的导演，就成了"掌柜的"，有绝对的权力，所有人都得听从他的指挥，目的就是帮主家把事过好。

村子里盖房子上梁、老人过寿之类的小事，不需要请帮忙的，也就无须请大总管。但凡过大事要大宴宾客，摆席十几桌以上的，就肯定要请大总管。

能当大总管的，一般都是在本村有影响、有威望的人，都是说话办事有号召力的人。当然，这些人都是有组织才能的。主家要过事，一般提前好几天就把总管请来，摆上几个菜，倒上一壶酒，算是启动仪式。交代了准备过事的时间、请客的多少，总管就算正式地应了事，当场联系与过事有关的事情，比如由谁供馍，谁送菜，谁是大厨，叫谁的音响、谁的演出，等等。因为经常管事，总管一般手里都有相关的资源。甚至过事的档次、抽什么烟、喝什么酒、上几个菜都由大总管根据本村的村情乡俗来安排，主家是做不了主的。主家一般把烟酒等采购好的贵重物品装了箱，把钥匙交给总管，总管就成了真正的"掌柜的"，过事中的临时支出，总管有权安排并从收礼的账房支取。

过事的前两天晚上，一般要请相封的。这个活动主家摆席，主要由总管召集，农村讲究红事要请白事要到，过红事喜事的时候，相封的一般由主家提供名单，请关系对劲的人来帮忙；而过白事则全村人主动自发地全部到场，就连常年在外工作生活的，这时也得主动回来帮忙。

招待相封的就座，主家自己端茶倒水做好服务，一般四个凉菜、四个热菜。吃饭前大总管根据来人的情况列了名单，卷起裤腿站在高处，喊道："现在注意啦，把工作安排一下。"所有人就静下来听总管安排，由谁烧水、谁收礼、谁端盘子上菜、谁打扫卫生、谁抓果碟、谁帮厨等，安排完了再吃饭，责任也就落实了，过事的准备也就完成了。

娶媳妇之类的喜事，当天是最热闹的。先一天，按总管的安排，搭棚、支锅、摆家具等工作都已到位，厨师也先一天开始加工，准备好正席的菜品。当天上午一大早，大总管就到了。安排到场相封的吃了早饭，大家就各自进入了工作状态。先是送走迎亲的队伍，总管检查并安排要带的东西，人员、车辆和鞭炮，叮嘱接亲的人员要注意安全，明确迎亲回来的时间，等炮声响过，迎亲队伍出发后才端起杯子，喝一杯早茶。

九十点钟开始，随着亲朋好友的到来，收礼的开始忙了，一个人收礼，一个人记账，分工明确，乡亲们总是先到，行礼后就开始了正式的宴席。在总管的指挥下，乡亲们有条不紊地服务着。总管不时地开箱子取烟拿酒，避免给主家浪费，节约着管事。

十二点左右的时候，随着村外几声清脆的炮响，迎亲的队伍回来了。总管招呼相封的大家尽快收拾席口的卫生，铺好桌布、摆好餐具，开大了音响的音量，亲朋乡亲们就都站到了门外等候。

鞭炮声从村口一路响来，花车和车队停在了主家门口，早已张灯结彩，铺了地毯、搭了拱门的主家门口就热闹了起来。一阵震耳欲聋的各式礼炮响过，送亲的人踩着拱门下的红地毯，在音乐声中进了主家的门，门口留下了压陪房的几个小伙子和还在车上的新娘。这时候该大总管出场了，高喉咙大嗓子地把送亲的人连同嫁妆往里迎。经过几轮你来我去的讨价还价，大总管头一扭，对门口收礼的账房说："拿两千元来！"用红纸包了递给送亲团队的代表。这时候相客、司仪、帮忙的一概没用，只有大总管说了才算。交涉完后，大总管总是向门里一招手，提高嗓门："招呼客！"帮忙的和亲朋闲人等都上手搬嫁妆进门，新娘子才下了车。

大总管在和对方的代表对接后，按席次划分安排来客入席，免得出了差错闹得不愉快。在婚礼仪式结束后，大总管安排相封的正式上菜。总管又按仪式规定，安排娘家的兄弟进行订门帘、看大厨等活动。热热闹闹的宴席中，跑来跑去最忙的就是总管了。

客走席散后，大总管引领收礼组的人，向主家交了财务，交了钥匙，指挥相封的拆棚、移灶、还了家具后，叮嘱主家给各供应商结清账务，就正式卸任了。

过白事比喜事要劳人得多。由于是突发事件，没有了提前的很多准备，一般在死者刚倒头，主家安排停放好亡者之后，就请来了村长或者总管（大多数的总管也是村长），和总管一起算了下葬的日子，并授权管事后，总管就立即进入了角色。先是叫了几个村子里能跑路会说话的灵醒人，按列好的清单，去给主家的亲戚朋友报丧。

灵堂的布置及乐队、音响和棺罩是必须要有的，不用主家授权，大总管早已心中有数，拿出手机逐一联系。乐人要八口还是十二口的；哪一帮的乐队吹得好、卖力；谁家的棺罩是新的，这些信息都在大总管的脑子里装着。不一会儿，高音喇叭就架上了房顶，哀乐就在村子里响了起来。

安排完布置及场面后，又和村长商量了，看看打墓的活轮到了哪几家，准备开始打墓造坟的工作。接着不用说，按照常规联系大厨及送菜送馍的，定好了请相封的时间。村子里的音乐响起，全村人基本上都知道了谁家要过大事，先后来慰问主家和向总管报到，并积极地申领帮忙的活路。

请相封的活动一般在下葬前两天举行，这是常规。在外地工作的人，这个时候也由老家的亲戚或本家通了信息按时回来了。天黑前先到的几个相封搭棚、摆桌椅，天黑后，几乎全村出动，来集合请大总管安排活路。开饭前，大总管仍旧按往常过事的分工进行安排。交代了啥时候正式开始及应注意的问题，安排了谁接客、谁端盘上菜、谁负责烧水、谁负责卫生，就连起灵时诸如放炮和抬棺材等细节都安排妥当了。

白事的正事一般是从先一天的下午就开始了。四点钟，大总管给已到位的相封们开了动员会，安排了各组的组长及组员，名单上了墙，在乐队到来后就开始忙活了。

天黑静了，村口及主家门口接亮了千瓦棒的电灯，在乐队的吹打声中，接客迎饭、收礼待客就拉开了序幕。

根据习俗不同，有的地方讲究天不亮就下葬，完了以后再待客吃饭。我们当地讲究先待客，下午下葬，所以下葬当天是过事的重点。忙里忙外地招呼、支应、安排工作，最忙的依然是大总管。要开席听大总管安排，要买东西找大总管，主人是无暇顾及的，只顾当好孝子接客了。

一切仪式都在大总管的指挥下有条不紊地进行，就连乐队也得听大总管的指挥，不卖力或者吹得不好，以后恐怕就在本村凉了饭碗。"择葱的、剥蒜的，还有端着茶缸子胡转的，乐队给帮忙的吹上一曲；"大总管手里拿着话筒指挥着，一曲过后，大总管又吩咐，"大厨的手艺不简单，又是炒又是燣（注释："燣"是陕西方言炒的一种形式），味道不输大饭店；帮厨的妇女就是憎，赛过当年的穆桂英！乐队给后厨吹上一曲。"在收了亲友的点戏钱后，大总管总是拿在手里，趁着劲儿地给，引得乐队一段段腮圆嘴鼓地吹。总之，大总管就是要帮主家把白事过得热热闹闹的！

出殡时最忙的也是总管，安排人带祭品、礼炮、花圈等物，又指挥抬棺材的人两班倒，一路顺利前行。中间轮换时，总管站在路中间，眼睛瞪圆，双手高举过肩，一二地喊着号子："慢、落、停，不要挨地，上肩，起！"队伍又一次稳稳当当地前行。到了坟地，现在一般简单，用的是现成的墓板，墓坑是挖掘机挖掘的，也不用人手工填土。在进行了各种仪式后，依然在总管的指挥下完成了下葬。再看总管，头上、脸上尽是汗水，裤腿和鞋上全是黄土。

过事完的第二天，大总管在接受了主家的谢承之后，又扛锨拿锄，迎着朝阳下地里干活了。

等到谁家有了事，就又得开始忙活了！

父亲的自行车

在我们村子里，父亲是第一个骑上了自行车的。

自行车是母亲的陪嫁，是用父亲家里给的二百元彩礼买的，是当时全村唯一的一辆自行车。那辆凤凰牌的自行车是二八加重型，能带人，能载物，在农村很实用。为了保护漆面儿和好看，父亲用绿颜色的绝缘带把自行车周身的钢管缠了一遍，再配了一个全包围的人造革沟座罩子，脚踏上绑了皮革保护，就连车闸杆也套上了塑料软管。这样全副武装和装扮后的自行车越发漂亮了。

"丁零零……"随着几声清脆的铃声，车轮闪着银光明晃晃地过来了，很是惹眼。

自行车成了村子里的稀罕物，村子里有好几个年轻人不知道啥时候趁机学了"驾照"。新女婿要去岳父家送礼这样的要紧事，都来借车子。父亲上班在本村小学，路也不远，有人借车子，他每次都爽快地答应。

在我小时候的记忆里，父亲经常带我外出和走亲戚。那时，我总是坐在车子的横梁上，双手抓住车头，吹着风看着风景，虽然屁股被颠得有些疼，但看到小伙伴们投来的羡慕目光时，心里也是满满的幸福。

坐在车后座上就相对舒服多了。因为我年龄小，必须骑马一样地骑在后座上，双手抓了沟座的架子，很平稳但也有危险。有一次就被车轮子夹了脚，肿痛了好几天，之后外出就还是坐前大梁。

小时候，父亲自行车的横梁是我的专座。坐车子去走过亲戚，也在夜间和父亲去看过戏、看过电影。不管到哪里去，只要说一声走，我就快速地跑到自行车前，父亲左手扶着车把，右手弯了手臂在我腰间轻轻一抱，我便坐上自行车大梁。路程短了还行，要是久了，下了车子往往是双脚麻木不能走路，得缓好一阵子。但为了坐车子外出，我乐此不疲。小时候，我觉得家里的吃食和生活用品都是那辆自行车驮回来的，因此和它特别亲近。

别人借车子是令我心烦的事情。不单是因为我没有了车子坐，更重要的是看着别人用车子载着很重的物品时心疼。每次有人借车子，我都撒谎车子坏了不能骑，但每次父亲都不管我的感受，照借不误。

自行车是我家唯一的一件值钱家当。每次别人把车子还回来后，父亲都会在院子里仔细地擦洗泥土，紧紧辐条，极其认真地检查维修一遍。村里人都说父亲心细，自行车都用床单子盖着。父亲说："有人还专门做了木架子架着，我不会做木架子。"

父亲身上有干净细心的文人气质，在有了我和妹妹之后，他成了村子里儿女双全的"好命人"，又因为这辆凤凰牌车子的原因，骑着"凤凰"引"凤凰"，村子里好几个年轻人娶媳妇结婚时，带媳妇的事就落在了父亲的身上。父亲总是像模像样地收拾利索，车子前面绑着红绸子扎成的红花，去完成这神圣的使命。

父亲换第二辆自行车，是农村土地实行家庭联产承包责任制后。当时，父母辛勤地在田间劳作了一年以后，我家生活一天天地变好，收入多了，父亲就打算把已满十岁的那辆自行车换掉。

父亲托人找关系弄了一张自行车的购物票，骑自行车带着大我五岁的姑姑，过渭河去距家六十里路的临潼县零口镇供销社买车子。这次买回来的自行车是上海永久牌的，父亲说寓意美好生活长长久久。

"这车子好，能载一百八十斤重物。"同样用绿色的绝缘带装扮完成后，父亲端详着车子自言自语。

又过了几年，已尝到了致富甜头且不甘受穷的父亲，为了生活过得更好一些，辞去了自己民办教师的工作，骑上他的永久牌"二八大驴"去做生意了。

父亲能吃苦，考察打听一番后，准备去渭南贩竹笼回来卖。那段时间，每天天不亮，父亲就骑着几十个竹笼相互套绑得像一堵墙一样高的自行车晃晃悠悠地出了门，扭来拐去地消失在村头的田间土路上。听说父亲要把这些竹笼带到清河南的村子去转乡卖，饿了吃一口自带的干粮，渴了讨口水喝。很难想象平时买东西从不讨价也不会砍价的父亲，怎样去做买卖。每天不知道走了多少路，转了多少村子，但必须在下午前卖完，卖完后还要直接再骑行近百里的路程去渭南市，批发第二天卖的竹笼，赶天黑时回家。

凭借自己的文人形象，可能也受益于不会讲价，父亲的竹笼卖得很快。我们每天都能看见父亲早出晚归高兴地忙活着，自行车上永远都是绑得像一堵墙一样高的几十个竹笼。

后来，父亲由卖竹笼改成了卖布，终日里用车子驮着布匹去赶集。再后来，家里开了商店，人不再那么劳累，但进货卖货，"永久"牌自行车依然发挥着巨大的作用，只是因常年出大力，车子零件磨损得厉害，骑起来咯吱咯吱地

响。父亲说："这车子除了铃不响，到处都响。"

我上初中那年，父亲被新兴中学聘请，又返回了他热爱的课堂，从事教育事业。每周一次往返学校，车子后座由原来的货物又换成了我，父亲又把希望寄托在我的身上！有一次，我因学习成绩不好，父亲批评我："我一天来来去去地带上你上学放学，还不如带一笼瓜卖了有收获。"由于父亲的威严，我虽然每次坐在车子后座上，却一路不敢大声说话，致使有一次竟睡着了，一头从车子上栽下去，在公路上摔伤了胳膊。学习成绩不好时，我首先觉得对不住载我上学放学的自行车。

我觉得父亲自行车上带的从来都是生活的希望！

初中一年级的暑假，我开始学骑自行车，为的是不想再被父亲带来带去，我得自己独自骑行。

大热天的，中午父亲不外出时，我偷偷地把自行车推出去，在废弃砖窑的旧场地上学骑自行车。不知道流了多少汗，摔了多少跤，从蹬着溜到掏着骑，再到上大梁，再到上沟座踏半圈。一个暑假的功夫我学会了骑自行车。通过学骑自行车，我发现没有人可以通过一堂课学会骑自行车，每个人都是在不断的实践中学会的，所以人生很多的事情都要亲自实践，从失败中不断地总结，最后才能获得成功。

再后来，父亲的工作也转正了，我也工作了。家里的生活也是一年比一年好了。我和父亲都骑上了摩托车，现在又换成了汽车。父亲的那辆永久加重型自行车也完成了使命，光荣退休了。三年前在翻盖老宅时，我们将那辆已锈迹斑斑的自行车，连同废品一起卖了。

从第一辆的"凤凰"引来的"金凤凰"，到后来的"永久"的"长长久久"，我家的好生活都是自行车转出来的。自行车是我家的"功臣"，如今也好像逐渐淡出了我们的脑际，但又好像一直在某个角落里永久地转动着！

现在每次回老家，我都喜欢独自在村口走一走，看一看曾经的田间小路，看一看村口那曾经垂挂着我童年梦想的大树。恍惚间，仿佛看见在烈日下两侧长满玉米的乡间土路上，穿着磨得发白的蓝色上衣的父亲，蹬着咯吱咯吱响的自行车，载着我颠来扭去地前行着……

我的岳父是老兵

我的岳父叫吴光德，一九三一年正月生于甘肃庆阳。

在贫瘠荒凉的黄土高原上，世代生活在这里的人们就像是一只只的小虫子，整天在土窑里钻出钻入，平淡地活着。

岳父家里兄弟多，又没有土地，一家人常年忍饥挨饿，一件破旧的衣服，兄弟几人换着穿，日子穷得叮当响。岳父十岁时就开始给地主家放羊，晚上和羊一起住在地主家的羊圈里。白天放羊时站在荒山上，偶尔放开嗓子胡乱地吼唱一曲，自己也不知道今后的生活到底怎样过。

一九四七年的冬天格外寒冷，因为突如其来的几场大雪冻死了几只羊，岳父被地主惩罚扣了工钱。年仅十六岁的他，只得更加卖力地为地主家干活，为的是能多挣几个钱，好让一家人能平安地过个年。

在一个月朗星稀的后半夜，正在羊圈里熟睡的岳父被人摇醒了。一个黑影在窑里站着，岳父通过从门外透进来的月光认出这个人是地主的小老婆。"娃，快起来，快跑！今晚上掌柜的要抓你去顶壮丁！"

岳父一听，立即起身，胡乱地披了一张旧羊皮，出了窑洞奔着小路就跑。跑了很久，感觉有人在后面追他，他不敢停，加快速度深一脚浅一脚地向山沟里的川道跑去。

不知道跑了多远的路，只知道虽然是冬天，穿在身上的旧羊皮被汗水浸湿贴在了背上，本就破烂的布鞋只剩了一只。这时候天色已亮，他才发现脚边有两条地主家的黄狗，不知道啥时候跟他一起跑了出来。站在川道的路边，望着四面像鬼影一样黝黑的群山，岳父不禁叹了一口气，心里盘算着他这一走，家里怎么办，况且他又能走到哪里去，甚至想到了去投靠"马匪"。正慌乱间，几声有力的操练声从远处的一座院子里传来。他跌跌撞撞地向院子走去。

原来这里是中国人民解放军西北野战军的一座兵营。穷苦出身的岳父，便顺利地加入了解放军，成了一名解放军战士。而跟随他一路跑出来的地主家的两条狗，在兵营外徘徊了几天后，不见他出来就各自回家了。岳父后来经常说在地主家干了几年活，人情关系没活下，就维持了两条狗！

岳父当了解放军，像获得了新生一般，浑身整天有使不完的劲。他刻苦训练，跟随大军转战甘肃、宁夏一带，与马鸿逵的部队战斗了几年，直至西北解放。

一九五○年十月，岳父所在的部队被光荣地派赴朝鲜战场。他以中国人民志愿军后勤三分部警卫连班长的身份，和一起战斗了三年的西北野战军的战友们，跟随着他们的老首长彭总司令跨过鸭绿江，进入了冰天雪地的朝鲜战场。

后来听岳父讲，他的身份虽然是警卫连班长，但运输物资、抢修公路等什么活都干。在那个时候，整天都是战斗，到处都是炮声，人人都是战斗员，一口炒面一把雪，很是艰苦。

一九五二年，入朝作战已两年多了。志愿军在朝鲜战场上也取得了节节胜利。在战略反攻阶段，美帝反动派也越来越穷凶极恶，不停地进行飞机轰炸。岳父亲眼看见了战争的残酷和给人民带来的苦难，希望尽快打赢和结束战争。在一次大战役开始前，岳父协同通讯班架电线时被炮弹轰炸，倒在了血泊中。他苏醒后发现自己已到了后方的战地医院，手术只取出了炮弹片，经过简单的处理，领导决定把他送回国内治疗。

岳父讲，他和其他伤员一起被专车送回国。组织上为了奖励和照顾他们，特别拉着他们从北京天安门前经过，他躺在车上，很欣喜地看了无数人用鲜血和生命建设的新中国，他们万分激动，热泪盈眶。

回国后，岳父在部队医院里又进行了一次手术，养好伤后，被部队送到陕西省华山脚下西岳庙的收容院疗养和工作。

西岳庙东北不远处的平洛村，岳母的父亲膝下无儿，守着抱养来的一个女儿过日子。岳母十二岁时，眼见着解放军沿黄河从潼关过来，不费一枪一弹就解放了华阴县城。又听大人讲解放军如何智取华山，英勇地剿灭了逃到华山的蒋匪军，因此对解放军一直是情有独钟。后来经人介绍，我的岳父就入赘做了上门女婿。一九五五年两人结婚后，岳父办理了退伍手续，成了华阴县的一名农民。

一九五八年，经苏联援建的黄河三门峡水库要开始建设了。为了配合库区建设，响应国家号召，岳父所在的村子根据安排要移民到宁夏银川。经过打前站的劳力一年时间的准备和建设，整村人分几批次经兰州到银川，又开始建设家园，开辟新的生活。

他们移民到的是千百年来荒无人烟的地方，风沙大，根本不适宜居住。白天在地里正干活，来了沙尘暴，风沙像一堵墙一样地涌了过来，大家都趴在地上不敢动，虽面对面但谁也瞅不见谁，村子里派人出来敲着脸盆，一段一个人，把种地的人往回引。种在地里的庄稼被几次风沙吹过就绝收了。有时人们早上醒来就被沙梁挡住开不了门，乡亲们互相帮忙里应外合地从窗户往外打洞才能出去。他们艰难地生活着，后来实在是难以度日，到了一九六二年，岳父又遵照国家的安排，开始了第三次的迁徙。岳父家从银川迁到了临潼县，在这距离华阴县不到二百里的关中平原扎下根来，从此过上了平静而幸福的生活。

岳父的军旅生涯和多次的迁徙经历，造就了他坚毅的秉性。

他是一个有着革命情结和军人气质的人。生活平静下来后，他投身到了农村建设当中。生产队时期，他担任了多年的民兵连长，从事着民兵的训练工作，是我们当地有名的"老革命"。

改革开放后，岳父更是好像年轻了许多，开商店，搞经营，把女儿送出去学手艺经商。他闲暇时经常自言自语："现在的生活美得很！"后来上了年岁，他自己在西安找了份看大门的工作，空闲时通过自学认了不少字。他还经常被邀请到各个学校去做革命传统教育的报告，给学生们讲自己的革命历程，对大家进行爱国主义教育。在家里，孙子们经常缠着他讲革命故事，我也听了许多解放战争和朝鲜战争时的故事，每次讲到战争的残酷，他都会陷入沉思，我知道他在怀念和他一起战斗过的战友们。

岳父家是本村第一个买电视的，新闻是岳父每晚必看的节目，他看到祖国的繁荣富强时，高兴地喝着茶，拍着腿说："好！好！好！"看国庆阅兵升旗时，岳父早早地打开电视，排除一切干扰，看到威武雄壮的解放军仪仗队经过时很是激动。举行庄严的升国旗仪式时，他也向国旗行军礼，热泪盈眶。

历经过战争的洗礼和人生的动荡，历经过新旧社会的更替和变化，岳父成了一个"胸怀宽广、不拘小节"的人。做了上门女婿后，为了生活方便和满足两位老人的心愿，他想，既然顶门立户，就索性把自己的名字连姓一起，改成了梁选民。再加上经过几次的迁徙，后来就没人知道他的本名了，只知道有个老解放军、老革命叫梁选民。以至于20世纪80年代，他甘肃老家亲戚在部队工作的侄女婿来看他，为了找到吴光德，颇费了一番周折，从当地武装部查档案，才找到了他的住处。

我和妻谈对象时，他就特别喜欢我，说我是大家族出身，家教好，家风好，他和家里人谈起这门亲事，很是自豪。我去他家时，他经常翻出他珍藏好久的好茶和好烟，又安排岳母做改样饭，每每看着我吃饭都喜滋滋、笑眯眯的。我们结婚时岳父没要彩礼，说："你们不要浪费，该添置的东西，你们自己看着买。"在迁转户口时，我把妻的梁姓笔误写成了我的唐姓，岳父更不以为然："名字就是个记号，姓啥都一样，还能不是我女子了？不改了！"我的岳父就是这么大度和不拘小节。

岳父是一名军人，是上过战场为国家和民族作出过贡献的人，但他一生都低调处事，踏实做人，从不向国家伸手、向组织提要求。

"你丈人的肚子里有一节狗肠子。"和他一同迁徙过的老伙计，也就是我的姨夫，经常跟我讲，讲他腰间半尺长的伤疤和过去的经历。我也是从他那里一点一点知晓关于岳父的事情的。

岳父身上的伤残后遗症折磨了他一辈子，他说这伤疤是他的老伙计，疼的时候是他牺牲的战友们在想他哩！他曾经患两次重病，不准家人向国家提要求。代表和证明他曾经光荣历程的各类军功章，也在往银川迁徙时丢失了。从此，除了一张带着军功章荣誉的退伍证，谁也不知道他曾经是一位共和国的英雄！只是每年春节前，政府大小官员来慰问的时候，左邻右舍才知道他们的邻居竟然是共和国的功臣。岳父对此也无比自豪。

曲折的经历塑造了岳父刚毅的性格。岳父从来都是乐观和积极向上的，在他的眼里一切困难都不是困难。我在创业时，为了挣钱少而烦恼的时候，岳父经常跟我说："慢慢来，还能一镢头挖个井？"当我和妻子在生活中遇到不如意的事情时，他就说："年纪轻就是本钱。"我们每取得一点小的进步，岳父就高兴地分享着我们的喜悦。

有一次，我跑车拉客时去了一趟甘肃环县，因为是岳父的老家，我很仔细地观察了沿路的地名和风光，之后一天一夜马不停蹄地赶路，回来后和他分享。他竟很惊讶："呀！你咋跑到那里去了？那里原来是土匪窝子！我们在马岭那地方和马鸿逵打了三年仗哩。"言语间是对家乡的喜爱和对自身经历的自豪，就好像是我替他回了一趟老家一样。

如今，岳父离开我们已十年多了，但每每在电影、电视里看到军事题材影片时，就会想起他：想象他年少时放羊的情景；仿佛又看见他在炮声隆隆的战火里浴血奋战、冲锋陷阵；想象他负伤后住在战地医院疗伤时，帮助朝鲜人民劳动的情景；又仿佛看到他背井离乡在异乡安家，一会儿在迁徙的路上，一会儿又在漫天的黄沙中奋战的情形；又想起了他流泪看国庆阅兵时庄严地向国旗敬礼的模样。

在建党一百周年及建军节到来之际，我沉思了许久，想写一篇文字来纪念我的岳父。

看着他退伍证上胸前挂满军功章英姿勃发的面容，仿佛又看见他饱经沧桑黑瘦的脸庞上洋溢着的幸福和自豪。隐约间又仿佛看见他回到了自己的故乡，站在土峁山塬上，深情地望着他放过羊、战斗过、生活过的山山水水、沟沟岔岔，大声地唱着他放羊时唱的民谣。

那悠扬哀怨的歌声，随着山风飘得很远很远！

我妈不"爱钱"了

我妈"爱钱",在我们村是出了名的,众人皆知。如今却不爱了,不再细发地攒钱了,这着实令我吃惊不小。

我妈的"钱包",其实就是一块旧手绢。一些大大小小花花绿绿的票面,被她精心铺叠在里面,将手帕的四边向内对折,卷裹几层就成了钱包。由于反复地拆开、裹上,所以"钱包"总是以老旧的面目存在。裹在里面的钞票,也尽是些皱皱巴巴的小额毛票,很少有超过百元的大钞。我妈的钱包,通常是不带在身上的,总是被藏掖在别人想不到的地方,很是金贵。

从小我就很难见到妈的钱包,只要有小的开销,妈总是让我在外面等着,然后会神神秘秘地关上屋门,变戏法一样地找钱包取钱。然后,千叮咛万嘱咐要我省着点花,千万不要把钱弄丢了,俨然那钱比我还金贵。妈还说:"一分钱难倒英雄汉,可不敢乱花冤枉钱。"那点钱就是我妈一分一毛攒起来的。

其实,那时候也没有什么钱可攒,家里的一切零用开销,就指望妈那几只老母鸡的"鸡屁股银行"。我妈极小心地养着那几只芦花鸡,等鸡下蛋了,妈就开心了。鸡下的蛋从来舍不得吃,几乎全部拿去换了钱。一枚枚异常金贵的蛋被妈放入瓦罐里攒起来,等攒够了一定数量,再拿到供销合作社里去换盐、醋和一些生活必需品。有时也卖给常来村里收鸡蛋的人，换来的毛票，就和卖羊奶的钱一起卷了，用橡皮筋扎紧，再拿手帕包裹起来收好，而钱的数额则是我妈一遍遍数了，记在心里的秘密。

有时我妈为了能让鸡蛋卖个好价钱，竟在生产队放工后，把我安排在邻村的姨妈家，自己步行二十几里地到城区，把鸡蛋卖给"一七二厂"的工人，再疲惫地赶回家，也顾不上吃饭，又赶紧去干活，就怕误了生产队的上工时间。养羊产的奶也是从不舍得自己喝，一滴不剩地都换了钱。存下的钱，被妈小心翼翼地掌管着，应付着一大家子的花销。

记得上中学时，家里养了只羊，我妈每天都像伺候月婆一样地精心供养着它。每次我回家背馍时，家里如果锁着门，不用说，我妈一定是给羊割草去了。只要沿着庄西的田间小路向西去寻，总能寻见我妈。她也总是挎着压得瓷瓷实实的青草竹笼，怀里还会抱着一捆青草，艰难地向村子方向挪来。

清明前后，庄稼大部分都已打了除草剂，为了给羊准备充足的青草，妈就得避开田地，到较远处废旧的大渠沿上割嫩绿的洋槐树叶子，妈说其他的树叶羊吃了没奶。有一次，妈给羊割草时竟然被马蜂蜇了，我接过妈的草笼，看见她那肿胀的胳膊，一时难过得哭了起来。

到了冬天，羊没了青草吃，我妈就得每天去地头捡拾干净些的玉米秸秆，然后用绳子捆了背回来，绑在树上让羊揪着吃。妈说羊是爱干净的动物，草弄脏了它就不吃了。所以秋收后我家所有的玉米秸秆，都必须一根不剩地拉回去，高高堆在庄前空地上，虽然辛苦些，但是保证了羊儿过冬的草料。

在我妈的精心饲养下，羊也很争气，最多时一天竟能产十斤奶，能卖五元钱，这在当时是富有传奇色彩的。村里人都夸我妈是养羊专家。就这样，我妈每天割草喂羊、卖奶记账，到月底就是一百多元的进账，能赶上我爸一个民办教师一个月的工资哩！

1989年，家里买了一台彩色电视机，花去了一千多元，其中一半都是出自我妈的钱包，村子里人说我妈卖羊奶攒了一台大彩电，都纷纷效仿开始养羊了。

我妈也不吝啬，她的"养羊经"便在村子里传开了：怎样养羊奶水质量好，密度大；羊吃啥草下奶；怎样喂草、怎样喂料、怎样挤奶；等等。就连我家的羊羔，都被人提前两年高价预定。卖羊奶、羊羔得来的钱，也被我妈一卷卷包进手帕里，藏进瓦罐里，继续支应着我们这个家，供我们兄妹完成学业。

后来，我妈进了城，家里的奶山羊也被邻村人高价收走。听说，后来那羊的毛色渐渐没了以前那般光泽，神话般的产奶量也一天不胜一天。妈气愤地说："这些人就不会养羊，咋能有奶！"

进了城，地也没法种了。我把家里的责任田转包出去了，每年几千元的承租款依然交给妈保管，她还是用手帕仔细地包裹好，放在衣柜里，与爸的退休金总是分开放。我妈习惯了管钱，管她自己辛辛苦苦攒下的钱。爸说："你妈一辈子都爱钱。"其实我知道，她爱钱是有原因的，她吃够了没钱的苦，所以才把钱看得格外重，总担心没了钱日子不好过，人要受罪。我妈就这样抠抠搜搜为钱活了一辈子。

我妈虽然把钱看得很重，但在儿孙们身上舍得花钱，过年发压岁钱，一次就是几百几百地给。看来，我妈的钱包确实是鼓起来了。

"妈找不到钱了，四千元钱不翼而飞！"这是惊动全家的大事！于是，全家人一起帮妈找钱，妈更是着急得不知所措。我怕她着急，就说："不找了，我再给你几千元存着，把你的箱底压住。"我妈急忙回了我一句："就是因为好久都没有花钱了，才找不见了，我不是缺钱！"看来不找见妈的钱包根本不行。我再不敢多说，只是请小妹来帮妈一起找。

母女二人一起翻箱倒柜地找了一整天，最后才在一件旧衣服里找到了。后来还发生了几次妈去买东西多付给人家钱，并且忘记找零的事情。钱成了我妈的负担！

去年收了租地款，仍旧给我妈上交时她坚决不要，着急地对我说："今后你们再不要给我钱了，菜是女子买的，看病有国家报销，我还有每月二百多元的养老金，够花了！再说，我就不花钱嘛，也看不住摊子了，忘性也大了，说不定哪天钱包放在哪里都找不见了，不要了、不要了……"

看来我妈如今是真的不爱钱了，也不攒钱了，就连裹钱用的旧手帕也不知啥时候都丢掉了，而这确实是令我高兴的事情。

姨　妈

姨妈是我的三姨妈，和我家邻村，也和我最亲近。

姨妈小时候就被外公许给了当地有名的小炉匠郭铁锤的儿子当了童养媳。我姨夫比较老实本分，姨妈许给姨夫家后并没有过门，还是在外公家里生活。直到1958年华阴库区移民时，姨夫家里来要人，已十六岁的姨妈才算正式嫁到了婆家。

刚结婚就遇上迁移，姨妈跟着姨夫走蒲城到银川，生活漂泊不定。后来，姨夫因生活所迫独自外出闯荡，姨妈抱着孩子沿路去找，下煤矿、走西口，受尽了坎坷。

"快走去看，听说来了个移民媳妇，漂亮得很！"姨妈跟着姨夫在现在的村子里安了家，从此便安定了下来。

姨妈是个能行人。姨夫是个老好人，只负责出工挣工分，家里的事姨妈说了算，一家人的生活被姨妈料理得井井有条。姨妈和村里年纪相仿的妇女都成了好朋友，一起在队里的缝纫社上工；谁家过事，姨妈都是帮厨的好手，后来上了年纪，村里有老人去世，从倒头到装殓到灵前的执事，都少不了她。

姨妈是会过日子的人。移民到现在的村子后，白手起家，想着办法过好日子。承包过队里的压饸饹机子，给人加工玉米面饸饹，再由姨夫用架子车拉着转乡去卖；过年时和姨夫扎灯笼卖；也从蒲城的娘家贩卖过耕牛。年纪大了姨妈又开始养羊，一家人的日子过得红红火火的。就连嫁姑娘和给三个儿子娶媳妇、盖房的大事，都是姨妈计划和张罗着办，姨夫是不大管事的。姨妈虽是妇女身，却从来办的都是男人家该管的事。

在亲戚间，姨妈是大爱无私和爱管闲事的人。谁家生活困难，谁家里有难办的事了，要是姨妈知道了，总是主动去协助解决。我妈总是说："你姨妈是能行人，没有她办不了的事。"其实在姨妈眼里，再难的事，只要你想办法去做，总是有办法解决的，她说她是被逼出来的。

姨妈凭她的眼光，把她小妹子我妈找人说合着嫁给了我爸。她说她早就看上了我爸的人品和我家的教养。"大家人，没错的！"姨妈自豪地给我说。

我们两家是邻村，我小时候几乎是天天在姨妈家里度过，因为她家里有几个可以和我玩耍的表哥。"你又去你姨妈家呀，给叔回来捎着买盒烟。"每天中午，我从场畔经过时，村里就有人对我喊。我拿着别人给的一毛钱或两毛钱，去姨妈家所在村子里的合作社买九分钱一盒的"羊群"烟，多出的一分或者两分钱，买个大红炮或者水果糖，高兴地去姨妈家玩尽兴了，下午回家才去给人家送烟。

我小时候每当生病时，总是住在姨妈家，一是因为姨妈家离保健站比较近，打针比较方便，二是因为姨妈总能关心和照顾我。晚上姨妈把我搂着钻进被窝，用手摸着我的腰、背，叹着气说："看把娃喂成啥了，瘦得骨头棱子和柴火棍子一样，一根儿一根儿的。"第二天我就能吃上炒鸡蛋，或者开水泡馍里有一勺大油，和我同岁的表哥都没有这待遇。

姨妈家的改样饭从来都少不了我，煮肉、熬汤这些好饭，我从不缺席。"这乃逑的是狗鼻子！"姨妈溺爱地骂着，就先给我盛上一碗漂着油花的肉汤，泡上半个黑馍，那美味至今都忘不了。我天天在姨妈家玩、闹、蹭吃喝，就连姨妈家的大门钥匙我都知道在哪里放着，有时我一个人自己开门进去找吃找喝。村里人都认为姨妈家是我的外婆家。

姨妈不只照顾我的生活，就连我找对象的事她都天天在心里惦记着。她把村子里的姑娘挨个排了队，哪个人能行，哪个长得漂亮，哪个有本事，哪个有教养，哪个听话。以至于邻居家说姨妈："你得是给你外甥选美哩！"我父子两代的婚姻都是姨妈撮合的，姨妈就是我家的贵人！

姨夫去世后，姨妈一个人生活，却从来都闲不住，七十几岁还养了十几只羊，每天割草、挤奶，收入几乎都给小儿子贴补了家用。后来姨妈认为自己上了年纪不用钱了，就干脆交给了儿媳妇去经营。

"那天，我看见你姨妈用架子车拉粪哩。"村子里我的发小告诉我。

我去问姨妈，她轻描淡写地说："半车车羊粪，不重。"

我说："你八十岁了，还以为自己年轻呢，再不敢啦！"

"你姨前几天开三轮车把人家的核桃树皮都撞掉了！"表哥向我告状。

"你姨不在，我去找。"我每次去找她，表嫂都招呼我，"肯定去打牌了。"

不一会儿，姨妈骑着自行车就回来了。健朗的身体很是端正，进了门给我泡茶，找好吃的，问长问短，又嫌我不在她家里吃饭。"你原来经常在这儿吃饭，原来的饭又不好，随便弄一点儿，你都吃，现在再也不吃了。"她的言语里有些失落。"不是的，忙得很！"我赶紧解释，拉着她坐下来，说一些体己的闲话。姨妈上年纪了，而我去看她的机会却越来越少了！

"玉簪，你外甥看你来了。"不知道谁大声给姨妈喊了一声。

姨妈高兴地放下手里的牌，急急地接住我回家，留下身后些许羡慕的目光。

我　爷

我爷离开我们快二十年了，是在我结婚后的第二年患病去世的。

我爷在我们大家族里排行老五，他身材高大，走起路来长胳膊总是身前身后摆动，端端正正的。他头发有些稀少，在我的记忆里，他大多时间是光着头的。

我爷是个勤劳的人，记忆里他总是闲不下来，总有干不完的活儿，是干农活的把式。生产队里撒种子、摇耧、修农具、拧绳这些活路，总离不开他，大家都说他是个能行人。

我爷当过厨师，是乡村当年有名的"一把勺"，乡邻间的大小宴席，都有他的身影。他做过木匠，还是有名的泥瓦匠，也做过鞋匠。晴天他就在田间干活，雨天就在家里拧绳、上鞋底、做木匠活，从来没有闲的时候。我爸说他经常跟着我爷，也就学会了很多帮忙打下手的活路。

前不久，同村的姚老太还告诉我，她家的那对箱子还是我爷做的，至今依然结实耐用。我爷会盖房子，是正宗的泥瓦匠。从打地基、起墙到立木上梁的活，他都是真正的行家，乡里乡外盖过的房子不计其数。我就经常看见我爷被人家请了去，用大铁盆里漂着的小脸盆抄平放线，一干人等听他指挥，很是"牛气"。

在我两岁时，我婆就患病去世了，留下了我爸兄弟姊妹六个孩子，当时我最小的姑姑才五岁。我爷当了鳏公，成了"男寡妇"，以后也未再娶。家里还有我太爷爷要养，一家人的生活重担全压在了他的肩上。为了一家人的吃穿，我爷只有在地里没黑没明地干，但即使这样，一家人吃了上顿也难保证有下顿。我爷的那些手艺其实都是被逼出来的，只有啥都干，啥都会干，才有改善生活的希望。

为了给几个儿子娶媳妇、收拾房子，我爷承包了邻村的一大水壕的苇子。大冬天冷得人抱着炉子不敢离手，我爷带着我爸弟兄几个，穿着借来的皮衣皮裤，下到冰冷的水里割苇子，拿回家绑簸子盖房、搭仰棚。赤日炎炎，我爷又领几个儿子去很远的耀县梅家坪火车站承包盖房子，辛苦地忙活了两个月，挣到手却没有几个钱。我爷总是一点一滴地积攒，一家人过着艰难的日子。

我爷是个谦和的人，从未和别人红过脸、多说过话，即使是在艰难的岁月里，也没有因为户门大而和别人高声说过话。他和人讲话时总是微笑着，从不高声。村子里的小伙子见了他都直接叫"五叔"，心里都很尊敬他。

亲戚也家家都接受过我爷的帮助。亲戚家不管是盖房子、种地还是娶媳妇过事，大大小小的事情，都是我爷心里的大事。姑婆、姨婆、老舅家，从前房到后院，从屋里到地里，都有我爷的身影。他是姊妹心里的"好五哥"，是外甥眼里的"亲五舅"，是我舅爷家里门里的"好女婿"。

他是个无私的人，把一身的力气都用来给儿女们改善生活，给乡亲们提供帮助，给亲戚们排忧解难。他从不计较报酬和得失，以至于在他去世后，亲友们发自内心地敬爱和尊敬他，在坟前哭诉他平凡又伟大的一生。他的年

过花甲的妻弟用架子车拉着孙子，去给我爷坟前亲手植柏树、浇水，来寄托哀思，来感恩他、纪念他。

我爷爷是个爱整洁的人，从生活习惯到穿衣戴帽，都很讲究，很注重自己的形象。一身发白的蓝灰色便装、黑色裤子、圆口布鞋，在我心里，他一直都是这个形象。房间也总是干净整洁的，砖头铺就的地面总是扫得白光白光，大板柜擦得黑明发亮，炕上的床单平平整整，墙上贴着总理机场接主席的年画。

我爷是敬老爱幼的，有了好吃好穿的，全给了我老太爷。一瓶罐头、一包点心，总是打开后拿给老太爷，他在房里干着活，高兴地看着老太爷一个人坐在院子厦房的天井里吃着。偶尔从西安带回来的"红肉"等稀罕物，我也能尝上一片。我的小姑和我只相差三岁，因为离娘早，我爷很是宠惯她，外出回来或者是卖粮、卖棉花回来，带回来几根甘蔗、几个橘子都给了太爷、我和小姑，我爷总是喜欢看着我们吃。

我爷是特别重礼数的。亲戚间的走动和待人接物都是很讲究的，他总是不忘大家族礼数的传承。年三十的敬祭祖先，他总是很认真、恭敬地准备祭品和安放牌位，一点儿都不马虎。老太爷每年过生日，我爷都很重视，都请了自乐班来唱戏。摆上白糖、点心，铿锵有力的唱戏声和乐器的伴奏声，穿房绕梁。也许是为了图个喜庆，想要驱散生活的些许不如意，但这敬老的传统一直在我家族中传承至今。

我爷是当年被我们当家的二老太爷安排在家主持家务和农事的，其他弟兄们都外出上学，进而进了城。我爷就是他那一辈的大家长，他就传承了我们家族的家风，用勤俭谦恭的品行影响着后人，经常教育子孙要多行善事，不以善小而不为，不以恶小而为之。唐家后辈，也从没有一个人受过处分、惹过官司；不与人争利，不与人争名，多吃亏知足常乐，敬君子方显有德，唐家后辈在各自的工作岗位上都干出了业绩。

我爷是爱我的。我结婚前装修房子时，没有地方住，就去和他睡在一起。他给我讲了很多做人的道理，讲他是怎样对待儿女婚事的。讲到我的婚事，讲别人到我家提亲，人家说我们家是书香门第时，他感到很高兴和自豪。他再三叮嘱我要好好工作，堂堂正正做人。

　　我结婚后的第二年春天，我爷因为不舒服去检查，发现患了癌症，已是晚期，无法医治。想到我爷一生的不易，想到他对我们的影响，我万分难过，只能多回家去看看他，多和他说说话，和妻子想着法地买给他吃过的和没有吃过的东西。我爷说："我没想到现在的日子过得这么好，电视看上了，沙发也坐上了，一大家子人生活好、工作好，我知足了。"

　　在秋意正浓的深秋时节，我爷走了，永远地离开了他恋恋不舍的亲人。他走得很从容，就连他的后事，都是他安排好了的。他把自己仅有的几件旧物，分别给了几个儿子，每人一件，留作纪念，叮嘱过事不准大操大办，就连门前和墓道口的挽联内容都是他亲自拟好的。

　　又到了每年一次的寒衣节，我特意去爷的坟前烧了些纸钱和棉衣，告诉他："爷，你说的我都记着呢，你放心，唐家的家风会永远传承下去的。"

　　火光明灭，忽明忽暗，忽然间来了一阵风，一张着了火的纸钱被风吹起，燃尽在空中就飞走了。

　　我知道我说的话我爷收到了。

铲　菜　女

凌晨两点钟，整个村子沉浸在一片寂静中，惨白的月光洒向大地，远远近近的房子和树或明或暗。深秋的气温已经很低，阵阵寒意袭来，让人不得不裹紧了厚衣服。

村头七婆家门前的空地上，已聚集了七八名妇女，她们穿着厚棉衣，提着小板凳。

"狗娃妈，到了没有？"领头的是我五妈，个子虽然不高，但穿着棉袄的她依然显得精干、利索。她打着手电筒，清点着人数。

她清点完人数，又招呼一干人等上了两辆来接人的面包车，随着几声滑动和关车门的响声，面包车启动前行，奔着月光下的公路而去了。

她们是被主家接去铲芹菜的专业钟点工。

武屯镇是新型农业综合示范区，种菜的农民越来越多。作为本地区品牌蔬菜的芹菜，脆嫩无丝，品质上乘，深受外地客商的喜爱。有些年轻人辞工回家种几十亩芹菜，听说挣了几十万元，惹得村民跟着风地种芹菜。

白菜、菜花、莲花白这些菜，生长期短，技术简单，苗栽进地里，施一遍肥，浇上两遍水就能卖钱，是懒菜。卖菜时也简单，自己砍菜、拉运，铲一车卖一车。芹菜却是勤快人种的菜，是懒不得的，也不能重茬栽种，有人近几年已到几十里外去承包田地种芹菜了。

芹菜的采收，要在阴天或早上进行，不能被大太阳暴晒，那样容易失去水分，又要集中采收，所以就费工一些。

种芹菜累人，是因为从播种开始，就要很仔细地注意温度、湿度。小苗出来后要搭网子遮阳防晒，小苗里的草要极小心地用手去掐。生长过程中的施肥、浇水、防病，一点儿都马虎不得，一天都轻视不得，如果有一点经管不到位，就前功尽弃，半年时间的所有投资就打了水漂。

眼看着经过几个月的辛苦，菜已经长成了，几十亩地的芹菜要收割变成现钱，却是伤脑筋的事情。为了保证品质和利润，就必须要请人帮忙，集中采收，就要去找像五妈这样的组织者、经纪人。人工费是根据芹菜的市场行情来定的。芹菜价格好的时候，人工费是一个钟头十二元；芹菜价格一般时，人工费就成一个钟头十元；菜价太贱时，人工费一个钟头八元；菜价要是低于三毛钱一斤，就干脆不收了，或者直接用拖拉机将芹菜翻埋进土地里。今年的菜价好，所以大家都有了心劲儿。

车在地头停下后，"铲菜女"们就下了车。她们麻利地把塑料袋子套在鞋上，又整理了身上穿着的棉衣，抻着绳子把小凳子绑在腰间，用绳子把板凳转到屁股后面，试了试凳子的高低，保证坐得舒服得劲儿，最后把头上戴着的"鸡娃灯"开关打开，人分散开后就进了地。头上点点的灯光在宽广的菜地里，像是盛夏夜里的萤火虫一样。

这些"铲菜女"都是农村的中年妇女，都是在村子里种菜干活的能行人，是行家里手，都有种菜收菜的经验，干活既仔细又有韧劲儿。这类"大兵团作战"的事情能靠得住！

小弯铲在"铲菜女"的手里灵巧地运动着，深浅、轻重刚好，铲下来的芹菜白根整齐，老、黄的菜叶又被麻利地去掉，一棵棵儿水灵的芹菜就摆在了一起。"铲菜女"的这些动作极其娴熟，根本不用培训。

专门负责打捆的人，在地上铺了尼龙袋子，约十斤重打成一捆菜，在袋子上整理好，用红尼龙绳子扎紧后立在地里。专门运输的几个男人女人，抱着一捆捆的菜运到地头，负责装车的又一捆捆接了，菜根向外，横竖向码放整齐。

"铲菜女"一边干着活，一边拉着家常，谈笑间丝毫不影响手里干活的快慢。

"老板，你这菜长得好，能卖个好价钱。"有人说。

"唉，都不够给你们开工资的。"老板打趣地说，"去年种芹菜，把老婆娃都赔了。"

"那你今年就能另娶一房了。"几个人笑了起来。

"去年梦没做好！做梦的时候，知道芹菜要卖两元钱的，我就赶紧种芹菜，谁知道最后卖了钱以后是两元钱一大筐。"老板也很风趣。

"那说明梦没做错，是你理解错了。"有人说，"你今年就挣大发了。"

大家都笑了起来。

"好好给咱干，我给咱把工资多发些、发快些。"老板起身抱了几捆芹菜，向地头走去。

铲菜要掌握要领，身体似蹲又非蹲、似蹴又非蹴，手中的弯铲不断地前进着，人的重心要从这一只脚迈向前，又转移到另一只脚上，脚要前掌着地，左右配合着前行，屁股下的小凳是始终让人坐的姿态。这样的活看似轻松，却也很费力，一天要操作几个小时，没有这样的功夫是不行的。

"铲菜女"像电脑控制流程的机器一样，手里的活一刻也不停，一捆捆芹菜被运出了地，上了车。"铲菜女"们间隔一会儿就甩一甩鞋底的黄泥，继续向前移动。

若是下雨天，就辛苦得多了，工钱肯定是要加的。人人身上穿着雨衣，脚下的泥水把鞋都泡湿了，有时干脆扔了鞋，光脚裹了塑料袋继续干。泥里水里地往地头抱菜，雨水在头上浇，怀里抱着滴水的芹菜，捆时得更加小心，不能破坏芹菜的品质。铲菜就像打仗一样，干活的人都不多说话，都是农民，理解种菜人的不易。老板也感恩，有时多加工钱，有时也会管一顿热饭。

一车车的芹菜运到代办处，过磅后上了大车，老板脸上露出了满意的笑容，请"铲菜女"们吃了饭，发了工钱，由五妈看着分了。每人有整有零地拿到手几张纸币，小心地卷好，装进贴身的衣兜里，清理了鞋和衣服上的泥土，收好"鸡娃灯"和小板凳，手里提着菜老板赠送的几根芹菜回家，又准备赶往下一场。下午又要给别人去割菜花了。

　　天黑了，五妈在村子里又走东家串西家地去联络剩余劳动力，组织好人员后，长出了一口气。能看见我五妈是高兴和快乐的。

　　"铲菜女"们明天天不亮，又要去赵庄子铲芹菜了！

阿　尔　法

阿尔法是我家的一条棕色泰迪狗。

我的母亲爱猫、狗这些动物。以前在农村生活时，我就养过猫、狗，而且都给宠物们取了名字，有叫"虎子"的德国牧羊犬，有叫作"黑子"的中华田园犬。后来进了城里生活，妻总嫌不卫生，不许我在家里养猫养狗。

阿尔法来我家时正值疫情封城刚过，宅家追剧时对《安家》颇为喜爱，因为妻所经营的公司也是做房产中介的，名字也叫"安家"，爱屋及乌，故而对电视剧里的泰迪狗"阿尔法"也喜爱万分了。妻的同学家里的泰迪狗生了小狗，养了三个月准备送人，我们决定去领养。

去朋友家里接阿尔法时，他家里大小狗三只，有两只一模一样小一些的狗正在欢快地跑着、玩着。我立刻就被那几个毛茸茸的家伙吸引了。朋友说："你把蛋蛋抱走吧，它是公狗，而且比较健康欢实。"我就叫了一声"蛋蛋"，一只毛茸茸的小狗迅速地跑了过来，我抱起了它，它竟然很安静地待在我的怀里。

"你与它有缘哩。"朋友说。我抱着它下楼。"蛋蛋，再见，快去坐好车去。"朋友恋恋不舍地向蛋蛋告别。

"你从今以后，叫阿尔法。"我指着他的鼻子说。它嗅了嗅我的手低下了头，浑身不停地打战，不知道是紧张，是害怕，还是不安。阿尔法从此成了我家的一员了。

到了母亲家里，母亲见阿尔法后很是喜爱。"阿尔法是拉丁字母的第一个，可以认为是第一的意思，阿尔法的读音的谐音是阿发，是男孩子的名字，它也是一只公狗，所以正合适。"我给父母讲解着。大概是我抱回来的缘故，它一步不离地跟着我。我坐在沙发上，它就安静地蜷缩在我的脚下，显得很是忐忑不安。

第二天和女儿、小妹一起去看它时，阿尔法一改昨日的不安，很是活跃、兴奋地围着我们转来转去，一会儿扑在我的怀里，用头蹭着我，嘴里发出"嗯、哼"的声响，一会儿又去墙角母亲专门为它准备的不锈钢小碗里喝水。它已把这里当成了新家。"蛋蛋。"母亲一叫它，它又欢快地去找母亲了。"阿尔法还有小名儿呢。"女儿高兴地说。

自从阿尔法到了我家，细小的东西不能随便摆放了，什么瓶子盖、毛线团、塑料袋，全是它的玩具。一只塑料的小药瓶，它追来追去地能玩好几天。我们有时从网上买了衣服、玩具给它，它满屋子疯跑着去玩。咬坏了东西，听到父亲的骂声，它知道自己犯了错，钻进床下的小洞里不出来，估计大家气都消了，才试探着出来又是跑又是闹地玩开了。

阿尔法很爱干净，从不在家里大小便，每天的六点、十二点，父母会准时带它出去。它只要看见父亲用手去动它的衣服和狗绳，就欢快地跑到门口立起身子去等父亲。晚上，父亲看完电视，把老花镜放进盒子里，合起来"啪"的一声响，阿尔法会迅速地来到父亲身边，准备出去。在野外大小便后，还使劲儿地用后腿在地上蹬一蹬，企图用土去盖住它的大小便，神态很是滑稽可爱。

阿尔法闯祸了！隔壁打算新搬来的一位女士在看房子，母亲仿佛听到有人敲门去开门，阿尔法把人家当成了自己的家人，很是热情地站起来，用爪子去问候。那位女士吓了一跳，隔着裤子被阿尔法抓了一条印子，于是就去打了疫苗，后来找父亲报销。父亲花了几百元钱，很生气，坚决表示不养狗了，要妻去把它送人。下午，妻子就把阿尔法送给了亲戚，走的时候带上了狗粮、玩具和洗澡用的毛巾等物品。我想着，终归有一天，阿尔法是要离开我们的，长痛不如短痛，也就没有反对。

一整天的时间，家里突然安静了许多。首先是女儿不愿意把阿尔法送走，声称还要找多事的女邻居去问个明白，母亲也是默默地流泪，父亲吃饭时竟然也觉得无味了。终于在我的动员下，妻又去把阿尔法接了回来。"把我臭蛋儿送到哪里去了？"母亲接住阿尔法就不放手了，家里又恢复了往日的快乐。

女儿每次从大学里回家，第一件事就是去看阿尔法。出了电梯，走在楼道里，脚步声就被阿尔法听到了。阿尔法"汪汪"叫了两声后，我们就到了门外。刚一敲门，就听见阿尔法在里面"哼哼"地叫着，跳起来用爪子不停地拍打着门，或者跑回房间去找母亲来开门。

门刚开一条缝，阿尔法就蹿了出来，分别向每个人怀里扑跳一遍后，跟随着人的脚步进了门，随后才开始了正式的欢迎仪式。他会在每个人怀里扑闹一通，嘴里发出"嗯嗯"的叫声。"它是在问你们这几天都到哪里去了，不来看它。"母亲在一旁做着翻译。阿尔法一会儿又高兴地从地上跳到沙发上，跑到沙发尽头，又腾空而起，跳到了老远的地板上去迎接下一位。这样反反复复疯玩了几遍后，又跑去父亲的身边用头去蹭。"知道了，知道了。"母亲一遍遍地应着。

当全部问候一遍后，便告一段落，阿尔法跑到我跟前，蹭着我的手要我给它挠痒痒，这才安静下来。"阿尔法能得很，知道接电话，每次你们打电话，听见声响它从来都是第一个到电话跟前，叫着我去接。"母亲高兴地说着，"每天早上准时六点它就进房子来叫我起床。"显然，母亲为阿尔法又增添了新的本事而高兴。

阿尔法的嗅觉很灵敏，每次我们带了好吃的，它总是嗅来嗅去的。为了保证毛色，我不让母亲给他吃蒸红薯，母亲把蒸好的红薯藏在楼道的窗户外。阿尔法从那里经过时，就赖着不走，最终还是吃了一块才离开。父亲切了牛肉要喝酒，阿尔法立起身，趴在茶几旁目不转睛地看，不时地歪着头。不见效时，就着急地"汪汪"叫了起来，直到嘴里有肉才作罢。

外出时，母亲总是叮嘱我们："吃席回来，别忘了给阿尔法带鸡骨头吃。"亲戚家里过事，母亲总是要去，不为别的，为的是给她的阿尔法带鸡肉吃。带回来的鸡肉放在冰箱里，每次在狗粮里拌上一些，阿尔法吃得高兴，母亲也很满意。

"阿尔法光吃你们公司酒店里的鸡，不吃农村带回来的鸡。"父亲说，"这货能吃出来好坏，精得很！"正说话间，阿尔法闻到了父亲手里正在剥皮的鸡蛋。"有你的哩。"母亲拨开一只白蛋，放在了阿尔法的饭碗里，喜爱地看着它吃。

"这货是个赖皮，赖皮，"正在看手机的父亲被阿尔法用前爪子不停地拍打着手，"这是不让爷爷玩手机，要给它挠痒痒呢。"阿尔法肚皮朝上，在父亲不断的抓挠中，舒服地享受着。

"对了，耍去！"父亲掀开阿尔法去玩手机。

"阿尔法，再见！"我们要走，阿尔法把我们送出门，远远地停住不过来。我知道它认为我们是客人，它是主人，这里是它的家。

阿尔法是我家中的一个成员，但愿它能给父母带来快乐幸福的生活。

"你爸又给阿尔法吃了三片肉。"母亲给我打电话"告状"，但我能听得到电话另一端是高兴和快乐的！

被我们遗弃的饭盒

我的父亲总是批评我"好吃"，我也的确"好吃"！饭吃不好，我会很懊恼。这"毛病"是上中学时得下的！

"丁零零……"放学铃声响过不久，校园里到处都是人，像潮水一样朝着宿舍和灶房的方向涌动，塞满了校园里的大小道路。眨眼间，学校灶房的窗外热闹了起来。

我没有上灶，是因为家里经济条件不好。从初中起，我三年多的时间里全是自带干粮，我的三餐都是开水就着冷馍。父亲经常教导我："吃饱就不错了，我们上学时那会儿连吃的都没有。"几年下来，我养出了一身的"馋病"，爱吃热饭、爱吃菜，每次回家取馍，都会叫母亲给我烩一碗菜汤，泡了馍吃完，别提多香了！我非常讨厌吃干冷的硬馍，我很想上灶吃软馍和热菜。

终于有了个机会。高二时新来的班主任李老师，很是青春阳光，经常拉手风琴教我们唱歌。为了丰富课余生活，班主任组织全班同学骑自行车郊游，目的地是三十多公里外的临潼兵马俑博物馆。作为班干部，我很兴奋地提前几天就动员同学们参加活动。

周五晚上回家后我把这件事告诉母亲，母亲竟爽快地答应了，还拿出了仅有的卖鸡蛋攒的七元五角钱给我作为第二天的零花钱。经过一晚上的思想斗争，第二天我毅然决定放弃出游。下午上学时我用自行车驮了几十斤粮食，交到学校的学生灶并补了五元钱的灶费。我满脸是汗，手里紧紧攥着一沓牛皮纸质的饭票，激动地跑回宿舍，小心地藏好，准备上灶了。我虽也很遗憾未能与大家一起郊游，但想到从此能上灶了，竟也很高兴。

挤着买馍和打菜是件难事。武屯中学的学生灶，只有灶房没有饭堂。

开饭时，窗外的院子里，一个窗口排队的是女生，很有秩序，另一个窗口排队的是男生，每每上演的是争抢大戏。窗口外的台阶上挤满了人，各式的碗盆饭盒叮叮咣咣地碰着响着，起着哄地挤着叫着。有从人缝里挤出来菜汤洒到别人身上的、有馒头掉在地上捡不起来的、有连眼镜都挤掉的、有挤出人群才发现两个馒头被挤得只剩半个的，乱哄哄的，很是热闹！

买馍和打菜是很难同时完成的，挤到了馍再去打菜时就只剩了空盆。因为上灶的人数太多，学生灶只卖馒头，从来没有米饭、稀饭或者其他饭食。

菜的做法也很粗放，冬季里大白菜烩菜少油无味，夏季多是凉拌芹菜，剁上几盆，浇上一勺辣酱，倒上酱油和醋，黑瘦身材的厨师挽起胳膊，伸手进盆，像打太极拳一样地上下左右翻腾几遍，最后用嘴舔了胳膊上的菜汁满意地笑着，"美咋咧"，顺手把菜盆推向窗边。因为饭菜紧俏，灶房外就必然出现了生意上的竞争。

在距离灶房不远的水灶旁，一东一西有两个卖菜的老年妇女——王老婆和刘老婆，都是老师的家属，一个微胖，一个很胖，两个人都很干净利整。开饭时，两人端来两个盆，都用白纱布盖着。菜很精致，味道也不错，胖老婆的煮黄豆炒辣椒很受欢迎，她做的菜舍得放油，加上"我娃长我娃短"的，很会说话，生意特别好。

为了能挤到馍和买到好吃的菜，我们必须组合分工完成。

我和郭班长组合在一起，我把粮票交给他，他个子大，挤着买馍有优势；他把三元钱交给我，我善于讲价，同样的价钱能买到比别人多的菜；更因为我们合起来共六元，可以买到够吃一周的菜金，这样我们就可以打一份菜两人吃，既节省又能保证我们每餐都能吃到热馍热菜。

之后，每次放学后我们就各自分工，在他眼镜歪斜地捧着两个大馍回来时，我也早已细心比较和挑选了可口的热菜。菜是一元钱的冬瓜炖肉,热气腾腾,油泼辣子是免费加的。

我们靠在水灶南面的窗台边站着吃饭,为的是喝水和洗碗都很方便,同一个饭盒、两双筷子,我俩晒着太阳高兴地吃着。郭班长吃饭的速度贼快,狼吞虎咽,往往是他吃完后,我还有半个馍,却没有了菜吃。为这,我一直在努力提高吃饭速度,可惜到底还是赶不上他。

两个老年妇女的菜品比学生灶更有竞争优势,不光是味道可口,更重要的是贴心。每次打菜都娃长娃短地叫着,隔三岔五还有豆腐乳等小菜赠送,倘若临近周末没钱买菜时,还可赊欠。一半次的赊欠,下周还钱时,胖老婆会很生气地退还给你,让我们感觉很是亲切。每周日放假不出摊时,胖老婆也会做上几个小菜,如有补课未回家的同学,便会在她那里会餐,而且不收钱!正因为这样,胖老婆那时的生意特别好,再后来学校学生食堂改进后,她经营起了专门针对学生的饭馆。一次偶然的机会,我回到母校,发现有一家生意非常火爆的饭馆,门头招牌竟是"胖老婆餐馆","胖老婆"竟成了品牌!

我们依窗站着吃完饭,我去洗了饭盒,离上课还早,便带了课本,相约坐在操场边晒着暖暖的太阳,背诵着《诗经》里"桃之夭夭,灼灼其华"的诗句;谈论着《神曲》和欧洲文艺复兴;分享着看完电视剧《十七岁的雨季》后对友情和朦朦胧胧的爱情的感受;谈论着对那个阳光年轻老师的爱慕,对年长老师满腹经纶的膜拜。我们从对热议的现实拜金主义的批判,到对自己未来命运的憧憬,天马行空地谈论任由心情恣意放飞。直到上课铃声响起,我们才急急地回到教室。

这样的生活一天天地重复着,随着我们周而复始地抢馍、买菜、吃饭,中学时光竟一晃而过。

毕业时,我和班长吃了最后一顿饭。那顿饭我们细嚼慢咽吃了很长时间,饭后看着洗得干干净净的饭盒,我们都有些伤感!想起风风雨雨我们在一起学习生活的点点滴滴,感叹着前途命运的未知,我们一致同意把饭盒遗弃,借以摒弃过去无知的经历,开启未来的崭新生活。

在细雨中,我们一步一回头地久久凝望着它,再见了我们的饭盒,再见了我们的快乐生活！我们就这样急急火火地上完了高中，一切都还未曾准备妥当就已步入社会，胆怯地面对未来不可知的风风雨雨。我们一无所有地被推向了外面的现实世界，我们竟要赤裸裸地面对残酷的现实，我们必须辛苦地付出和打拼。

多年来，我们一直在不遗余力地拼抢，猛然发现，我们上学时每天出现的抢馍抢菜的景象，又一次次地在现实生活中上演了，只是更加的残酷和辛苦！

我忽然想起了被我们遗弃在窗台上的饭盒！

后来因聚会回到母校时，我和班长信步在崭新的校园里，早已不见当年那郁郁葱葱兵阵一样的松柏长廊；更不见了那一排排曾经带给我们无数欢乐的土坯房教室。当年的学生灶已变成崭新明亮的餐厅，连当年那热闹纷繁的水房也早已不知去向，更不见了我们那遗弃在窗台上的饭盒！

我们站在学校的塑胶跑道上，耳边似乎隐隐约约传来当年军训时整齐的脚步声，眼前浮现出运动会时我们矫健的身影，一切都是这样陌生，一切又都是这样熟悉……

我忘不掉那被我们遗弃的饭盒，更怀念那远逝的青春岁月！

老 铁 勺

在我的记忆里，我妈只用过一个铁勺。

铁勺是破旧的，我从未见到它崭新时候的模样，从我记事起，它一直就是破且旧的，顶端有一个因常年被火烧而烂糟糟月牙形的豁口，铁杆上镶插着一截木柄。它是我家每天做饭必不可少的一件厨具，总是油黑光亮的，一直挂在老家灶房的墙壁上。

小时候，我感觉铁勺的作用很大，几乎是万能的，兼备了熟油和炒菜的作用。我的每顿饭都因它而吃得无比香，在我心里它就和妈妈的地位一样重要让人离不开。当时，家家过日子都离不开这样的炊具。

一家人全年的生活，就靠生产队每年分到户极少的菜油或者棉籽油来维持，这两斤油吃完了没有地方买，即使市场上有偷偷卖的，大多数人家也没有钱买。全家人的生活，必须由家里的女人计划着细发地过。

那个年代不光油少，菜也少，几乎没有可炒的菜。早饭时，切上一盘萝卜腌制的咸菜，或是萝卜叶子做的酸菜，这都是些不用炒的。为了省油，煮饭时用铁勺在灶下的柴火上熟些许油，泼了咸菜就好。午饭更是简单，半根葱切成葱花，放进烧热油的铁勺里，或者还有难得的几块豆腐炒了，就势倒进下了汤面的大锅里，没有七碟子八碗的饭菜花样，根本不用在大锅里炒菜。

偶尔要炒的菜，我记得好像只有很少的几样。夏天除了有时可以吃到凉拌的洋葱或者黄瓜外，隔几天还有青西红柿切丁和碎辣椒一起，用铁勺在灶下炒了夹馍吃。那时候菜少，小孩子被锻炼得早早都能吃辣椒。

再一样就是来客人，或者我和妹妹生病没有胃口吃饭时，我妈做的几次炒鸡蛋了。那是记忆中最好吃的美味了！放了油的铁勺，在灶下的火里烧到冒起了青烟的时候，母亲把鸡蛋打进铁勺里，洒上一点盐，金黄的鸡蛋在铁勺里迅速地发泡，香气迅速散开，满院的油香。

铁勺里炒的菜，往往夹杂着星星点点的草木灰和些许火燎的味道，却也很香。每次炒菜或者熟油后的铁勺，都是我极为关注的，擦铁勺是母亲奖励给我的特权。掰一块热馍，重重地按上去，用力一擦，馍被挤擦得扁扁平平的。我吞咽着口水急急地塞入口中，带着咸味的油香，至今叫人回味无穷！

铁勺在过日子里是重要的，在我的眼里是神圣的。油黑的铁勺，也被每家每户的主人们规规正正地放在最保险的地方，像佛龛里的神像一样供奉着。

用铁勺熟油和炒菜，也是有技巧的。端着盛了油的铁勺伸进灶下的火上，是要小心仔细的，一定要放在火苗的上方，否则火苗进了铁勺容易起火，会把油烧着了。再就是拉着风箱的

右手，力度要适中，火太小没劲，油不好热，劲用大了，灰被吹进了铁勺里不卫生。加柴、烧火，左右手配合默契，才能完成用铁勺在灶下炒菜。

我仔细地观察了母亲的动作要领，一心想要自己实践一回，却害怕失手生祸被父母骂而不敢尝试。后来，终于有了这样的机会。

我记得是在农村实行家庭联产承包责任制第二年的秋收时节，为了过上好日子，父母像当时所有的农民一样，终日在田间辛勤地劳作。因为妹妹还小，我的任务就是在家里学习并照看妹妹。父母下地时，妹妹哭闹着要跟着去，母亲竟因为不忍心而没了主意。我在妹妹的耳边悄悄地哄她："不哭，等妈走了，哥给你炒鸡蛋吃。"妹妹笑了起来，很听话地和我送走了父母。

说干就干，我极其老练地按照平时观察到母亲炒菜的程序来做。灶下生了火，倒也不难，像迎取圣物一样地从墙上取下铁勺，倒了油，很神圣的使命感油然而生，我觉得端在手里的铁勺沉甸甸的，便小心地把铁勺送进灶下，右手拉起了风箱。但是顾了左顾不了右，越是小心越容易出错。在灶下的铁勺，不知怎的就碰到了锅底，勺把翻转，干净利索地把铁勺和油一起扣在了灶下的柴火上，起了一团大火，吓坏了我和妹妹。我慌乱地把铁勺取出来，只见已滴油不剩。

我把铁勺放好，再不敢动。看着妹妹哭丧着脸和失望的表情，自尊心和责任感又充斥了我的心里，心想"我一定让妹妹吃上炒鸡蛋"。我又一次往铁勺里倒了油，但吸取了刚才的教训，左右手小心地配合，把鸡蛋倒进铁勺，放了盐，在灶下炒了，竟也顺利地完成了。最终，鸡蛋黄里泛黑，并伴有些许草木灰，颜色虽不好看，但一点儿也不影响食欲。我用筷子夹了一块送进妹妹口里，问："好吃不？"妹妹一个劲地点头："好吃。"我尝了一口，虽然盐多了，但丝毫不能阻挡炒鸡蛋对我们的诱惑，吞咽着口水，来不及细细品味吃了个精光，照例用馍擦了铁勺，香馋地分着吃了。父母收工回来，发现了大锅被烧红冷却后的干锈，才知道我只顾得在灶下用铁勺炒鸡蛋，却不晓得大锅是不能干烧的。好在大锅没有被烧坏，但母亲训斥我以后不准再动铁勺了。

有了那次惊心动魄的经历后，我再也不乱动铁勺了！

随着生活的好转，蔬菜多了起来。一年四季有各式的蔬菜和成品半成品的肉食在卖，生活习惯不再是天天吃面食，而是各种菜品煎、炒、烹、炸换着样地吃。田里种菜和外出打工的农民，也像城里人上班一样忙碌着，吃饭经常去饭店，在家很少做饭了。家家都没有了烧柴火的大锅，换成了在煤气灶上专用的各式锅。炒菜也不用一手添柴一手拉风箱左右手忙乱地配合了。炒菜时油也不限量了，而且是没有油烟的各种精炼油。虽然没有了烟熏，没有了草灰，却也难以再有那醇香的幸福感了。

相比较而言，大锅里烹的是美味，小铁勺炒的是生活的艰辛。所谓的幸福，往往就在小锅小勺磕碰的回忆里。

多年后回老家翻盖新房，我竟然发现了那把老铁勺，虽挂满灰尘，已不再油黑，但那月牙状的豁口仿佛仍然诉说着曾经的沧桑。我仿佛又看到了母亲系着围裙，蹲在灶前用铁勺熟油、炒菜的身影；仿佛又看见母亲娴熟地用嘴吹灭铁勺里的火焰的样子；仿佛又看见在铁勺里炒得喷香焦黄的鸡蛋，还有带着草灰的熟油被倒进饭锅里的情形，我竟迫不及待地用热馍去擦铁勺了。

唉，啥时候还能再吃上一次母亲用铁勺在灶下炒的带着灰星和火燎味的鸡蛋！

外婆家的枣树

外婆家和我家相距百里，原来因为交通不便并不常去，但我一直怀念着外婆家后院的那几棵枣树。

小时候，每年的寒暑假我都有机会和母亲去外婆家。出发前的那天总是激动得睡不着，夜里醒来看几遍表，天不亮时就起床。父亲骑着自行车，前面横梁上坐着我，后座上带着母亲，送我们到二十里路外的火车站去乘车。

坐火车自然是高兴和新奇的，我总是把脸紧贴着车窗的玻璃，目不斜视地看着车窗外的景物向车后倒去。火车也并不快，中间走走停停，要经过五个站点。母亲告诉我，当看到右边远处出现几个高烟囱时，就该到站了。

"蒲石车站"很小，下了车翻过铁路，沿铺着煤渣的公路再走二里路，就到了外婆家所在的村子。沿着村子东南角学校的围墙走去，老远就能看见外婆家的土墙。由于没有电话，不方便事先联系，每次我们都是突然间出现在外婆面前。外婆拉着我总是高兴得直掉眼泪。

外婆家的房子坐北面南，在村子中间，门前有不大的一个土坑，年代有些久远的土院墙偏东的地方，有一个用泥土堆砌的门楼。院子里有一块空地，靠西养了鸡鸭，靠东是一口井，井口的辘轳上缠着二十几匝的麻绳。再往里，四间厦房把院子围出一个天井。院子里外全是土，土墙、土炕、泥地是我记忆中外婆家的样子，反正哪里都是土！

外婆缠着小脚，穿着黑色大襟上衣、土布的大腰棉裤，腿脚儿用布带子缠着。虽然是小脚，外婆走起路来却精精神神，一颤一颤的，戴在头上的白纱布也一左一右地摆来摆去。

外婆每次接住我，拿给我的吃食离不开枣，不管冬夏，都有她藏在柜子里黑红的干枣。

外婆家的院子比较长，前院、后院都种有几棵枣树。那十几棵枣树碗口粗的身子顶着弯来拐去的枝丫。我好奇外婆家为什么会有这么多的枣树，母亲说："这是你舅年轻时候种的，别小看这树，在闹饥荒的年代救了一大家子人哩！"

五月份，枣树上开满米粒大黄色的小花。一进院子，香味扑鼻。舅舅总是爬上树，用手掐下枣树新发的嫩芽，晒干后泡茶喝，舅舅说他的枣茶比明前的春芽要好喝得多！最让我记忆深刻的是寒暑假，枣树下就是我和表姐弟们的"天堂"。

夏天的枣树枝叶浓密，我们在树下支起小桌写作业，抑或是在两棵枣树上拴了绳子绑了秋千，你荡他送地玩着、闹着。外婆总是笑眯眯地看着我们，拿出几个去年留下来的干枣给我。表姐说："这是奶给你留的，你吃。"黑黑硬硬的干枣，在嘴里却越嚼越甜。

八月末，农历七夕节正好赶上暑假，外婆总是找出家里的月饼模子做月饼给我们吃。树上的青枣也已泛白，有的已经上了色，外婆总是让舅舅爬上房顶，用长长的杆子去钩那树梢上的枣子。外婆说那些枣子已经能吃了，把钩下来的青枣放进锅里，用文火煮一夜，第二天，那些青枣已变成拉着长丝的"蜜枣"了！我们每人碗里舀上几颗，吃起来甜极了！后来才知道这个做法是外婆为了让我吃上新枣子，专门向人家学来的，怕我等不到枣子成熟就要回家上学。我也一直不明白，明明是中秋节才吃的月饼，为何要在七夕节时吃？母亲说："这是你奶爱你！怕咱不能在一起过中秋节，所以提前吃了。"月饼就青枣的七夕节，真令人难忘！

枣的香甜诱惑着我们。我怂恿着表姐打枣，表姐不敢，却说："枣没熟，奶不让！"终于有一次，下雨天，没有了新鲜的玩法，我找了靠在墙角的长竿子直奔后院，挑了几颗大的发着红点的枣子打了下来。外婆看到我们在吃枣非常生气，把表姐大骂了一顿，我才知道下雨天不能打枣，那样枣树容易生病，树叶发毛了明年就不结了。

在外婆眼里，院里那几棵枣树就是宝贝，不单是因为枣树在饥荒年代曾救过一家人的性命，更重要的是，枣树是她远嫁外地的女儿和外孙的最爱和牵挂，所以外婆总想着给她外孙留枣、送枣。所以下雨天外婆不许孩子们打枣，即使到了冬天，还要留几个枣在枝头做"引子"，为了来年结更多的枣子。

枣子正式成熟是在中秋节前后。红玛瑙一样的枣子挂满枝头，可以蒸着吃、煮着吃，而这时的我早已回到家里上学了，所以外婆家那正熟的枣我很难吃到。

直到有一次，外婆领着十一二岁的表姐，背了一布袋子近二十斤的枣子，坐火车到相桥车站下车，又步行二十多里，天黑了很久才到我家。外婆想念我了，知道我馋枣子了。上次因下雨天打枣批评了我们，外婆心里总是过意不去，枣子熟了后，就执意要背着枣来看我。小脚老太太背着二十多斤的枣子，那二十多里路是怎样走来的？我能想象到夜色中踮着小脚，颤颤巍巍地一步一摇晃的老太太的艰辛，祖孙二人边走边歇，只是为了给我送来刚成熟的枣子。

放寒假后，我有时去外婆家过年。寒风里扑进外婆的房间，总能看见外婆"嗡嗡"地摇着纺车在纺线。外婆干净麻利、人缘好，是当地村子里有名的接生婆。谁家生孩子了总是把她请去，她总是能保证母子平安。主人家要感谢她，但她总是只收几斤棉花了事。

棉花攒多了，到了冬天，外婆就整天坐在炕头纺线，把纺好的线合在一起，搭了织布机，织一些被单、粗布。外婆知道她最疼爱的小女儿远嫁到临潼，离娘家远，担心女儿的生活无人帮忙料理，总是织些布给女儿攒着。我和母亲每次去外婆家，回来时总要背上外婆织的布，还有外婆一把一把拾了、晒好的枣子、花生。每次回来时，外婆都要送我们到车站，火车开动了，我还能看见站在月台上的外婆瘦小的身影。

外婆是在我上高中时去世的。她去世的前一天还在做饭和喂牛，走得匆匆忙忙的。我因为考试竟也没有来得及去送她最后一程。

外婆不在了，我也好几年没有再去她家。再后来舅舅有病，我开车带父母去看望，外婆家的老院子已变了样子，不见了土院墙，不见了门楼和那口井，因为要盖新房，院子里那十几棵枣树也被表弟砍了。

"你快给你舅说说，我盖房他不让盖，嫌我把他的'老基业'都破坏完了。"表弟见了我就发牢骚。

"好着哩，就是可惜了那些枣树了！"我有些伤感地回答他。

我又陪同母亲在院子里转了几圈，寻找哪里是那口井的位置，哪里是外婆的房子，哪里是绑秋千的两棵枣树的位置……

如今，舅舅去世已过了三年，我也很少再去外婆家了，那里早已物是人非了。只是每年寒衣节的时候，母亲都要叮嘱我，在路口画上一个圈，向着外婆家的方向留一个出口，为外婆和舅烧一些棉衣、纸钱。

火光忽明忽暗，火星飞向空中，我仿佛又看见外婆踮着小脚，一走一颤地晃动着头上的白纱布，弯着腰，背着布袋子来给我送枣子了！

家　风

我的家住在关中渭北平原腹地。

我们村子是以我们家族的姓氏命名的，可能是因为我们唐家来到这里是最早的，抑或是我们家族在当地是最大的，但也无从知晓了。总之，提起唐家庄，当地无人不知。

唐家的人在外找工作，用人单位都是抢着录用的；找对象、介绍婚姻，只要打听到是唐家的子或女，就都满意地应承了，毫不挑剔；做生意与唐家人交往，根本不用签合同，更不会惹起官司……唐家在当地是很有名望的。

唐家人是勤劳的。唐家人不知道从啥地方迁来，几辈人辛苦劳作、开荒置地竟成了当地土地最多的"地主"。他们的日子都是靠勤勤恳恳、点点滴滴积累起来的。

唐家人种地认真，不糊弄地。太爷爷常说："地不哄人。"一苗苗地给玉米上肥，攒下的尿液抬到田地里泼了给冬麦施肥。一棵苗一棵苗地务弄，一分地一分田地耕种。我的太爷爷兄弟三人，大太爷爷早年经商，也有了些成绩，家里剩下的两个太爷，他们亲自下地耕种，肯出力下苦。太爷爷们一生都在劳作，土地就像他们的生命一样。

唐家人是简朴的。唐家人过日子都是细细发发地，从不胡吃海喝；身上穿的衣服虽有补丁，但也洗得干干净净；被子里的旧棉套用久很旧了也不舍得换，老太奶盖在身上不加一床有些冷，加了一床身上又压得难受；太爷爷吃饭用的筷子，都是用久了截去一段儿继续用，剩下掌心长短也不舍得扔掉；打碎了的瓷瓮，瓮片子也要盖在土墙上挡雨；破烂棉花絮子也去塞了墙缝。吃的粮食和菜是自己种的，油是自己榨的，醋是自己酿的神仙醋。夏天窝的酸浆水，太爷爷割完麦子回来，舀一粗瓷老碗喝下肚，凉凉爽爽的。唐家人过日子从不乱花钱，都是仔仔细细地计划，用来办了大事。

唐家人是重礼数的，过日子讲究比较多。唐家人以孝字当先，家里的房间最向阳、最敞亮的上房，必须是老人住的；家里人添新衣裳，必须是先给老人置办；有好的吃喝，必须先孝敬老人；第一碗饭、第一碗茶必须是老人先用；对老人必须是早请示晚报安。

我小时候，家里和老宅的隔墙上有一个洞口，每顿饭，父亲必盛第一碗放在洞口，喊道："平，端饭来！""虎，取西瓜来！"洞口是大家和小家孝心的传递通道，那每天的一声声喊叫，是最动听的音符。有时做了好吃的，父母就会派我用布包了碗碟，从村道绕过去送到爷爷家里。路上总有人问："勇，又去给你爷送好饭呀？"父亲就说这是言传身教。

唐家人长幼有序。老人在当面，小辈儿是不能抽烟喝酒的，也不能大声喧哗。父亲在家族中排行老大，很是威严，有时其他几个兄弟谈笑正热闹，只要父亲一进门，就都鸦雀无声了。

家里来客人时，即使是最简单的饭食，也是用方木盘上桌的，仔细到盐碟、油泼辣子碟，几瓣蒜也是用小碟子盛了，每个小瓷碟子里菜或者调料都极细发、精致，碟子被擦得白白亮亮、干干净净的。给客人倒茶讲究茶七酒八，端饭时筷子不能别在碗里，给客人端饭上茶，要从左边上桌，倒茶时壶嘴儿不能对着客人。

外出走亲戚、访友、坐席时，不乱说话，要讲究食不言，坐席的位置要坐在下方，不能拿着筷子不停地夹菜，要吃一口菜放一次筷子，要主动给长辈倒水……唐家人是谦逊和恭让的。村里乡邻见了面，总要称呼在先，恭敬有礼。我每次开车回家，从公路口开始，碰见乡亲们走路、聊天时，都要爷长婆短地问话。

"走，婆，把你捎回去。"

"啊，你刚回来？我刚出来，你快回去！"

爽朗的笑声就响了起来。我们家在当地的辈分比较低，都说我进了村子就像是进了"爷庙"了！

回到家里收拾完后，就必须村东村西地转一圈，东家谝谝、西家坐坐，很亲近地串门子。偶尔也买几样礼品，去看望村子里八九十岁的老人。老人们高兴地说："你看人家大家的娃就是礼数多。""老吾老以及人之老，幼吾幼以及人之幼"，我心里也总是快乐的，把这些告诉父亲时，也总能得到他的表扬和肯定。

唐家人就是这样，对谁说话都是温和的、礼让的，从不胡吹乱谝，都是把日子仔仔细细地过好，低调做人。

唐家也是有家族凝聚力的。唐家家风淳厚，因此在当地有较大的影响力。强大的气场，也来源于家族的团结，一家有困难，全家族齐上阵。有本家爷爷去世早，留下几个子女年幼，劳力又少，每年青黄不接的时候，全家族你几斤他几斤地送粮食接济，都是自愿的，大家都认为是应该的。这几个孩子娶媳妇时，更是全家族上手，从家具到彩礼，家家凑钱办事。过喜事时用的面是凑来的，菜油也是你家一两、他家二两，从各家几斤的油罐子里倒出来的……

唐家过红白喜事，也是全村最热闹的。就拿白事来说，因为本家较大，孝子也多，从接客迎饭到堂前敬香再到出殡，孝子都是穿戴整齐，按辈分依次排队，从无缺席，行事中不许抽烟打闹，家族礼节也较正规。整个活动文明、有序、讲究。

唐家最隆重和热闹的，就是每年除夕和清明节的祭祖活动了。我提前在微信群里发通知，确定了上祖坟祭祖的事项。大家在群里一呼百应，远在外乡工作的就早早回家了。

清明节当天一大早，在西安的本家趁着不堵车很早地到家，在本家里吃过早饭，在村子里串起了门子。十一点钟的样子，到了集合的时候，大家各自把买好的香、蜡、纸、裱等物交在一起，放在十六爸开来的三轮车厢里，分配均匀后，分装进七八个袋子里，又备了酒壶、纸幡等物。

祭祖活动统一进行。先从城北的祖坟开始，然后城南，浩浩荡荡地列了队，阵容庞大有气势。唐家祭祖是全员参与的，八九十岁的老人步行，远远地跟着，几岁、十几岁的娃娃们跑到最前面，给主祭人当助理，忙前忙后地跑着，出嫁的姑娘这个时候也带了纸钱，在家里待着，由各家的兄弟、侄子带往坟地里，参与祭祖活动聊表孝心。

仪式简单有序。我担任主祭人，率一干族人等在坟头压纸、点纸、奠酒、磕头。"唐门的列祖列宗，又到了每年一度的清明祭祖，唐氏族人来看你们了。"长长的队列，整齐的阵型，仪式虽不烦琐，但很庄严。

唐家的祭祖活动也影响着全村人，各家也都像模像样地进行着简单的仪式。"今年上坟早啦，是因为唐家开始得早了。"有人这样评论着。

耕读传家，唐家人是重教育的。"穷不离猪，富不离书"，唐家人的子孙必须上学。唐家是大家族，是家长制，二太爷爷是大家长，爷爷辈作为太爷爷的侄男子弟，必须是要读书的。从田间干活回来，太爷爷会要求孩子们在捶布石上，用毛笔沾了泥水写字，每人两篇，不得马虎。之后，太爷爷把几个爷爷送出去上学，初小时就请了先生在本村，连同其他同村的娃娃们一起教，高小时就带上粮食去镇上上学。我的爷爷辈们几乎都在外工作，有在银行工作的、有在铁路工作的，有医生、有工人，都成绩斐然。

女儿考上了医学院，也是沿袭了唐门医学世家的传统。在升学宴上，父亲的一段讲话鼓舞着现场所有的人："一个家庭，没有把孩子培养成为一个爱党爱国的人，这个家庭教育是失败的；一所学校，没有把学生培养成为一个爱党爱国的学生，那么学校教育是失败的。希望孙女要学做事，先学做人；要修医术，先修医德；继承和发扬咱们家优良的家族传统，济世救人。"

的确，这也是唐家人对子女的要求。我也经常告诫我的女儿及家族子弟们："不能总想着怎样去挣钱，而是要考虑怎样把事业干好，事业成功了，钱也就挣来了。在外面干工作，宁愿离开了让别人想念，也不能离开了让人骂。"唐家后人在全国各地不同的工作岗位上，表现出色，成绩显著。

"勤俭谦恭承先祖遗风，耕读传家登锦绣前程。"过春节时，我把唐姓家族的门风编写成了一副对联，感觉很贴切，又专门去刻了木牌，挂于正房门口。前年除夕，又买了本子和钢笔，把这副对联的内容写在扉页，送予同族的孩子们，希望家风得以传承。

在中华民族伟大复兴的征程上，唐家人应该继续传承和发扬唐氏家风。愿家风伴随唐门永远兴盛，愿唐门家风指引一辈辈的唐姓子孙走向辉煌！

穿在身上的幸福

春节前回老家，特意去看望本家门里年纪最大的长辈——我的七婆。七婆生于中华人民共和国成立之前，现在年近九旬但身体依然硬朗，我每次回老家都必须买几样好吃的陪她去坐坐。

寒风里掀开门帘，昏暗的光线里，七婆盖着被子躺在炕上。房子中间的铁炉子为了省煤也封了火，但已逼走了室内的寒气。

见我进来，七婆立即起身开了灯下地，边捅开炉子边念道："政府检查呢，不让搭炉子，下午你碎爸回来就要拆了。"坐下后我问七婆冷不冷，衣服穿得多还是少，铺盖厚不厚，暖不暖和。七婆说："不冷，有空调用，现在衣服既轻快又暖和，也穿不烂，被子也不像原先的死套子既重又冷。"

我知道七婆她们年轻时的情形，穿衣铺盖并不华丽，也不保暖。现在，听七婆言语间流露着满足和幸福，我也不由得想起了穿在身上的衣服的变化了。

我们小时候的穿戴，基本上都是各家的婆或者妈手织的粗布，染了或黑或蓝的颜色，用手工细密地缝制，大家穿在身上几乎是一样的黑或蓝，七婆和婆为了一家人的穿戴，整天纺线、织布、染布、缝衣服。一件衣服，老大穿了老二穿，一直穿到老小，新三年旧三年，缝缝补补又三年，往往是补丁摞补丁，无法再补时才拆了用来做鞋。就连鞋穿破了，也要在货郎担处换了针头线脑，物品利用率高到了极点。

家里小孩儿衣服往往被穿得明光发亮，补丁破了，从袖口露出旧的棉絮，有的就干脆被别人起了小名叫"套子"，叫着叫着连本名也忘了！每每看到有人穿了新织的衣衫，或是新絮的棉袄里露出小红格子的里布，就羡慕得不行。小时候每过几年父亲就从城里带回亲戚家孩子穿旧的衣服、鞋子，有了区别于土布的式样和颜色，虽然旧却也让我爱不释手。

上了学我也变得爱美了，最盼望的就是过年时能有新衣服穿。商店里扯一块儿军绿的卡其布料，花上一块五毛钱的手工费，请村里的老裁缝缝制一件军服式样的上衣。"黄衫子蓝裤子，放屁不用脱裤子。"引得其他小孩子羡慕地唱着歌追闹着。仅有的几件时令衣服，因没有其他换洗衣服，经常是洗了之后等不及干就穿上身跑了。衣服即使洗得发白也舍不得丢弃。

上了中学，穿衣服也渐渐讲究起来了，首先是不穿有补丁的衣服了。膝盖或者屁股部位缝了一圈圈的像圆盘一样的补丁裤子和顶破洞的鞋子，是绝对穿不到人面前的。

染花布 丙申冬申三

小时候的冬天感觉特别冷。晚上睡觉前要在煤油灯下，翻开衣裤在衣缝里找虱子挤，现在想起来都浑身刺痒。后来没有了土布衣服，土炕也换成了床，令人讨厌的虱子也不见了。小时候我妈经常说："看你爱穿新衣服的样子，将来最好找一个裁缝媳妇。”

农村实行了家庭联产承包责任制以后，大家的生活慢慢变好了，腰包也鼓起来了，没有人织土布做衣服了。商店里布料颜色多了起来，的确良、涤卡、涤纶、卡基、比基……做衣服的裁缝店也多了起来，商场里的时装也挂满了铺面。我也穿上了父亲花费半个月工资给我买的一件夹克衫，上体育课时也穿上了胳膊、裤腿上印有三道白条的运动衣，睡觉前再也不用沿着衣缝去找虱子了。

婆去世了，七婆也老了，我妈也不纺线织布、做粗布衣服了。我也娶了会做衣服的裁缝媳妇，和妻一起开了铺面，卖布料、做衣服。因为妻的手艺，父母身上多了新且时尚的服装。父亲换掉穿了几十年的蓝得发白的中山装，新做的西服穿在身上显得他年轻了十几岁。我的衣服也跟着街上的流行不停地变化，马夹、西服、花衬衣、太子裤、西裤、直筒裤、老板裤……变着花样地赶着流行。

各种式样、各种花色的服饰跟随着潮流，充斥在街道上。女人们再也不用自己缝制衣服了，却个个光鲜亮丽，各式的裙装勾勒出曼妙的身姿。各家原先必不可少的缝纫机早已当成了桌子用。姑娘出嫁时的嫁妆，也不是原先的“三转一响”，而变成了彩电、冰箱、洗衣机等时尚的家电。

三爸身高体胖，年轻时穿惯了旧衣服、破棉袄。后来亲戚送给他一件布料结实耐穿的铁路制服，从此这件铁路制服就不离身地穿在身上。我动员三爸做了一套西装，穿上身人看起来年轻精神了许多。三爸满意地直夸妻的手艺好，高兴地说：“我柜子里净是旧衣服，还好好的！现在的衣服就穿不烂，送人也没人要，放在柜子里也可惜。我给你三妈说，把旧衣服包了，让我用自行车驮着扔了去。”言语间充满无限的自豪和满足。

现在，人们买衣服十分方便，根据各人的喜好随意挑选各种颜色和款式的服饰，再也不穿有补丁的衣服了。城里人不喜爱的旧衣服，农村也没有人要了。就连农村人自己不再喜欢的还较新的旧衣服，也捐了出去，有人统一收集运走。昔日的贫困山区也不贫困了，全国人民都富裕了！

衣、食、住、行，老百姓吃饭穿衣亮家当。家家都有钱了，人人有穿不完的新衣服。女人的衣服不再只是看样式而更看重品牌，男人的西装也有了上门定制，各式绒的、毛的、皮质的衣服，轻薄保暖版型好，几千元一件的衣服，也没有人计较价格的高低了。新房子装修时一定要打造衣帽间，长、短、轻、厚各式的衣服挂满了四壁。女人出门前步入衣帽间，像明星一样地试换衣服。小孩子们也被年轻的母亲打扮得像商场橱窗里的洋娃娃模特一般。

衣料跟着时代的变迁而发展，棉、麻的布料又以透气、健康而大行其道了。街上有了专门卖土织布的店面，原先手工织就的床单、衣料又被追捧和喜爱了，但相比以前，颜色亮丽多了，式样也洋气了，当然价格也是最贵的。老人们好像又喜欢穿旧衣服了，儿女们给买的新衣服，有时在衣柜里放很久也不穿。我想，老人们不光是觉得旧衣服柔软舒适，更可能是对过往生活的留恋和怀念。但我相信，他们的旧衣服绝不像七婆原来的旧衣服那样不轻快、不保暖了！

听七婆讲她从小时候夜晚土匪在墙外打着枪，她和母亲蜷缩在炕上害怕得牙齿咯噔噔地打架；她讲到年轻时为一家人整日不停地纺线做穿戴；听她讲我太婆睡觉时，如果不多盖一床被子就感到冷得不行，但多盖了一床被子又感到压得气都喘不过来，听得我无比心酸。七婆讲新旧社会的变化，和共产党领导下人们生活境况变得如此美好，说她一定要多活几年，多享几年福。

天黑了，我穿上外套离开七婆家，走在亮着街灯的村道上，腊月的风也并不觉得冷。看见村西头的几个妇女，红上衣配黑裙子，伴随着音乐的节奏轻盈地跳着广场舞。

是的，生活变了，人们的衣着也变了，但人们对美好生活的向往永远不会变！

我家那几亩地

我家四口人，共有六亩责任田。

1980年土地下放时，我家分到了六亩地。过了几十年紧巴日子的父母异常舍得下苦，种粮食、种棉花，整天细心地侍弄庄稼，换来了一年又一年的好收成。卖粮、卖棉的钱改善了生活，盖了本村第一座"砖柱窗门楣"的小瓦大房。父亲穿上了人生第一双棉皮鞋，也带上了一块亮铮铮的蝴蝶牌手表。因为这六亩地，我家的日子过得红红火火。

好日子是靠辛苦劳动换来的。"人勤地不懒"，不惜力气才会有好的收成。在那几亩田里，我们一家几口洒下的汗水着实不少。父亲是教师，本身就不是常干粗活的人，经常是放下书本就进了责任田，母亲身体弱小，所以我家种地比同村的老农们就显得吃力辛苦得多。

种子种下到田里长出苗来，施肥、浇水是关键。说来也怪，轮到我家浇地时，大多都在夜间。冬天浇麦子，为了挡土不跑水，经常是下到水里不顾冰冷，等天亮的时候，两只裤腿也成了冰溜子。

"玉米是个水罐罐"，夏天的玉米苗长在地里，被晒得拧成了绳绳，等不来大水浇地，只得自己想办法。放了暑假，我每天都和五大在地里打井，用单向泵抽水浇地。火辣辣的太阳底下,我们俩用带尖头的铁杆合力在田地中间往下打探,从村里用桶担水灌压水,泥浆总是抽不上来。我问:"五大,咱灌的水得是都流到渭河里去了?"坐下来歇歇继续,直到水抽出来为止。

种地的活路里,夏收是最紧张、最忙人的。麦熟一晌,一场小雨过后,地里就拥满了人。因为都是靠人力作业,所以得提早准备,父母带着十二三岁的我拉开了架势。太阳越晒,麦子割起来也越省力。不吃饭不歇气地割了一大晌,我实在招架不住,不停地抬头看日头的高低,不停地回头去看路的远近,不停地放下镰刀去抱了铝壶喝水……

晚上趁着潮气,一家三口用架子车一趟趟地把割倒的麦子往场里拉运,直至后半夜,累得大家谁都不想说话。拉着架子车,脚底下走路就像辮蒜一样,左一脚深右一脚浅,乏困得人不想睁眼,就想放下车子在地里睡上一觉。

龙口夺食的夏收,为了岔开空档,中午两三点钟最热的时候,别人不用脱粒机,这时我们一家齐上阵,连六七岁的小妹也得干活。大太阳下脱麦粒,一会儿就把人晒晕了。我发着牢骚,父亲说:"省办公厅的空调房子里凉快,你咋不去?"唉,谁叫咱没好好上学,拿起铁叉继续干活,再也不敢发话。

收秋时战线就拉得长了许多。玉米棒子掰回去后,用小镢头砍玉米秆,钻到地

里闷头干活，浓密的玉米地一点点地变成了空地。然后要把玉米秆拉回家，要做羊儿冬天的草料，也是费力得很。接下来的除草、撒肥、耕地、播种，没有一样活路能够省下。

凡遇夏收或秋收，农村里家家劳力齐上阵，老人小孩都不落下。活多劳力少时，两口子也不免因为干活而吵嘴。我干装修的那几年，每到农忙时活就多，有时不能及时给家里干活，父亲就说："得是这时候人家都忙着夏收，装修的活不干，所以你们的活儿多，你是逃避劳动哩！"家里少了劳力，收种这些劳累的活的确让人煎熬。

一九八二年我高中毕业回家，父亲让我当家管事，把卖了麦子的一千三百多元钱交给我。临近秋收时，已花费得所剩无几，秋粮卖完后一算账，没落下几个钱。看来，当时靠种地致富是不行的，于是打算外出打工闯天下。

后来从事装修、跑车拉客的工作，收入都比种地强，就干脆将几亩地转包给了别人。

每年的六月份，当我穿着干净的衣服走在城市的柏油路上，在有空调的办公室里工作时，看着窗外的太阳，庆幸着再也不用去满头大汗地劳动，去龙口夺食了。

再后来的收种时节，同事朋友看上去都不大上心，也没有像原来那样提前下势做准备，谈论的话题也丝毫和种地无关，就连最忙的夏收也不当回事了。问了之后有人说："现在不用管这事，这些都是家里闲人的事情。"

开车去郊外，一望无际的麦田金黄金黄的，竟没有了热火朝天的抢收景象。要是原来，我爷爷早都把一家子人往地里撵，怕麦子落到地里收不回去。

走到村口时，远远看见几个人穿着拖鞋，吃着冰棍，腿跨在电动自行车上不下来，好像在看着啥热闹。田地里几台大型收割机忙活着，机器到地头时，就把收到的麦粒自动"吐"到三轮车上。

"掌柜的，头前领路，我给咱送回去。"

骑电动车的主家照样脚不下地，掉过车头往村里走。

"倒在这儿，一会儿就卖了。"拉回来的粮食倒在门外铺好的彩条布上，连门都进不了，一会儿就被收粮的车拉走了。从进地到忙罢，一个多小时就完成了夏收，还变成了现洋，微信一扫，连钱都懒得数了。

当初下势准备学会庄稼把式的青年们，都进城务工了，有了比种地多得多的收入，只是在收麦时，指认着地块儿交代机械耕种了。种地变成了最轻省的活。

月光下，深一脚浅一脚地用架子车拉麦子；太阳下碾、打、晾晒麦子的场景，只有在老一辈人的脑海里上演着，作为茶余饭后的一点谈资罢了。年轻人已听不懂啦！

真是难忘我家的那几亩地，难忘我们一家人在那几亩地里忙碌的情形！

老兵的乡愁

电影、电视里打仗的片子看得多了，总想知道老蒋带着国民党军队败退台湾后的情况怎样了。难得有机会随旅行社参加"宝岛七日环岛游"，打算在领略宝岛风情的同时，了解台湾老兵的境况，毕竟他们和我们是同族同根的。最终，因为老兵，我对台湾更加亲近了。

那天是我们旅行团台湾环岛游的第四天，按行程安排，准备去参观老兵眷村，感受老兵在宝岛的生活情境和宝岛的台湾老兵文化。前一天夜里九点多，一车人似睡非睡地乘大巴车沿台东公路折来弯去地到了台中市。由于导游事先交代的不能随便离团的规定，晚饭后大家就老老实实地关门睡觉了。

早餐照例是丰盛且美味的。用餐后带了行李，杯子里添了开水，就上了大巴车，清点人数后就出发了。

导游姓林，是一个胖胖的小伙子，我们团队全是西安人，所以导游让我们称呼他为"西安小胖"。车子启动后，小胖导游就开始给我们讲今天参观的目的地——彩虹眷村。讲到台湾老兵的归属、近况，又给大家播放了关于老兵的电影。电影讲述的是一名台湾老兵，年轻时被拉壮丁，后到了台湾，两岸开通后回大陆探亲的悲凉故事。看着电影，车窗外远远近近的稻田向车后倒去，心情有些哀伤，不觉间竟感动地流了两行热泪。

大巴车行驶了不到一个小时，就到了台中市南屯区。大老远就看见一排低矮的瓦房，导游小胖告诉大家，台湾老兵的眷属村庄——彩虹村到了。

几十座一人来高的小瓦房子出现在我们眼前。这些房子围合出几条小巷子，村子里的墙上、地上、门头、窗畔全都是各种颜料的涂鸦。色彩绚丽的卡通图案和标语，五颜六色的图腾和祝福语，把小村落点缀得五彩斑斓，像一道美丽的彩虹，和远处的楼房形成了鲜明的对比。

彩虹眷村是六十万老兵来台湾后的住所。六七十年的光阴，他们中许多已不在人世，许多人也已搬离了眷村，村子基本上已成了空村。其中一位老兵，名叫黄永阜，早年从广东入伍，九十多岁的他，思乡心切，独守空村，盼望有朝一日能回到大陆，为了保留这些老兵的念想，他用乐观的心态拿起画笔，使沉闷的眷村变成了今天的网红打卡地。彩虹村以乐观的形象接待着来客，一批批的游客来了又走、走了又来，感受着老兵的思乡情怀。

彩虹村后空地上一处养了几只鸡的鸡窝旁，一株木瓜树结满果实，让人感受到这里是老兵们曾经生活过的地方。

游览过彩虹村，下一站台东县，要去参观台湾最大的红珊瑚博物馆。车子行进中，路边远近有坐轮椅的老人向我们挥手。小胖导游告诉我们："这些也是老兵，他们大多没有成家，孤老终生。现在住进政府的收容所里，他们每天都让人把自己推出来晒太阳，为的是能看见大陆来的游客！"闻此，我不禁泪目了。

他们蜷缩在轮椅中，用瘦弱的身体吃力地向着大巴车挥手致意，也一定知道坐在大巴车里来自故乡的亲人们能看到他们的招呼。

他们仿佛在喊着："亲人们呀，我们在等你们，我们也想你们能回故乡去呀！"其实他们每天出来不是为了晒太阳，而是为了能看见一车一车的大陆同胞们，这样，他们的心里才是暖暖的。

到了吃饭时间，大家都提议不吃团餐，找一处面馆解解馋。陕西人的毛病就是离家久了就想着这一口油泼面。导游小胖说不难，由于台湾老兵多，大陆各地的饭食都有。

在环境静幽的太原路附近，我们找到了一家经营陕西面馆的店，进门看见墙上招揽画的面食种类丰富，就如同在西安大街上的面馆一般。店里客人很多，我们在中间一处桌子落座，每人点了一份油泼扯面。看见面食正宗，同行的有人要了台湾的特产高粱酒，小酌起来。吃着正宗的油泼面，咬上一瓣儿蒜，味道美极了。因为他们要喝酒，我们几个吃得快的人，吃完后就到门外去欣赏街景了。

宝岛的气候是我在内陆从来没有感受过的，温暖、湿润、洁净的空气直向人的鼻孔里钻。到处都干净得一尘不染，路边树上的叶子、道边的绿植，就像是被水洗过一样洁净，油油绿绿的惹人喜爱。马路上的交通指示标线，像是一幅油画，那样的干净和清爽，间或有人戴着头盔，驾机车经过。整个城市就像是一位娴静的江南女子静静地立在那里。

我正看得发呆时，"哗……"一声拉关卷帘门的声音从身后传来。扭头去寻那声音的来源，发现声音来自面馆隔壁的一家卖茶叶的小店，一位满头白发的老者正弯腰将卷帘门拉下了一半儿。也许是拉关卷帘门的声音，在安静的街道上实在是显得太大了，也许是老者的满头白发吸引了我，我看着老者。

见我看着他，老者停下了手里的活路，用一口浓浓的河南方言问："你们是大陆来的？"。

"对呀。"在台湾听到了内地的口音，倍感亲切。

"你们是哪里来的？"老者又问。这时他已站在我们的身旁。

"西安，你知道？"我很惊奇。

"我老家是河南洛阳，我年轻的

时候在西安待过两年嘞！"老人自豪地说。

"那我们算是老乡了吧。"他乡遇老乡，是多么亲切的事。

"就是的，来来来，坐会儿。"老者很激动，转身弯腰去把关了半边儿的卷帘门又向上推开。

我们走进了老者的店里，店面不大却很整洁，靠北墙边一排不锈钢的筒子里装的是各样的茶叶，靠南边墙放着封口机、抽真空机等设备。老者急忙拿凳子给我们坐，又向里间招呼着，走出来一位同样白头发的老奶奶，是老者的老伴儿。"快点，老婆子，俺老家来人了，倒水、拿水果。"老者激动地招呼着。我们急忙阻拦，只是坐着和老者说了会儿话。

从谈话中得知，老者在十六岁时中学毕业后进入了国民党军队，后来从重庆被派到西安学习，所以对西安很熟悉，谈到小雁塔、大雁塔，他如数家珍。后来又辗转到了上海，后随国民党军队退至台湾，在当地娶妻生子，退伍后从事会计工作，退休后和老伴开了这家茶叶店。老者今年已经九十五岁了，身体硬朗，还能骑摩托车出门。当被问到老家还有没有人时，老人声音低沉地告诉我们老家就剩一个侄孙子了，他三年前回去过，也没有人能认识他，前不久他侄孙子还来台湾看他，他说两岸本来就是一家人，能互相走动，很高兴。

"习主席可了不起。"老者主动提起前不久的两岸领导人会谈时很激动，希望两岸人民能一家亲，自由活动，希望祖国能早日统一。我们和老人谈了很久，不知不觉间到了晚上，依依不舍地和老者告别。车子启动走了好远了，回头看时，两个瘦弱的白发老人还在向我们挥着手。

回到酒店，翻看着手机里当天的照片，从彩虹眷村到轮椅上向我们招手的老兵，再到身体健朗的白发老人，我满脑子全是老兵的样子。

从台湾回来已经快五年了，那些坐在轮椅上向我们招手的老兵也许已故去，不知白发的河南老兵是否还健在，只知道彩虹村依然是网红打卡地，接待着一批又一批的大陆游客。

真心地盼望还健在的老兵们能多活几年，能亲眼看见宝岛台湾回到祖国的怀抱，让他们的思乡之情成为现实，看看祖国壮美的大好河山！

我家的水井

我家住在渭北平原，这里是黄土高原的一部分。因为地势高、土层厚，水位也就深一些。

我记得小时候家里后门外有一口井，是人工挖成的，有三丈深。井口上压着石头井盘，上面常年套着一架辘轳。由于水质清甜，这是半村人打水的地方。咯吱咯吱的辘轳绞动声和铁桶与锁桶链环的撞击声，从早响到晚。这是我坐在院子里凳子上最爱看的光景，我喜欢听这美妙的响声，一桶水被吊上来，又被大人担回家，这生动的画面我是从来都看不够的。

后来本家大婆犯了病跳进了井里，被人们救上来后就疯了。父亲弟兄几个把井淘了一遍。但奇怪的是，井水不再像原来那么清甜，渐渐地这井水就没有人吃了，那口老井也就废弃了。父亲又用架子车拉了几天的土，将井填平后用水灌实，老井就这样消失了。

我外婆家在百里外的蒲城县，是地势较高的丘陵地带，水位更深。她们村口水井的辘轳上，井绳一圈圈地缠了二十几匝，打一桶水要费半天工夫。大概是20世纪80年代初，当时各家各户打压水井，舅舅家也弄了一根铁管子，但无奈水位太深，压力不够，打不出水，所以这根铁管子就被父亲带了回来。

父亲又找人焊了一台压水井泵头，在院子正中靠西的地方打了一眼压水井。

把压杆儿扶起来，在压水井泵头的铁桶子里灌上一瓢压水，然后使劲儿快速地起起落落地压上几下，抬起的压杆儿猛然间就带了压力，一股清亮的水流就涌了上来，七八下就能压满一桶水，洗衣、做饭很是方便。大人们从田间劳动回来，孩子们从外面玩闹回来，都是先压上一桶新水，舀上一瓢，仰起脖颈一口气灌下肚，那清凉和甘甜直沁人心脾，令人五脏六腑都舒坦，疲劳的人迅速就解了乏。在青海生活的大姨妈一家人回来省亲，用了压水井直说好，说她们城里吃的还是河里的水，哪里有这压水井里的水香甜。于是我感到我的生活比城里人还美了。

因为打井方便又节省财力，农村人种菜、浇瓜时，就在地里每隔几十米打一眼压水井，虽然费力气些，但天旱时却能保证瓜菜的生长。每年放暑假，二爸都叫我和他一起在地里打井，装水泵浇玉米。从玉米苗还贴在地上开始浇，几遍水浇下来，人家都说二爸家的玉米棒子长得像"电壶笼笼"一样壮实。

又过了几年，天越来越旱，一年到头也下不了几场雨。水位下降后，压力太小，压水井根本就打压不上来水，各家的压水井都成了摆设，人们吃水又成了问题。

舅家的深水井也没有了水，吃水要到二里外的变压器厂去拉水，拉回一桶子水能吃上三天。我放暑假去舅家，经常和表哥去拉水。有时人家把龙头上了锁，就去央求门房的人把门打开。一桶子水几百斤重，下坡时虽然看似轻省，但要非常小心地抬着车辕，车尾噌地往下放。下坡后过了河渠又是上坡，推、拉、拽，架子车在土路上的车渠里忽左忽右地拐来拧去，汗水滴在滚烫的土路上连个印子都没有，拉一趟水回来的确是劳神费力，天阴下雨就只有干瞪眼。表哥说："这都好多了，还有水拉，其他村子里吃的是窖水，靠下雨天收水过活哩！"想来也是很困难的。

我们村子里的几家有钱人首先行动，在院子里打了小口机井，下了潜水泵，推上电闸就能出水，大家就都去接水。每天下午固定的时间，各式的水桶摆了一地，主家才统一开泵，因为听说水泵的一开一关太费电。所以集中供水时就跟打仗一样，各家把早已不用的扁担找了出来，担上水小跑着回家，能跑上两个来回，跑得慢了，就接不上水了，因为集中供水结束后泵就关了。我特意让父亲花了三十元钱，用废旧大油桶子制作了一台和我舅家一样的水桶去拉水，但每回看到主家嫌我的水桶半天装不满时厌恶的眼神，我心里总是忐忑不安。

拉回的水被放进水缸里，这是母亲要吃用一周的水，我心里计划着周六要早点回来拉水。母亲更是节省地用水，洗手、洗脸、洗菜、淘米从不敢敞开用水。下雨天要接上几桶水，大桶小盆儿装满，洗衣洗菜用。电影《老井》当时为啥能红，我想是因为反映了那时农村生活的真实情况，能让人产生共鸣。那阵子我觉得水比油还金贵。

有井的人家，也难耐久日的麻烦，脸色难免有些难看。拉水、担水的人就都赔上几分小心和笑脸，偶尔也送上些好的吃喝，或者在人家有活的时候出几分力，农村人的力气不值钱，但是打一口井却不是随便就能争口气的事。后来干脆每户交几元钱电费，但终因人口的多少和拉水的频率引发主家的不满。居家过日子，吃水是头等大事，不论家庭收入怎样，首先的支出计划就是打井，打井是排在盖房子前面的首要打算。

1990年，我家也终于计划打上一口井。在郑重地进行选址后，请了工队，用了两天的时间就成功了。在厨房里装了开关，用手一推，清亮的井水就进了水缸，非常方便。母亲用水再也不用细发地重复使用了，下雨天也不用接雨水洗衣服了，我也不用掐算时间回家为母亲拉水、放水了。

后来把父母接进了城里生活，再也不为吃水发愁了，打开龙头就有水。我妈说："现在真的是享福了。"

再后来，听说村子里接了自来水，我回乡翻盖了祖屋，接上了自来水，洗澡、吃饭也同城里一样方便。听说舅家也用上了自来水，再也没有人拉水、吃窖水了。

后来，又有人在村子里装了直饮水机，喝茶做饭用专用的桶子拉，几毛钱一桶水大家都说便宜。只是拉水的桶子变成了文明干净的专用桶子，拉水的车子也变成了小巧的行李车。喜欢经常接待闲人喝茶的老者，每天下午用行李车去接水，都说这水没有水垢而且喝茶有味，还有人干脆在自家水龙头前装了制水机。

从土井、压水井、机井到自来水，一路走来，我想，人们的生活会越来越幸福的！

十爷做生意

我的本家十爷性格内敛，略显文气，其实并不擅长做生意。听十爷说，他一辈子就做过一次生意。

1976年，十爷20岁。那年，腊月天，年关将近，辛苦了一年的农村人都休了工，待在家里准备过年，家家都开始准备过年的事情。十爷和本村的同龄人张战，夜晚在昏暗的油灯下喝茶闲聊。张战个子不高，生就一身的生意经，平日里总是在农闲时收只鸡贩只羊，挣几个钱贴补家用。为这个事儿他没少挨队长的批评，是村里有名的"机灵鬼"。

张战凭借他的见多识广告诉十爷："快过年了，咱就得趁着这个年节去做个小生意。听说户县的生姜批发价五毛一斤，咱弄回来一斤能卖一块五，每斤能净赚一元，每人带上五十斤就能挣五十元，回来能过个肥年。"

"但是能靠得住不？"十爷听了两眼放光。

"没问题，前几天听栎阳镇食堂羊肉馆的老李说，他原来有个亲戚就在户县，消息没错。"张战很自豪地说。

在那个信息不灵通的年代，能行人的意见和消息总是很权威。

"那行，那咱俩去一趟，我可没做过生意。"十爷来了信心。

"有我呢嘛，先批发回来再说，年跟前了，生姜不愁卖。"

"那听你的，你说咱啥时候走咱就啥时走。"十爷开始下势。

"干脆明早就出发，现在把钱准备好，给车子把气打饱。"

二人早早地分了手，各自回家准备了。

第二天，天还不亮，鸡才叫了两遍，大约三点钟的样子，十爷就起床收拾了。吃了老母亲冲的一碗炒面，又吃了一个夹了咸菜辣子的黑面馍，给车前的手把上缠着的布袋子里塞了两片锅盔，和老母亲告别后，十爷和张战二人各自登上打饱了气的自行车，出门冲进了黑夜里。

"明日都腊八了，咱都不吃腊八面了？"十爷说。

"还吃啥腊八面？挣了钱去新民村吃清茂的水盆。"张战胸有成竹。

出了村，上了公路，二人有说有笑地弓着背快速蹬车子赶路。在那个年月，农村年轻小伙子浑身一包劲，平日里干活惯了，蹬车子赶路，并不觉得累。

十爷说他不记得路，张战是个事事通，负责带路。两人穿在脚上的棉鞋也蹬热了，棉袄也解开了扣子，走高陵，过西安，直奔户县。上午九点多钟到了西安。二人并不想进城，沿着浐河向南进了长安。在长安韦曲休息片刻，又一路向西过沣河，进入了秦镇后，再向西行，就进了户县。

十二点钟的样子，他们到了秦渡镇。红红的日头在头顶上晒着，二人蹬得浑身没了劲，推着车子边走边打听。问到的年轻人都说不知道，又找了在墙根儿晒暖暖的几个老年人去问，一问才知道早几年户县靠终南山的几个村子种过生姜，生产队为提高粮食产量，近二年都不种了，即便是有，也早都卖光了，谁还会把生姜留到这个时候？

二人顿时泄了气，很失望。看看远处的群山，谁知道走到山下还要多远，如果再来个无功而返，天黑了，弄不好还只能待到这户县山里了。干脆回家！二人商定了以后，向老乡讨了碗水，吃了自己带的馍，歇饱了劲儿，骑自行车返回，向西安的方向行进。

回家时的赶路不像来时那么兴奋有劲。二人沿着河岸走走停停，进西安城时天也黑了。二人骑自行车由西门入了城，沿西大街问过几家旅店，都是每晚三元钱，二人嫌贵就没住。十爷听从张战的指引，准备出城向东去，到郊区去寻那便宜的住处。

二人出城门向东，奔向临潼方向，过了浐河又过了灞河，实在累得走不动了，估摸时间已是晚上八九点钟了，大概到了灞桥镇地界。二人不敢停留，向有灯光的地方直奔。

在一处亮灯的门前停下，这是一处六七间宽的门面，房子是砖柱土墙小瓦房，中间一间的门脸儿上挂着纸质的牌匾，在灰暗的光线下，能让人分清是旅店的字样。门道里一张桌子后面坐着一个胖女人，看到有生意上门，急忙起身，把二人带到了院子里头另一间房内。

房间里靠南面是一排大通铺，土炕沿儿下放着一排各式各样的鞋子，靠北墙堆放着各式的行李，有自行车驮着的草圈，也有新的农具。狭窄的过道里人勉强能够通过，臭烘烘、潮乎乎的气味扑面而来。

"要铺盖一元，不要铺盖五毛。"胖女人强调着价钱。有出门或者做生意的自带铺盖，就能省下五毛。十爷二人必须得掏一元钱，找了空隙，二人抱着被子填了上去。

第二天是灞桥镇过会的日子，住店的生意人天刚亮就走光了。十爷二人早上还没有睡醒，就被胖女人吵醒了："快起来，我要收拾铺盖了。"二人于是慌乱地起床，顾不得梳洗，像逃难人员一样急忙上路了。

几十公里的路，骑行了三个小时。十一点多的样子，二人就行至栎阳镇。遇上栎阳集会，二人在路边停了下来，离家越来越近了，只剩下十公里左右的路程，索性逛个腊八会再回去。二人在集市上每人吃了一碗五毛钱的甑糕，又花了两元钱买了一捆蒜苗，用口袋缠了，夹在车子后面往回赶去。

天快黑时，二人进了村，同村的几个年轻人都问二人从哪里回来，二人只说是去上会了，不敢多提，怕被人笑话。这一趟，二人来回两天，每人花了三元五角钱，未挣到一毛钱。

后来，十爷他们又把自家的红豆带到华县去卖，变几个小钱，但生意经他最后都没学会。十爷后来也做过木匠、养过牛、种过菜，生活倒也富裕着呢。但每次和十爷谈起做生意的事，他总是很高兴地与人分享当年贩生姜的经历。

大概是那次难忘的经历、挣钱的不易以及生活的艰辛一直激励着他把日子过得红红火火。

第三辑

那岁月那记忆那乡愁

躺在草垛上数星星

童年的记忆总是那么美好，叫人时常想起且深切怀念。在物资相对匮乏的20世纪70年代初期，我们的童年时光至今令人魂牵梦萦……

01　清晨

冬日的清晨，天出奇的冷。孩子们放了寒假，大人们也不用上工。

在朦胧中听到嘈杂的人声，懒懒地睁开睡眼，实在不愿意爬出热被窝，却又好奇外面发生的事情，急急地唤母亲在灶头上烤热了棉裤、棉袄，连同那一股烟焦味套在身上，怀里抱了母亲从灶下灰火里掏出的一个焦黄的玉米面馒头，小跑着出门。

冬天的清早，上学是一件苦事。空心膛穿着粗布棉袄，背着用红红绿绿的碎布拼着缝起来的书包，臂窝里夹着一个冷馍，手里提着煤油灯，踩着一路白霜去上学。

教室的窗户上钉着同学们各自带来的塑料纸，抑或是我们自己手织的草帘子。摇摇晃晃的课桌上，就着煤油灯那橘黄色豆大的亮光读书。每个人都用课本仔细地挡着各自煤油灯散发的光亮。

02　上午

早读课后，同学们相互嘲笑着被灯烟熏黑的脸，在操场上围成一圈，点燃按任务分配后带来的玉米秆、棉花秆之类的柴火，大家伸出一双双黑瘦的小手，烤着火高兴地笑着。

男孩女孩有时在墙角一个方向地挤着"暖暖"，乌烟瘴气的，上课前总是要被老师骂。

太阳把窗户的影子照在黑板上共有五个格子的时候，便要放学了。大家都兴高采烈地排着队，唱着没有韵味和乐感的歌四散开，走在通往各村回家的路上。

冬日里，农村街道上的"老碗会"是很盛行的。村子里家家都随着学生放学开饭了，人们不约而同地端着饭碗，三个或五个一处，蹲在门前的土堆或粪堆上，并不在家里的饭桌旁，是因为几乎没有什么丰盛的饭菜摆在饭桌上，所有这顿饭的内容，一碗就装了。盛在碗里的无非就是或稀或稠的玉米糁子稀饭，饭上面也是如同一个人做出来的萝卜咸菜，或是用萝卜叶子做的酸菜。

人们吃着几乎同样的饭菜，谈论着各自的家长里短，端着空碗也不肯散去……

03　中午

鲜牛奶
申三圆

农村那时的午饭是在三点半左右进行的，我们对午饭并没有那么大的兴致，并不是因为我们偷吃了西红柿和瓜果，而是因为那时的午饭真的勾不起人的食欲。不用猜也知道是打搅团、漏面鱼，全村的饭差不多都是一样的，早上玉米糁子稀饭，中午玉米面搅团，晚上煎玉米面搅团，吃的馍也是玉米面馍，那时人们除了玉米面，很少有别的吃的。

有一次在爷爷家里吃午饭时，看大姑在一口大盆前的水里用笊篱在为一家人捞面鱼儿，二爸饭量大，端了一碗还没有到堂屋门口又折回来，那一大老碗面鱼，不用筷子一股脑儿全倒进了嘴里，我那时忍不住地想笑。

后来，有一次我从大良路经过，看到有一家专门卖搅团的，去花了五元钱买了一碗，却再也吃不出当年母亲用黄菜（老油菜的叶）浇了醋汁的那碗"水围城"热搅团的味了。

04 下午

午饭后，我们早早地集中到同学家里，把他家的那个戏匣子放在中间，"小喇叭开始广播了"，听着《木偶奇遇记》《西游记》，一边为"皮皮鲁"的命运担心着，一边抄着"学科学·奔向二〇〇〇年"的课文，憧憬着二〇〇〇年会是什么样子。

正做着作业，便有家长赶来，有孩子被揪着耳朵提起来，被呵斥着去打羊草，我们便草草做完了作业同去。农村广阔的田野，到处都是我们玩耍的乐园，我们胡乱割些草又开始玩闹。不知不觉间天色已暗，又想起家长的吩咐，只得折些树叶蓬在笼底，踏着暮色回家去。

05 夕阳西下

晚霞很美妙地装扮着天空，暮色中走在回家的路上，心情格外轻松和惬意。村子星星点点地亮起了灯，那灯火暖暖地诱着人，于是大家都轻快地跑着、奔着，向那炊烟升起的地方而去。

晚饭照例是煎搅团和热剩饭，若是赶上家里来客人，就能改善伙食，要么是馍上面抹少许的油盐在锅里炕了，要么就会有烫面的油饼吃。我是最喜欢家里来客人的，因为客人走后所剩的美味总是能让我们美美地解个馋。

冬天的晚饭后，家家要用柴火烧炕。我最讨厌的就是煨炕，全是烟，弥漫了整院整村。大多数时候，我们跟随着年龄大些的同伴在生产队场院里麦草垛旁摔跤、顶拐、捉迷藏。

我最喜欢的是躺在草垛上，看着繁星点点的夜空，想着美妙的神话，让思绪随着夜风飘向无边无际的天空。

若是听到哪里有演电影的消息，我们便成群结队地去寻，无论路远还是近。多少次都是扑空后无功而返，踏着夜色一路走走停停，点着一堆堆的柴火回来，被母亲呵斥着钻进被窝，暖暖地、幸福地进入了梦乡。

现在，每当看到孩子们穿着新衣，背着书包，懒懒地走在放学路上时，我就在想：孩子，你的童年快乐吗？看着他们无忧无虑地玩着新奇的玩具，上下学都有人接送，我心里在想着，他们一定体会不到我们童年的乐趣。

童年生活虽然清苦，但在我们心里永远挥之不去。希望现在孩子们的童年也多一分快乐。

多少年来，我都喜欢在晚饭后去广场散步，更喜欢独自一个人仰望夜空。望着繁星点点的夜空，童年往事像电影一样在脑海中一幕幕地上演着。

分 的 趣 事

01　分秋粮

"三娃！给我看一下，我回去借架子车！"在苞谷棒堆成的"山顶上"负责给社员分苞谷的三娃摆了摆手，双战叔便小跑着走了……

天刚麻子黑，村东几百亩地中间，苞谷棒堆得像山，不时有玉米秆被踩倒或掰断的"哔啵"声夹杂在嘈杂的人声中，空气里弥漫着玉米叶子的香味。

这是全体社员一天的成果，按劳力分工，都往这地中间堆。这会儿已接亮电灯，支好磅秤，男女老幼齐上阵，全村仅有的几辆架子车夹在各种筐笼和布袋、麻袋及人群中，热闹的分苞谷棒活动开始了。这次从东头开始向村西头分，我家住在村西头，这样的活动不用说得持续到后半夜了。轮到我家还早，我便和小伙伴去玩打仗游戏了……

这是 20 世纪 70 年代后期农村生产队分秋粮的景象。这是生产队里每年最重要的日子！秋粮成熟了，苞谷棒分到各家，在经过剥皮、脱粒、晾晒、按人头上交公粮后，剩余便是冬季全家的口粮了。夏收忙罢后分的麦子已所剩不多，加上冬天的苞谷，得计划着吃。

接下来的剥皮、脱粒工作都是手工完成。每天放学，很少有作业，在煤油灯下，帮母亲剥苞谷是最重要的工作。天气已冷，被大人间或用半碗开水温一块红薯或一个柿子地哄着，直剥到眼皮打架才罢。上了炕，钻进早已热乎乎的被窝里，筋骨舒展，浑身舒坦。母亲叮咛着快睡，要我明早上学时，顺便赶早在队里碾麦场上占地方晒苞谷哩！睡梦中，也是分苞谷和剥苞谷的事。

进入冬天，各家都以苞谷为主食了，早饭是苞谷糁子稀饭，午饭是玉米面搅团，外加玉米面馍。"燃面油锅盔"是人们心中的美食，是谁家打胡基盖房才有的吃食！那时孩子们对于麦面热馍的向往胜过一切！

小时候最盼着家里来客人了，为的是可以改善伙食。母亲从炕席下卖羊奶攒的钱里取上一两毛给我，让去村里会计处换一张上面写着"一毛五分钱韭菜"的菜票，然后去生产队菜地里买回些韭菜，包麦面纯韭菜馅饺子，这便是待客的好饭了。

02　分柴火

结着厚厚白霜的冰冷的冬日早晨，在村头田间的路边，总有一个老人，胡子上挂着白霜，弓着背，嘴里哈出白气，用腰带裹着露着棉絮的棉袄，拖着用铁丝弯成的耙子在搂路边的柴火，那人就是我的太爷爷。他所拾的，其实是些散落在路边的麦秸、碎柴、干草和枯蒿。太爷爷弓着腰将它们背回来，塞进柴房里，满意地笑着说："够做一阵子饭用的了。"村里很少有人烧得起煤，煤是少数有劳力的人花钱用架子车从铜川山里自己拉回来的，是娶媳妇、过大事时才用的。我家做饭用的柴，是随时令变换的。老太爷捡拾的枯草树叶，夹着苞谷芯子等，烟大焰小，做一顿饭把人呛得眼泪直流。

生产队里柴火也是要分的。玉米秆、棉花秆是村民生活的主要燃料。除了一部分队里要做青储饲料外，剩余的都分给了社员，各家用来喂羊，羊吃过叶子后剩下的光秆用来做饭和烧炕。而各家储存的玉米秆、棉花秆，是今冬明春生活的必需品。所以，各家都把分柴火看作头等大事。

分的柴火是用工分换来的。掰苞谷棒不计工分，各自掰过苞谷的苞谷秆归各自。各家都放弃吃饭地干着，再加班挖秆、运回，连苞谷根都挖走了！麦草在碾完场后被整齐地垛起来像城堡一样。

冬日的正午，队里的饲养员们从垛子上取下白亮白亮的麦草，用铡刀切碎。

我们爬上余下的草垛，蹦跳着、笑着、滚着、打闹着，直到星光满天，才恋恋不舍地回家。

麦草是队里的几十头牲口要吃一年的口粮，是不允许社员私自占有的"战略物资"。村里就发生过有人因阴雨天要做饭生火用，夜间偷装了一小筐麦草，被发现后批斗并扣口粮的情形。

唯一无偿分给大家的柴火是麦糠。每年夏收后，碾场结束，清理出来的麦糠要分给社员。把麦糠一行行地呈长条状堆好，按人口各家可以分得或长或短的一段，用担子担回家去。常有人因分的多少或好坏而与村干部发生争吵。这麦糠做饭火焰小烟大，用来煨炕却很好，能保暖一夜，是各家必不可少的。

现在的秸秆还田，收获后秸秆都打碎埋到了田里，作肥料了，人们再也不为分柴火忙前忙后了。很难想象，没有了柴火烧，人们的生活倒清闲了、文明了，日子倒越发舒坦了。而分柴火的场景只是在老年人的梦里一遍遍地上演着。

03　新年物资更要分

进入腊月，年的味道就越来越浓。辛苦细发了一年的村民们，停止了出工，等着过年，女人们早已一遍遍地数了存在瓦罐里一个多月来攒下的二十几个鸡蛋。孩子们唱着"过年好、过年好，穿新衣、戴新帽，吃白馍、砸核桃"的儿歌，一天天地盼着、算着。

太阳刚从晨曦中醒来，村东头的几只狗还没有来得及"汪汪"两声，村口场边排起了长队。队伍的顶头支起一口大锅，架着火，锅里烧着浓稠的棉籽油。

跟着队伍一起前移的是各式各样粗瓷或细瓷的瓦罐。油黑的皮条系子被跨骑在上面的小孩提着挪动，叮咣叮咣地碰着响着，不小心就有碰破提不起来的。没有了器物，大人只好急忙回家取一个盆来，不会争吵，怕耽误了分油。分到油的，签了自家男人的名，按了指印，小心地抱着或抬着装着二三斤油的罐子回家。

这是要够全家人吃近一年的油。平常做饭都是几滴几滴地用，偶尔来客人了，最平常的招待就是"炕馍"，把馍一切两片在锅里干炕。有特别重要的招待时，才在馍上抹少量的油，客人走后剩下的才分给孩子们吃。

豆腐也是要分的。我们几个小伙伴，放寒假后几乎天天泡在豆腐坊，看着被蒙了眼的驴子转着圈地磨着豆子，看着吊起的白布包过滤着的豆汁流进埋在地上的大锅里，趴在地上看着燃着麦草的火苗轻轻地舔着锅底。等豆浆烧开要点浆时，我们格外兴奋，看着一勺勺的卤汁浇进滚开的锅里，盯着豆浆慢慢地凝结，强忍着口水看着豆腐脑被舀进裹了布的木框里，包严裹紧压上石头。我终于忍不住鼓动同伴，向他管豆腐的爹讨要一块生吃。抹上早已准备好的盐，一股豆香直冲心脾，那是世上绝佳的美味。

分豆腐照样是在天刚亮时开始。大人们端着盘子或盆子排队，小孩子们不时地穿梭于豆腐坊和队伍之间，及时汇报着队伍的长短和豆腐存量的多少。分到的人家端着或大或小的几块豆腐往回走，前面跑着摇尾的花狗，小孩子跳起脚地追着看着盘子里的豆腐，央求着要吃，或者索性躺在地上滚着、闹着。然而大人不为所动，毫无顾忌地往家里走，留下孩子坐在地上哭闹。

这是要等到过年才吃的！

过年的菜是队里早就分了埋在院子里的白萝卜和几根干葱。其余要从集上买回，也无非是几个土豆、几片干海带。肉是要买一斤的，队里分肉的机会很少，除非有老死的牛、马，才杀了分肉，即使只分到拳头大的一块肉，也要全家人很珍惜地吃好多天。

牛肚子被村里几个老头收拾后拿走了，几人相约夜间聚在一起，温一壶酒，在油灯下等着煮在锅里的牛肚。在昏暗的油灯下，经过几番查验生熟之后，牛肚被几人用刀随便地剁着拌了，吃完喝足后各自回家。第二天几人碰见后，其中有人说早上看见牛肚依然在锅里，不知道昨晚吃的啥货，才知道一条羊肚手巾在昏暗中被掉进锅里煮了，又被捞出拌着吃了。

这笑话被大家久久地传着、笑着，大概是因为很久了，这笑话里依然会有那一丝丝肉的香味！

04　生产物资更要分

分各类的东西，都吸引着全体村民的关注。一直以来，与吃有关的各种分的活动，我们这群孩子都兴奋地参与着。

唯有这次，队里要分田、分牲口了，我们却觉得一点兴趣都没有。但大人们都异常高兴，全都到齐了。开过会后，一群人抱着木橛子、拉着米尺，奔向田间地头。各家按照人口的多少，拉尺子，把木橛子砸进地里当界，分到相应的田地，人人脸上挂着笑容。有性急的已蹲在田里，吐着旱烟，拔着杂草，有人已开始用锨翻地了，看起来有使不完的劲。

圈里的牲口连同农具也分了，采用抓阄的方式。父亲分到一头小母牛，一百五十元，回家路上，好多人看得羡慕不已，大家都说："养着吧，这可是头好牲口！"爷爷家里分到了一头骡子，爷爷为骡子专门盖了圈舍，精心地养了好几年，几年间地里的活多亏了它……

05　奔向新生活

以后的队里再也没有分过东西了，连生产队也改叫村民小组了。再也没有以前的分粮、分柴、分油时的紧张与期盼了，人们都再也不盼着分东西了，只是一头扎进责任田里狠劲地干着，满意地笑着。

街市上卖东西的也多了起来。农忙时节汽水、雪糕送到田间地头，不等孩子要，大人就高兴地买了。粮食多得出乎意料，除了交给国家的和留足自己吃的口粮，剩余的口粮卖掉后也有不少的收入。以前每年开春后吃了上顿没下顿的大爷爷家，竟然也不吃玉米面馍了。四大说："这下不用本家捐献了，光吃麦仁都够了！"

衣服的布料和花色也越来越多了，以前只知道的粗布、洋布、的确良，渐渐地被府绸、涤纶取代了。也不再有人空心膛穿棉袄了，线衣、秋衣、绒衣、毛衣及各类成衣，把年轻人打扮得光鲜靓丽、活力四射，把老年人羡慕得撅着拐棍骂"看把你张得"！皮鞋、手表也进入了农民的日常生活。正在说媳妇的四大，白亮亮的涤丝衬衣口袋里，透过布料故意让人能看见的不是一张"大团结"（很少见的十元面额的人民币），就是一盒当时很奢侈的"金丝猴"牌香烟，从村道中走过时，昂头挺胸！

农民们渐渐地不用全天在田间劳作了，从事了第二职业，做了农民工，有的去了外地，有的在当地自主创业，收入不菲。因为盖房子的一家接着一家，土坯房全换成了砖瓦房。几年前队里买的木壳子电视，曾经是全村人主要的休闲娱乐工具。当时，看着竖在屋顶的像飞机造型的天线，大家很是好奇。每到夜晚，全村的男女老少早早地坐好，长凳短椅、砖头木板摆了一地，不管啥节目，就连本地人听不大懂的京戏，也是里三层外三层地围着，津津有味地看着。

后来，不知不觉间，村里好多人家的房顶上都立起了"飞机天线"，我们也经常跑到邻村数着、比较着，评论着哪个村子更富有。好多人家新买了自行车，加重二八型，有飞鸽的、永久的、红旗的，还有凤凰的，用来驮自家种的瓜菜卖。二爸说无论如何年底屁股底下压个冒烟的，到了年底，果然骑了辆"渭阳"摩托，据说全乡才买了三辆。再也没有人因过不了年而自造现场，谎称被偷寻求队里救助。人人都是一脸幸福。

好多年过去了，每谈及生产队分东西的场景，老人们总是念念不忘，其实人们忘不掉的是过去的艰难岁月，忘不掉的是分东西时那热闹的场景。难忘，是因为一去再也不复返了！

再后来，分东西只是在单位才有了，这样那样的福利，年货充实地分着，却没有了原先激动和期盼的心情。

有人说，今后国家规定都不能乱分了。我想：其实不分也未必不是好事！

又是一年麦收时

麦收是关中农村一年中最重要的农事。

01 准备

农历小满过后，一望无垠随风翻滚的麦浪，已由青转黄。头顶的太阳离人越来越近，风吹到脸上已感到些微的燥热。“算黄算割”，鸟儿不知从哪里飞来，在田间终日勤快地叫着。空气里早已弥散着淡淡的麦香。各村各户的大小劳力，都不敢外出和打工，只等着收麦了。

村镇道路上的人多了起来，出了嫁的女儿带着女婿孩子去给娘家看“麦熟”，又算着日子去附近赶集上会，采购收麦的农具。往年使用的旧农具，早已翻腾出来修补完成。簸箕“舌头”已换成了新的；踅筛的口沿已重新箍了一遍；有些松散的扫帚又重新紧了一回；去年用断了一个齿的铁叉，已找铁匠结实地焊好；被老鼠咬破的尼龙袋子，已由家里的女人缝补齐整，就连扎口绳子也换成了新的，垫上小布片儿，紧紧地缝在袋口。

上会时装在心里的，是出门前早都计划好的一份物品清单。买一把细密的扫帚，捎上一把轻巧的木锨，选上一把三股或者四股的铁叉，抑或是挑上一把趁手的连枷、刀子，还有必须要准备一块磨镰用的油石。一样一样精心地选好，一遍遍仔细地对照印在心里的清单，数了数攥在手里的一卷钞票，不敢遗漏了什么东西，准备齐全，心里才有了底气。

各项任务完成，一遍遍地点齐了物品，小心地跨上自行车，摇摇晃晃地回家。眉头舒展，脸上洋溢着满意的笑容。

女人在家早都磨好了几袋面粉，特意多收了几升白面，蒸了花卷。最后要办的，是家里"掌柜的"出门前特意交代的事。买上一些土豆、蒜薹等常吃的菜，因为麦收时节是没有人转巷卖菜的。

02 光场

天气一天天地变热，种在各家地头的大麦或者油菜已经熟透，必须提早地收获后腾出空地来，做麦收时的场苑。剜场、光场就正式拉开了麦收的序幕。

种在场苑里的大麦和油菜，要用镰刀剜掉，必须连根、茎、叶全部清理干净，有一点根叶都不行。平整好的场苑，和墒时要用碌碡碾平、碾光。太干不和墒就要"泼场"，用桶挑了水倒进大铁盆里，用碗舀水，均匀地撒，要使翻起的泥土湿透、平整，没有积水。这个活一般要在下午进行，日头不太厉害，不至于场面很快被晒干和板结。天黑时，村外路上往回走的人，都是挑着桶，懒懒地往回挪，拖着两腿泥，着实累得不行！

光场在第二天的清晨进行。天刚蒙蒙亮，竹笼里装了草木灰，用绳子背在背上拽了水泥制成的小碌碡，借着夜里的潮气，小心地试了土的软硬。光场是有讲究的，为了保证平整，只能穿平底布鞋，碌碡碾压要一行参着一行，又不能参得太深，太宽和太窄都不平整。横竖间隔着，便于压光。碰到过于湿的地方，就撒上草灰，避免粘着。场越碾压得密实平整，夏收碾场时才好用。小碌碡看着轻巧，可一上午几百遍来来回回地碾压，也是很累人的。但看着光光平平泛着青光的场苑，拽上一根麦穗，放在掌心揉一揉，吹一口气，数着落在手心里饱满的麦粒，心里美美的，满是自豪！

03 割麦

"麦熟一晌。"几天前看上去还泛青的麦子，在被夜间的一场阵雨洗礼后，变魔术般地披上了金装。磨了镰刀提了水壶，人人都攒了一股劲，急急地扑向了田里。

麦田里热闹了起来，地里都是人。猫着腰，右手持镰，先搂住一米见方的麦子揽入左手，挥动镰刀，只听见"嚓、嚓"的声响，很娴熟地用脚一踢，身后是大小一样、整齐排列的一行割倒的麦堆。割麦讲求腰力和耐力，整整一晌猫着腰割麦，腰不好不行。太阳越毒，麦晒得越干越好割。若有些潮湿，刀子易钝，割起来就费力很多。

最不经晒的就是我们这样的"小劳力"，割一会儿就不停地直起腰来，目测距离前方地头终点的远近，或者总是回头数着身后的麦堆，垂头丧气地发着牢骚："咋总也割不完？"

父亲听了总是训斥我："赶紧割，看你懒得那样子，割不完才好哩，那不成聚宝盆了！"

猛然发现地头路上有驮着白木箱的自行车。"咦，卖冰棍的！"立时来了劲，拿了父亲给的一角钱，风一样地窜向地头，买了两根冰棍回来。小心地揭开油纸，一股奶香扑鼻而来，抿上一口，冰凉甜爽，火辣辣的太阳底下真希望手里的冰棍总也舔不完哩！

在麦子成熟时，若是下过一场雨，再刮过一阵风，那就麻烦了！大片大片的麦子倒伏在地里，不但影响产量，也不利于收割。割"倒麦"并不像割直立的麦子那样顺手，费工费时得多，有时就干脆请麦客来割。

小麦成熟时，街镇的屋檐走廊下，多了成群结队背着铺盖的麦客。他们大多来自旬邑或者甘肃，体力较好，用的镰把长刀子宽，割麦既快又好。

中午我妈下了汤面，用桶盛了送到田里，这些麦客每人能吃七八碗，还要喝上两壶开水。他们割完麦子，用脚步丈量了地的面积，结了工钱又步行往街镇上赶，等着接第二天的活。我一直惊奇的是麦客的饭量怎么会那么大，还有就是用脚步踏地丈量面积，不用验算但准极了，叫我这个初中生羡慕不已。

后来又有了专门把麦割倒的机器，麦子被割倒整齐地排在地里，只等拉运碾打了。田里偶尔也有收割机出现，那家伙我只是在电视和书本里见过，庞然大物一般，但很神奇。

收割机从田里开过一遍，就完成收获，几个人在车上忙乱地倒着口袋，像打仗一样。这样先进的农业机械不是家家都能请得起的，大都嫌太贵。收一亩地的钱，是在工地上打工一个礼拜的收入哩！地头上来回追着收割机跑的，都是些骑摩托的有钱人和怕出力的懒人。

收割机割麦，要求主家先要割一段地头，为了收割机掉头方便省事，但常会因地头割得太短而与主家多说话。收割机给我四爸家割麦时，司机就嫌地头割得浅了，我四爸说："我难不成给你把地种成圆的，你来了开上只转圈圈哩！"地头上的人都笑了起来。年长的人对收割机是不接受的，总说："抛撒太大了，胡整哩！"

拉运麦子，一般在早晚进行，借着潮气好装车。装车是讲究技巧的，麦穗向里，一捆捆左右要参起来，不断地目测各处，调整着装在车上麦捆的位置和保持车子前后重量的均衡。车子后面装得沉了，车辕压不下来，费力；车辕处装得重了，拉车子时要抬着车辕，也费力！装到用铁叉丢不上去时，用麻绳将麦捆系到

车辕上绑紧，只留不足一尺长的车辕把手。

拉车很费劲，男人在前面拉，女人在后面推，车轮子气要打饱，行走起来要有节奏，配合默契，不紧不慢。经常有年轻人在大中午拉麦，这时麦子被晒得干燥蓬松，不易绑紧，上坡时用力的速度不均匀，翻倒地头是最恼人的。两口子生气地互相骂着，但绝不打架，如果因生气少一个人，这活就做不成了！倒在地上散乱的麦子，要重新装车拉运，不像新装时容易，往往得多跑三四回。

04　碾场

麦子被拉运到场苑里，整齐地倒在一起。每天用扫帚把场苑扫一遍，扫去浮土，填了龟裂，避免碾场时麦粒落到场缝里。

天气晴好的上午，在例行的漫场后，全家男女老幼齐上阵，开始了摊场。用向下弯曲着有细长齿爪的麦钩和铁叉，把麦子一堆堆地拉到场面上，用手撕开打散，直立起来堆满场苑。不能摊得太厚，厚了太阳晒不透，不好碾打，太薄又得多摊几场，费时费钱。经过几个小时摊场，几亩地的麦子被均匀地立在场里。

经过一中午太阳暴晒，麦穗上的麦芒乍开，麦粒随时都要往下掉。

这时候最忙的就是拖着大碌碡的拖拉机了，一会儿在村东，一会儿在村西，一家接着一家地碾场。车拉着碌碡闯进麦场中立着的"麦草阵"艰难挺进，转着圈地碾压。场边少不了卖汽水、冰棍、啤酒的。打开一瓶汽水送到司机手里，麦场就会碾得格外细致。一直碾到直立的圆鼓鼓的麦秆变得白白亮亮、扁扁平展地铺贴在场上时，一遍才算结束。

在第二遍碾压之前要翻场，把埋在下面的麦草翻上来，确保所有麦子都被碾到。一家人拿着大叉小叉排成一行，一个方向地用铁叉翻挑着麦草。九十度地转动权的把柄，麦草齐刷刷地飞舞着翻到另一边。一个小时不到，场面上就又都是立起来的麦草，只是没有开始时那么高了。因为车在场里要转圈，所以要把摊开的麦草铺成圆形，不留方角。圆场一般是大人来进行，年轻娃是没有这个眼色的。

当麦场被碾过两遍，直直硬硬的麦草变得洁白柔软细碎时，要起场了。

就像是尘封多年的美酒，要被启封一样，人们难掩收获的喜悦。同样是男女老幼齐上阵，大叉小叉一起舞动。轻轻地抖去麦粒，麦草被放成长条状一行行堆好，由壮劳力用大叉把麦草叉走，在场边堆好。带着麦穗的生场碾完后，为保证颗粒归仓，还要碾第二遍的"腾检场"。集好的麦秸在碾腾检场时，又要重复着摊场、翻场、圆场、起场的程序。

碾场需要的场地大，由于车辆需不停地转方向，但用脱粒机脱麦子，想停就停，随意得多了。用长长的木杆子挑着带钩的电线，挂在电杆上，接通电源就开始脱粒了。男人负责向脱粒机口塞入带穗的麦草，女人戴了草帽在机口前用铁叉挑运打出来的麦草，小孩子抱着木锨清理脱粒机下流出的麦粒，一家三口就能搞定。脱粒机里打出来的麦粒打在脸上生疼，飞舞的灰土让人鼻孔嘴里全是灰土。机器的吼叫声，一连几天不断在耳边响着。

用有十多个竹齿的木杈拉走细碎的麦草，剩下伴着麦糠的麦粒铺满场苑。把这些麦糠麦粒集中起来堆到场中间，要趁着有风时扬场，把麦糠和麦粒分离开来，收获干干净净的粮食。

扬场是技术活，用木锨铲起一锨混着麦糠的麦粒，锨板稍斜地掌握着角度，拉出一道弧线向空中扬起。借着风力，麦糠与麦粒在空中分离，飘向一边，像下雨一样垂直落下的是光光的麦粒。

男人扬场，女人打扫，借着木锨每向空中扬起时，用扫帚轻轻掠扫着麦堆上落下的小段的麦秸，这项工作需要两人配合默契。把式好的很轻松就能把麦糠清理出去，而把式不强的，往往不是把麦粒扬到了麦糠里，就是麦糠原样地拌在麦粒中，既费工又让人着急。所以扬场是当家男人必须掌握的技艺。

农忙时节全家上阵，趁着晴天龙口夺食，没黑没明地干着。最辛苦的要算各家的女人们，因为劳力少，在田里场里和男人一起干着同样的活。回到家里，男人在收拾了农具后还可午休片刻，女人却要一头钻进灶房，高温、烟熏、火燎，一顿饭基本是在流泪流汗中完成。吃完饭后又要赶紧洗锅刷碗、喂猪喂羊，烧好开水后小跑到场里。

"咋这半天不来，不知道你在屋里弄啥哩。"男人责怪着。女人一声不吭地干着手里的活，丝毫不比男人少干！

05 晾晒

碌碡和脱粒机的声响日渐稀疏，麦场里立起一个个高耸的麦秸堆的时候，收割碾打就基本结束了。粮食的晾晒同样重要，但轻省了许多。

晴好的上午，人们把新收的麦粒在场里摊开，经过太阳的暴晒后，及时入仓。摊开晾晒好以后，小娃们想起放假时老师布置收假时要交勤工俭学的粮食的任务，于是利用翻搅粮食的间歇，挎着竹笼去捡散落在田里的麦穗。和家里大人的要求相比，老师布置的任务孩子们相对就重视得多，全然不顾麦茬扎手和太阳的烘烤。

麦收时节是最容易变天的。上午还是晴空万里，中午却看见南面的天空，涌起山峰一样的云团，白白厚厚的，越聚越高，是要下雨的节奏。

所有人像是听到集结号的士兵一样都涌到了场里，有起场的、有收粮食的、有集麦秸的，大家急急火火地忙着。当云团由白亮亮变成灰蒙蒙，已经压在头顶时，手里干活的节奏越发地快了。云层越积越厚、越压越低。

起风了，风是雨的头！风虽不大，却吹得树叶乱晃。燕子在低空中飞来飞去，人人的心里也跟着毛乱起来，不说话，急急地忙碌着。粮食也顾不上细致地收拾了，麻利地装了袋子放到架子车上往回运。平常一次能拉六七袋粮食，碰到快下雨时多装两袋也感觉不到沉。拉着车子跑起来也感觉格外轻，家门口的坡竟也轻易地冲上去了。一袋一袋地搬运，虽汗流浃背也感觉不到累，只盼着赶紧收完粮食，美美地享受即将到来的清凉和惬意。路上碰到的人也都急急地小跑着。

我最喜欢这样的气氛，像打仗，劳累了几天也盼着下一场雨能歇歇，但我知道只有我是这样想的。这个季节的农民，没人喜欢下雨，都恨不得用绳子把日头拽住，没黑没明地晒着。收麦是天大的事，是农民的命哩！

有几滴雨从空中落下。有人大喊："快些，雨来了！"

满世界的人都快跑起来，扛农具的、抱袋子的、拉架子车的，大人小孩都疯跑着，像是发条又调高了一个挡位的机器。雨点已经变得豆大，掉在路上厚厚的尘土里不见了踪影，泛起浓浓的土腥味。路上的人依旧很多，都相互帮忙去推车子、抱娃、捡拾掉在路上的农具。有人转身跑回去捡自己被风吹落的草帽，就连中午放在地头吃草的山羊，也在前面拱着头，搜着主人往家跑！

雨点越来越密，落到路上厚厚的尘土里藏不住时，路上已没有了人。低飞的燕子早已不见了踪影，几只鸡也蜷缩在一起挤在屋檐下，整个世界安静了下来。田地里空无一人，麦场上的雨水亮晃晃地泛起无数水泡。麦秸堆在场边的雨中静静地立着，享受着清凉夏雨的洗礼。

雨还在下，满世界静得只听到雨声。各家各户都关了门，被这突如其来的大雨撵回家的人们，洗了灰尘，端了茶缸子，一遍遍地数了堆在房中间一袋袋的粮食，估摸着产量，满意地点着头。连日的劳累后人们躺在床上，舒展筋骨，要美美地歇上一觉。

06 结尾

如今，麦田已很少了。白晃晃的温室大棚替代了原先郁郁葱葱望不到边际的"厚毡子"。机械化操作使种庄稼变得简单轻省。种菜卖菜一年四季天天地忙着，每天都有收入。不爱种地的年轻人，也早已进了城市，或打工或经商，把自己收拾得干干净净。有的在城里买了房安了家，过起了城里人的生活，一年到头也难得回家几次。家里留守的老人经管着庄稼，收麦也变得极其简单。当年每到收麦时总爱着急催嚷的老人，现在竟也在门口打着牌，就有车把收割机收获的麦子拉运回来。

"叔，粮食给你倒在哪儿？"司机喊道。

"随便倒在那儿，一会儿就卖了！"老汉头也不抬地应了一声。

地上铺了塑料布，倒在上面的麦子赶天黑就被收购商收走了，只用两三个小时就完成了夏收。从城里开车回家的儿子，没有啥忙可帮，父母收拾了各样的鲜菜、鸡蛋和自家磨的面粉装到车上，催促着快走。就连想带孩子回农村看看收割机工作的情形，都得要碰运气呢！

又是一年麦收时！蓝天白云下，一望无际的麦田，人们忙碌地收割、碾打、晾晒麦子的场景，已成了遥远的记忆，也许只有在梦里才能见了！

拨浪鼓声声

夏日的午后，太阳光白晃晃的，刺得人眼睛睁不开。玉米叶子干得拧成了绳绳；树上的叶子也被烤得没有一点水分；知了躲在树上鼓足劲儿地叫着；那条花狗也四肢拉长、肚皮贴在地上，懒懒地趴在门道里；村道上没有一个人，整个世界都被太阳炙烤得没有了生气。

那是个周末，我们几个小伙伴聚在一起做完了作业，大人们还在午觉，我们便有了难得的自由，开始了各种有趣的活动：把面粉和好揉成团，洗了面筋粘在木棍上，满村子跑去粘知了；抑或是相约去偷张爷爷种的西瓜……

"嘣噔、嘣噔、嘣噔噔噔噔……"几声有节奏的拨浪鼓声打破了夏日午后的沉寂。一辆独轮车被一位个子矮小的男人推进了村子。男人一手扶着车把，一手摇着蒙了羊皮，黑黑的拨浪鼓。

鼓声响不过三遍，车子边就围满了人。我们早已像听到集结号的士兵一样，齐刷刷地跑来，围了上去，一边跑一边喊："货郎担来了，换烂货的来了。"要知道那个架在车辕上的木箱子太诱人了，那五颜六色的毛线绳子，各种铅笔、小刀和花花绿绿的商品，透过箱盖上的玻璃引诱着我们。隔着玻璃，我们好像都已经尝到了那装在瓶子里糖豆的甜味。

这些商品不必用钱买，用家里的废铜烂铁、破旧的鞋子、旧塑料、牙膏皮都能换。在那个农村人手头并不宽裕的年代，货郎担这种收破烂换商品的方式，就格外地受欢迎。

货郎担所售卖的商品，也与合作社里的商品不同，都是些小巧、细致、色彩鲜艳的小玩意。有颜色鲜艳的塑料吸管，我同桌就有一根，一尺多长，插在瓶子里，用它吸水喝，好像白开水也变甜了许多，别提多美了！发卡、头绳是姑娘们的最爱，扯上一尺扎在发梢，像新娘子一般。我大姑出嫁时就在黝黑的发梢扎上了红红的头绳，漂亮极了！各色的毛线绳子，我们要把它拴在作业本上，老师翻作业时也方便多了。

还有针头线脑，是妇女们关注的。找了几双破旧布鞋，经过一番讨价还价，换得几根缝衣服或者缝被子的大针，又吵闹着换了纳鞋底儿的钢针，挑上一只顶针，又被卖货郎央求着回家再找些破布，才达成了交易。扭头就看见孩子抿着手指，贪婪地看着箱子里的米花蛋或者糖豆，就又一番讨价，换了几颗糖。我们围在旁边，盯着卖货郎从箱子里取出装了糖豆的玻璃瓶，一边伸长脖颈替人家数着，一边暗自咽着口水。

货郎担

我们几个也终究抵挡不住引诱，商量着去找些"破烂儿"换糖。但经过不知道多少轮回的"洗劫"，家里哪还能找出可以换的东西，有时干脆把牙膏挤掉拿皮去换。旧布鞋是不敢随便拿去换的，家里每人只有一双鞋穿，换了就要光脚走路了。有一次我们想出一个极好的办法：每人偷拿了家里一个玉米棒子，揣在怀里，跟着卖货郎到村外，偷偷地给每人换到了几颗糖豆。抿上一口甜到了心里，小心地包好，能吃上好几天。

货郎担的商品种类多、交易灵活，所以生意要比合作社好很多。几个村子转完，独轮车上的两个筐里，就满满当当全是收来的"破烂儿"。拉去卖了钱，再进些新奇的小货物，再去走街串巷换"破烂儿"。货郎担就凭这样的营生，养活一家人。

他们大多是河南人，推着独轮车，有时也拖儿带女。孩子坐在车筐里，女人跟着打打下手，偶尔没饭吃，也讨些饭来吃。人们也都很同情货郎担，他们虽然带着很多的货物而来，却比我们生活困难得多！有一次突降大雨，我把他们一家三口请到我家屋檐下避雨，还回家倒了一碗热水给他们，他们一家千恩万谢，还要给我糖吃，我谢绝了。看着小女孩喝着热水的样子，我忽然感觉到自己长大了不少。

再后来，改革开放经济发展，村村都有了商店，橱窗里的商品琳琅满目。人们有钱了，旧的生活用品先是卖给了收废品的，后来干脆就白送了，自然也就没有了卖货郎。当地也还有操着河南口音的人在"闯荡"，但都是做老板的。偶尔同他们谈起，问到货郎担们的下落时，才知道他们当年那些走街串巷的，有些另谋了生路，有的干起了废品收购的营生，总之大家的生活都今非昔比了！

后来，就再也没有看到过卖货郎换烂货的场景了。

但烈日下"嘣噔、嘣噔、嘣噔噔噔噔⋯⋯"有节奏的拨浪鼓的响声，至今还在我耳边回响，久久不去！

淡淡玉米香　浓浓思乡情

"哎！掌柜的，你快些，我等你一下。"正在掰玉米棒子的丈夫停下来，隔着密实的"玉米林"，冲着远远被他甩在后边的女人喊了一声，脱掉手套蹲在地垄上，美美地吸了一口烟。收获的幸福，洋溢在无边无际的"青纱帐"里。

中秋节过后，八百里秦川自西向东，一望无际的"青纱帐"已经泛黄，斜立在玉米秆上的棒子，挣裂开泛白的外衣，露出金黄整齐的"牙齿"对着人笑，似胖娃娃般惹人喜爱！

稍不留神，庄户人家门前那郁郁葱葱、挡住人视线几个月的绿色屏障，就会荡然无存，田地间豁然开阔起来。一场喜润的秋雨笼罩着这村、那村升起的袅袅炊烟。

雨下了一天，村子里一改往日农忙时的喧闹，寂静了许多。年轻人聚在一起打着扑克，嬉笑打闹着，老年人坐在各家各户玉米棒子堆成的小山后面，剥着玉米的外皮。随着有节奏地撕扯，黄灿灿的玉米棒子娇羞地挤在一起，闪着水嫩的亮光。细雨中，早有勤快的庄稼人在田间地头查看着墒情，高兴地议论着……

作为关中地区主要的粮食作物，玉米在人们曾经的生活里占有重要的地位。在过去缺吃少穿的年月，为了果腹玉米不得已要被一日三餐做主粮。正是因为这样，玉米以其可蒸、煮、炒、煎的多种烹饪方式，被奉为冬季里的膳食首选。

九月初，城里的夜市就在卖用烤炉烤得喷香的玉米棒子，但味道最为纯正的，莫过于在土灶上煮的。

去田里挑几根最为粗壮的玉米，连同翠绿的秸秆砍回家，剥出嫩白的玉米棒子，清理掉细细的须丝，轻轻一掐，冒着白汁的玉米棒子带着青苗的气息。嗅着蒸锅里冒出的香气，早已叫人垂涎欲滴了。

刚出锅的玉米被捧在手心，难以拒绝的清香早已叫人不停地吞咽着口水，轻咬几粒入口，黏黏糯糯地带着丝丝甜味，刺激着人的味蕾。满满地咬上一口，一粒粒像珍珠爆裂似的释放出浓浓的香味，来不及咀嚼就吞咽下去，唇齿间全都是玉米的浓香。一口气啃光玉米粒，水嫩嫩的芯子被捧在手心，稍稍用力吸吮，一股甜甜的汁水流进喉咙，清清爽爽、香香甜甜，如香醇的美酒，滋润着五脏六腑，人都要醉了！

随着天气变冷，路边干黄的野草上挂起了白霜。田里的红薯胖胖的身子顶得土地裂开一条宽宽的缝隙，急急地向外拱着红彤彤的身子。

红薯配玉米糁子，不知是谁发明了这坊间公认的美食。如今，颗粒大小不同的各式玉米产品，被销往大江南北。玉米糁已不用自己加工，从农村到城里，都是像大米一样被包装起来售卖。

"连北京大首长每年都要派人买玉米糁子给老母亲

吃，老太太说这才是家乡的味道。"老板逢人就自豪地讲这个故事。但更多的是因为玉米糁子是北方人永远抹不去的对故乡的眷恋！

红薯洗干净去皮后，与玉米糁子下锅一起煮。冬日里的农村，这是家家户户早饭的必选。

开饭了，除了年轻人喜欢规矩地坐在餐桌前，年纪稍大些的人，总端了碗跑到门外，加入每天同一时刻开始的"老碗会"中。

门外各家男女端着各式的碗筷，碗里高出碗沿冒着尖地盛着几乎一样的红薯玉米糁子稀饭。饭是黏稠的，玉米糁子的浓香伴着红薯甜甜的味道，这是冬日里难以抵挡的美食诱惑。

用筷子缠起一团，就着卧在碗里的雪里蕻酸菜，东家长西家短地议论着。呼噜呼噜沿着碗沿的喝粥声，筷子不停地敲击碗底声，高兴时朗朗的笑声，端着碗忘记吃饭只顾下棋的叫骂声，吆喝孙子端着空碗回家，孩子不小心摔在地上的哭声，这样的画面在各村各街道每天准时上演着……

由于盛产玉米，关中人就有了很多种玉米的吃法。玉米面的发糕和锅贴就很美味。"纤手搓来玉色匀，碧油煎出嫩黄深。"趁着刚出锅的温热，轻咬一口，酥软绵香。虽然现如今的电饼铛代替了当年中间架着铁环的大锅，但不曾改变的，还是唇齿间久久留存的玉米的清香。

玉米面搅团是我的最爱。麦草小火轻舔着锅底，左手不停地撒面粉入锅，右手用擀面杖一个方向不停地搅动，熬到浓稠熟透搅不动时便好。大饭勺蘸了水舀出一坨来，倒进左手举在水盆上的漏勺里。漏进水盆里的面鱼儿，像欢快的小鱼一般游动着。是谁赋予了它这般美好鲜活的名字！

吃面鱼儿几乎是不用筷子的，顺着碗沿吸进嘴里，细嫩滑爽，来不及细嚼就一忽儿钻进喉咙下肚了。剜一坨热的搅团在碗里，浇上下了黄菜叶的酸汤，名曰"水围城"，吃面喝汤，极其滋润。这两样，原先被人唤作"哄上坡"，是因为不扛饿，可现在的人们哪里还曾感觉到饿？朋友吃饭时大喊："要一碗吃不饱的！"这样的话在现在听来平常，要在原先人人饥饿的年代，恐是要招人骂的！

如今，成片的"青纱帐"中间，夹杂着各种时令蔬菜瓜果，玉米已不再是人们的主要粮食。机械化的收割和脱粒，不等晾晒就被收购商收走。快成熟时，也没有人再去看护，谁要吃青玉米满田里信手去掰。玉米糁也不用自己去磨了，有专业加工后精美包装的成品。

　　但无论时光如何变迁，不变的总是坊间百姓对生活美好的眷恋、唇齿间抹不去的美味和叫人不能忘却的思乡情怀！

看 电 影

天刚黑，一轮半圆的明月悄悄地爬上了天空。农村的夜因少了白天的嘈杂而静寂起来。只听见田里或路边草丛中，蟋蟀高声地叫着，偶尔听见村子里的狗远远地、帮着腔儿地吠着。在生产队的场院里，人群聚在一起看着露天电影……

这是儿时记忆里生产队放电影的情形。

每当农闲时，公社的放映队总会到村子里来为乡亲们放电影。

每每听到这样的消息，我们小孩子就会高兴几天，掐算着日子，打听着放映队的动向和将要放映的电影名字，以及是宽银幕还是窄银幕等，并盼望着这几天不会变天，心里别提有多焦急和激动！

到了放映的那天，上午我就被母亲派去接外婆和小姨来看电影。母亲早早地就开始准备要做一顿改样饭。晚饭后天快黑时，我早已把凳子收拾齐整，不时地打听放映工作的进展，兴奋地跟在大人们旁边，看着大人把高高的木杆子埋进用铁锹费力挖深的坑里。当白白的镶着黑边的银幕挂起来时，我赶紧兴奋地跑回家汇报。

等天黑下来时，银幕前早已摆好了各家各式各样的凳子。大人麻利地收拾了门户，场院里本村的外村的，人群黑压压地挤了一片。

放电影前，总是要调焦距对光的。当白刷刷的一束光从人群头顶上穿过，投向银幕时，我们这些小孩子兴奋得不行，高举起胳膊扬起手掌，在光束里做出各种手势，看着自己晃动的手影出现在银幕上，高兴极了，就仿佛自己上了电影一样。

每次放映前短暂的讲话后，便会放映时事或者农业技术宣传的片子，我们称之为"加演片"。

有人大声地问："乡党，今黑演的是啥片子？"

"麻袋片子。"又有人接茬儿大声地喊。

人们都笑了起来。若是走路慢，还没到场，大老远听见电影的声音，就相互宽慰："别着急，才是加演的。"

最激动人心的就是片头的出现。我们一般都能从片头猜出今晚电影的类型，比如"八一电影制片厂"出现，就知道是打仗的；"北京电影制片厂"出现，就知道是故事片。大家都专心地看着，心情跟随剧情起起伏伏。

有人小声地议论着："这个电影我看过，这是……"言语中透着自豪。

一片演完后，要暂停下来换片子。我们羡慕地看着放映员熟练潇洒地倒片子、装片子；看着电影片子跟随放映员的手指跳跃着，窜来窜去地在机器上绕着。关灯、开机，放映又开始了。大家都停止了议论，安静地看着。有几个人嫌挤，提着凳子坐在银幕后面，看背面。有时候，银幕被风吹得像包袱皮一样地鼓来鼓去，画面上的人影也前仰后合地变了形，但人人都耐心地看着。人群里，也有看着电影睡着的，直至电影放映完毕才醒。

有时也有特殊情况出现，正放着电影，机器出故障了。在放映员检修时，大家抽着烟、拉着家常，直至修好后重新看电影，不会早走一个人。也有修不好的时候，放映员就得回放映队换机器，放映员骑着自行车去换，来回要一个小时，另一个临时来帮忙的放映员就打起快板，现编现演。就连当晚出故障这细节也说进了快板："放映员李恒星（放映员的名字），脚底下跑得腾腾腾，拉个机子不行行，光有影影不出声。"大家都笑了起来，等着新机器送来后开演。有时因其他村也放电影，大家等半天不来，焦急地"骂娘"。也有时突然下雨，即使已经看了好几遍的片子，也没有人舍得离开，直到雨下大时作罢。

等到银幕上出现"再见"或者"剧终"字样时，放映结束了，还有人问："还有没有？"得到"结束了"的确切答复后，大家依依不舍地散场。

我们也经常打听外村啥时候有电影。去外村看电影，就劳神费事多了。得到村外放电影的消息后，年轻人早早地换上干净的衣服，收拾利整，怕外出太丢人、掉份儿，心想说不定还能碰见心仪的姑娘，就把头发梳得整整齐齐，甚至连裤腿都用湿毛巾来回擦了几遍，再拽得平平整整的。

走了几里路，到了目的地，发现并不曾有放电影的迹象。外村的人说："谁说我们村里有电影呢，我咋不知道？"扫兴极了！返回的路上，一路打闹，点燃了路边的秸秆，放了一路火，垂头丧气地回家。平整的发型和干净的衣服，也成了"土蛋蛋"。

后来有一次，跟父亲去几里路外的镇上看电影。那是在戏园子里，一样的人头攒动，一样的露天电影，早早就有海报贴出，演的是《少林寺》。挤进场内，先买上一包一毛钱的瓜子，接着被人用长竹竿横空敲着坐整齐，心情随着剧情的变化而紧张着。散场时，人群蜂拥，头顶上全是各式各样凳子的木腿。如潮的队伍，绵延了很长很长。踏着夜色回家，到处都能听见狗急急地叫着。看电影时冻得麻木的双脚，也因赶路而热了起来。脱去冰冷的衣服，钻进母亲早已烧热的炕上，舒坦极了！

还有一次，是被父亲带着去

电影院看电影。在灯光下对号入座，听到电铃响过一遍时，就开演了。与以往不同的是不用带凳子，有现成的座椅。那座椅是翻上去的，坐时需用手翻下来。有农村人进城看电影，不知道"机关"，闹出站着看电影的笑话。在电影院看电影，不同的是不断片、没有风，也不能用手在光束里挥手影。半夜坐在自行车的大梁上回来时，双脚已麻，很是不爽。但想起平生第一次吃了冰棍，也不免高兴起来。

再后来，农村放电影的时候少了。KTV 和各类游戏还有丰富的夜生活，吸引走了年轻人。放露天电影也没有人看了，渐渐也就消失了，想要看电影得去电影院，却再也没有激动的感觉了。

最近偶然有了看电影的冲动，邀了妻子女儿去看，大家一致赞同。妻在手机上订了票，才知道票价早已从当年的五角钱，涨到现在的五十元一张。来到霓虹灯闪烁、五彩缤纷的电影院，乘电梯上四楼，进入大厅，在专业服务人员的引导下，在自动售票机上扫码取票，领了专用的眼镜，沿着干净整齐的过道进入大厅，踩着松软的地毯，坐在软软的座椅上，戴上 3D 眼镜，看着巨幅画面，听着立体音响，如身临其境一般。

看完电影出来虽是深夜，街上却依旧灯火辉煌、车水马龙。回到家里洗个热水澡，懒洋洋地去休息，心中没有了儿时看电影的那种激动。

我还是怀念夜幕下的露天电影！

盘　炕

小时候，总感觉农村的冬天格外寒冷。

黄昏时分，各家各户烧炕产生的浓烟，已从村子里弥散到村外的麦田里，把麦田四周稀疏分布的村庄打扮得如同仙境一般。

用柴火烧热的土炕，是农村人家家户户冬日里的最爱。下雪天，一家人盘腿坐在热炕上拉拉家常，不觉间就是一天。冬夜里钻进炕上的热被窝里，直挺挺地伸展腰身，一天的乏困就荡然无存。因为家家户户住的是土房子，自然家家户户都有土炕，而盘炕的技艺并不是人人都擅长的。我们村子里的雷老大，就是方圆地界上有名的盘炕把式，他盘的炕烟道利，容易烧热，结实不易坍塌，而且美观。他经常被人请去盘炕，得到人们的夸赞和感谢。

炕是用土坯盘成的。盘炕前，必须先做好准备工作。准备好砌墙基的砖块；打上一二百页的胡基晒干；用拌了碎麦草的土和成黏黏的泥巴，用模子脱制成成型的泥坯，要制作二三十块，脱制好的泥坯在太阳下晒干，其间防止干裂，还要用抹子蘸水多抹几遍，直至四棱饱满、表面光滑、密实耐压，晒干成型后运回；再就是，事先用铡刀把干麦草铡成稍长和稍短的两种渣料，准备和泥用；还要趁着晴好的天气，晒些干土用来防潮；一切准备停当，就只等雷老大安排工期准备开工了。

雷老大进门，喝了几壶茶后开始盘炕。只见他弓着腰，提着瓦刀在房间里踏上一圈。在房里靠墙的位置，画出大致的线条尺寸，用砖砌了六七层高炕墙的基础；用胡基和软泥砌好炕的外墙、立好炕柱；把晒好了的干土铺在炕下的地面，用来防潮；掏空烟道和炕的火门后盖上泥坯，一块块对接整齐，铺贴、按压平稳；用胡基或者青砖在铺好的炕沿上垒上一道短墙，叫"背墙"，上面铺一块木板，便于依靠在炕头和放置油灯等；在靠炕里面的墙上掏上一方窑窝，方便放置零碎的物品；用短麦草和泥巴砌好的炕墙裹泥平整；用稍长些的麦草和泥，在铺好的泥坯上面抹上一层约6厘米厚的泥皮，用来保温；最后一道工序，就是把事先准备好的木制炕沿板镶嵌在炕沿上，便于上下炕和临时小坐。费时一整天后，雷老大的两只裤腿上沾满了泥巴，拍拍两手的灰土，在干土里蹭明亮沾满了泥的瓦刀，嚷嚷着："快给咱传茶，渴死了！"美观宽大的土炕便盘成了。

盘炕的技术看似简单，其实雷老大总有自己的诀窍，比如烟道与炕门的位置，弄得好不好，会影响到烧炕时烟走得利不利、火烧得旺不旺。还有炕里地面铺土的坡度等，都会影响炕使用的方便程度。炕盘好，点一把柴火试过后，雷老大的工作就算完工了。

盘好的炕是要烘干的。用麦草等细碎的软柴，均匀地在炕洞里点着，小心地烧着，烧到炕皮上渗出水珠，即开始"出水"时，放慢烧的频率，小火慢慢烧。在炕皮开始变硬发白时就要停火，用铁抹子蘸了水，蹲到架在炕上的木板上，使劲儿地挤压、抹光，如此重复几次，直至抹不动时，平平整整、光光亮亮的一座新炕便盘成了。在新炕使用前，还要再蓬上炕席"出水"一次，为的是把潮气烘干。

冬天的黄昏，孩子们放学后，每天的任务是从羊圈里抱上几捆被羊吃过叶子的玉米秆，送进炕洞里点火，用在长木棍顶端钉了木板的炕把将玉米秆弄均匀。最后在没有火焰时撒上麦糠来煨炕，能保暖一夜呢。烧炕时火候要均匀，不能一个劲地烧，否则就要起火。经常有烧得太热，把炕席烧着的，这时要赶紧把炕席揭起来，把炕晾凉。村子里就曾发生过给新盘的炕烧"出水"时，起火把房子都烧着的。

炕烧得久了，里面的草木灰堆积得越来越厚，影响填柴烧炕，这时就要掏灰。把铁锨伸进炕洞里，掏出的灰用笼盛了抬进麦田里，这是上好的肥料。烧过两年

的炕，生产队每年搜肥时，就要派人砸了，炕土被拉到生产队的大田里用来施肥，再派人帮忙盘上新炕。每年春季，队里都要挨家挨户地动员砸炕搜肥。在那个年代的农村，土炕简直就是个"宝"！

盘炕用的材料主要是土，便宜、方便。烧炕的柴火是农家的秸秆柴草，热得快，成本低。在旧时农村，炕帮人们度过一个又一个的寒夜。可是土炕也有不尽如人意的地方，比如烧炕时的烟大，每当夜幕降临时，各家各户、各村各镇全都笼罩在浓烟里，浓浓的烟熏得房子的墙壁和顶棚黑黑的；土房子里盘土炕，睡在土炕上，人身上难免会沾上土，人人都有一股子"土气"，件件衣服都有一股烟火的气味；每当下雨变天时，炕上总是放出阵阵的潮气；再就是土炕容易生虱子，大人小孩棉衣棉裤上，经常有虱子，除也除不尽，每天晚上母亲都会在煤油灯下翻着我的衣裤挤虱子。

随着生活的变迁，原来的土房子很早已被拆掉，家家户户盖成了砖混结构的平房或者楼房，窗明几净，地面上铺了瓷砖，白白的粉刷墙代替了原先的泥墙。家里用上了各种家电，冬天偶尔用电热毯取暖，炕也不用烧了。砖和瓷砖砌成的炉子炕干净卫生，白天用炉子来做饭烤火，夜晚将其推进炕下，不用烧柴却也暖暖的。炕的样式和床差不多，铺了床罩，不仔细看是认不出来的。

家具和装修越来越高档了，农村和城里的房子一样干净整洁。年轻人不穿棉衣了，大冬天穿着裙子也感觉不到冷了。睡觉的炕早已换成了"席梦思"。空调保证着室内冬暖夏凉。农村人像城里人一样生活着，很少有人还能想起火炕来。

"两亩地一头牛，老婆娃娃热炕头"，这曾是多少辈人梦寐以求的理想生活，现在却找不到了！

享受惯了都市的生活，住窑洞、睡土炕却成了现在城里有钱人追求的时尚生活。挑一个周末，专门开车几十里到山下的农家小院，吃绿色健康的菜、土鸡蛋，喝粗粮粥，吃着黑面馒头。住进窑洞里，睡在铺着土布床单的土炕上，总想做个小时候土里土气的梦。坦然地睡了一夜后，失望地开车又回到了城里，继续生活。

慢慢地，土炕只有在民俗村才能看到了，就连农村的年轻人也不知土炕为何物了。盘炕人赖以谋生的技艺也渐渐地失传了，我不知道它会不会成为非物质文化遗产。但没有了市场的盘炕人的生活却同样幸福。

冬日里，黄昏下，烟气从村子里顺着麦田蔓延，那如仙境般的画面，定格在曾经农村人的脑海里。

盘炕烧炕，恐怕以后很少有人知晓了！

过　年

01　备年货

腊月二十三的小年刚到，远近稀疏的鞭炮声，就拉开了过年的帷幕。

最早的年味儿是在农村年前最后一个集市上，此时集中采购年货正当时。上午十点左右，街道已被各种摊贩和人流塞得满满当当。摊点已沿街道东西向延伸到很远。

三三两两赶集上会的人群，在距离集市很远的地方停了电动车，男人胳膊下夹着尼龙袋子跟在女人后面，急急地挤进了塞满人的集市。虽然是年前的最后一个会，年货却一应俱全。各种音调电喇叭的叫卖声和各种各样的货物吸引着人。

医院大门的对面，荞面饸饹、凉皮、肉夹馍，还有当地街道的招牌——"脏油糕"，热气腾腾，香味扑鼻。地上的长条低凳子上坐满了人。来上会，先要吃饱肚子，也解个馋。卖羊蹄冻的老汉今天嘴噘得高高的，一脸牛气的样子，面前的盆里货已不多，往常还多铲几块冻肉的铲子，今天格外保守。

各个卖菜的摊位前都挤满了人。葱和蒜苗是常用菜，必须要各买一捆；豆芽和青菜，在家门口的净菜店里就有，不必买；肉也是在村口的超市里现吃现买；干菜、调料还是必须买的，为了保证品质，都去找了往常光顾的卖家。粉碎机不停地转着，红红的辣椒和各式的佐料不断地被粉碎好，老板不停地包装、收款，脸上挂满了笑容；栎都大酒店的卤肉味道好，还保证质量，是要买些回去的；花花绿绿的地垫、桌布要买的，女人来时已量好尺寸，如今生活好了，过年就得新新的，家里来客人也有面子；鞭炮和花炮，虽然国家不提倡燃放，但家里的"碎人"来时特意交代的，一年到头了，娃的兴致总不能少了；衣服已去大商场置办了，今天只是再买几件秋衣、衬衣，女人们在仔细地挑着、选着，男人提着半袋子采购的货物站在旁边，趁机抽几口烟；电费、手机费等可以网上交的，倒无须排队；银行里换几张新钞，给外甥发红包用；金边儿碎花骨瓷的碗碟总要添几个，过年就要添碗，以示来年生活美满；街东头有几家卖花草的摊点，君子兰、山茶花、绿萝、吊兰鲜绿鲜绿的，买上两盆回家放在客厅，过春节少了绿色是不行的。

　　逛完会准备往回赶的人在街口停下来，再次清点一遍采买的年货，生怕少了啥东西，年会过得不尽兴。清点无误后，又去给家里老人买几样油糕、羊蹄冻等小吃。男人们把所有的东西绑在电动车上，手把上挂着买来的小吃，脚下仿佛踩着两个花盆，摇摇晃晃地上路，和女人一起满意地回家，路上的行人又都同一个方向地往回走。

　　集市要到看不见人时才散。

02　除夕

村道上人们来来往往，不紧不慢，田地里的活还是照样地干。温室里的菜苗刚出土，得细心经管。在路上碰见熟人，都少不了打个招呼问一句："年货办齐了没有？"其实正月初一不过，年货是永远也置办不齐的！

男人们把家里清理出来的垃圾送到村外的堆放点后，回家和女人一起蒸包子。农村实行煤改电行动后，炉子都被收走了。没有了大锅，蒸的馍都说不香，小时候过年我妈发面蒸两天的蛋蛋馍要放满一瓮，现在是现吃现蒸，只是包子要蒸几锅，给城里的亲戚送些。女人忙着跟随抖音学炸鸡块儿、炸带鱼，香味儿馋得泰迪狗不停地在人脚底下绊来绊去。

挂灯笼、贴对联一般是在除夕下午进行的。家家都是平房、楼房，家家门前都是干净整洁的水泥路面，对联是村上发的，红彤彤油光闪闪的。有特别讲究的，自己准备了文字，去请书法家写了。贴对联儿也是有仪式感的，村上的锣鼓队挨家挨户地敲，在震耳的锣鼓声中，鲜红的春联贴在门两侧，借着鼓声响起，卸下旧的灯笼，换上新买的一米五的大红绸子灯笼。给锣鼓队的乡亲们拿上一条好烟，再放上一挂鞭炮，门前迎春的景象便喜气洋洋地呈现了。

大概十二点钟的样子，全村男人们陆陆续续地去上坟祭祖了。明天就是新年了，去坟地里放过鞭炮烧些纸钱，请先人们也回家过个团圆年，村南村北各家的祖坟前鞭炮声此起彼伏。三三两两往回走的人们互相谈论着今年的收成、工作或者孩子的学习，路上偶尔有开得飞快着急赶路的车辆经过。从地里请回家的先人，被各家在堂屋正中设了

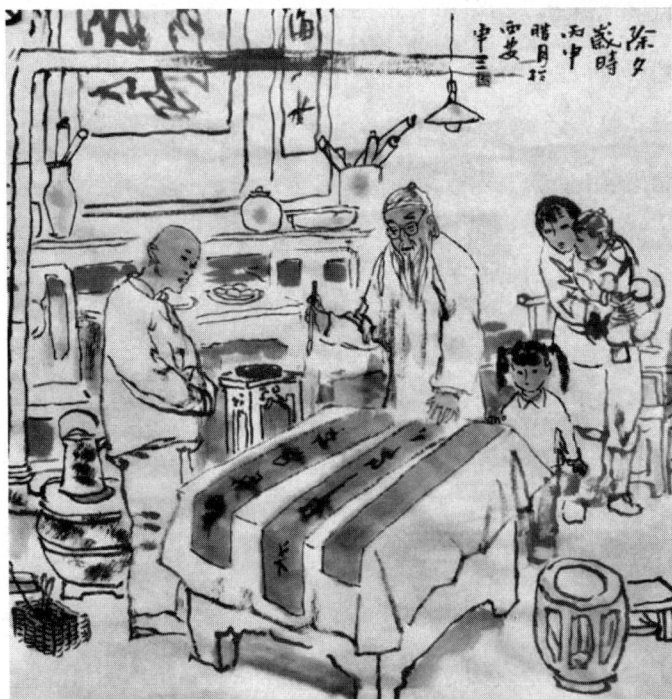

牌位，供上好的吃喝。当村子里升起袅袅炊烟的时候，祭祖活动就完成了。

大年三十，各家门前停放着各式的汽车，宣示着各家人回来的齐全程度。一年到头再忙也得回家过年，城里回来的已开始给本家长辈拜年了。

天黑了，各家门前的灯笼都点亮了，门口放过炮的炮皮是不能清扫的，怕把财气清走，红红地铺满地上，还挺好看的。各村各寨、各家各户的人们，围坐在沙发上看着春晚，吃着早已准备好的水果、干果和女人刚学会做的几个菜品，红酒、啤酒、白酒，因年龄不同和喜好不同自选进行，团圆饭就这样热闹地开始了。

吃饱喝足，碗筷并不用急着收拾。女人们准备好明天要吃的饺子馅后，一家人边看春晚边打牌。孩子们在给长辈拜完年收了红包后，高兴地独自去玩手机。一家人的活动一直要持续到凌晨，称为守岁。

03　过大年

大年初一的早上，一般是在睡梦中被远远近近的鞭炮声惊醒的。家里的女人早已起床，把孩子和大人的新衣裳放在床头，着急地进了灶房开始包饺子。等男人起床放了鞭炮、烧了开水，把茶几上的糖果盒收拾停当，饺子也上桌了。一家人吃着饺子，偶尔会有孩子惊喜地告诉大人自己吃出了钱币，预示着来年学业有成、顺顺当当。

远处的鞭炮声还在稀稀疏疏地响着。现在的孩子不爱放炮，不像我们小时候，换上新衣服，天不亮就出门了，顺着响炮的声音满村子去捡拾未燃响的鞭炮，把一上午捡来的碎炮拆开，剥开里面的黑火药倒进铁盒子里，用链条枪打着玩，声音极大。偶尔捡拾炮时，把新衣服都炸破了，最后被大人在村子里找见，揪着耳朵拉回家。

吃完饭后就是拜年了。自己家里人拜年在年三十晚上已经进行过了，今天是要给本家长辈们拜年的。提上买来的各式糕点和茶叶等礼品，领上妻子、孩子给本家长辈拜年。各家都已收拾停当，年纪大的长辈盘腿坐在炕上，只等着娃娃们来了。喝杯热茶、吃点儿瓜子，接了长辈给的压岁钱，孩子们就一溜烟儿地跑了。

正月初一讲究不走亲戚，怕把财气带走，因此大家都在家里窝着晒太阳。现在不同了，初一这天是外甥给舅舅拜年的日子，不管年纪多大都要去给舅家拜年，即使舅不在了也得去，舅家的路不能断！

下午，人们聚集在村道上晒着太阳，东家长西家短地聊着天，有人去商店里添买明天拜年的礼物，家里的女人早已一样样地收拾好了明天回娘家的几样礼品。

04 回娘家

正月初二，是过年期间最热闹的一天。今天是女儿和姑爷回娘家的日子。正月初一给舅家拜完年的老人们，今天要在家里招待女儿、女婿一家。

早上起床后，女人先收拾了给娘家带的礼物，排整齐放在一起。早早地吃了早饭，给孩子和丈夫换好新买的衣服，对着镜子仔细地打扮了半天，这才光鲜亮丽地出了门。

十点多钟，村与村之间的路上，骑电动车的、开小车的、走路的，无一例外都是回娘家拜年去的。村口商店门前，红红亮亮的各式礼盒堆得像一堵墙一样，生意很是红火。买了东西的人，陆续开了车上路。

娘家父母兄嫂早已收拾停当，在门口等着接客人。见客人进门，喜得连家里的黄狗都前爪趴在地上高兴地扭来扭去。外婆拉着外孙的手不忍放下，不断地往娃手里塞好吃的。老丈人则沏了好茶给女婿满上，高兴地笑着。

姐妹到齐后便要开饭了，一大家子客人满满地坐了两桌。并不显生的孩子们吵着、闹着，着急地吃了些菜，就和表兄弟相约去玩了。"碎娃，饭还没有吃就跑了。"外公笑骂着追着外孙喊。

吃完饭，姐妹们互相交流了生活的幸福和全年的收获，女婿则陪同老丈人打起了扑克，一直到天快黑时才散。回家时，拜年来时拿着的礼物换成了大袋小袋的吃食，炸好的果子麻叶、鸡块、丸子、带鱼、自家蒸的酵面馒头，林林总总，直到装不下拿不了时才罢。站在门口，老两口把女儿一家一家地送走，打开收音机，高兴地听起了秦腔。

05　走亲戚

初一到初五，是小辈给长辈拜年的日子。过了初五，就是送灯出门了。正月初五也叫破五，上午早早地就听见远近不断的鞭炮声。破五早上放炮的习俗自古就有，但这几年越发地讲究，这大概是与人们的生活富足有关系，初一到初五的讲究也就比较多。破五以后百无禁忌，年过得也随便、自由得多了。

既然是送灯的日子，就要买灯。初五刚过，马路边、街道上、商店里，到处都是各式各样的灯在卖。有各个年龄阶段小孩子玩的带音乐卡通造型的灯，也有各式绸子布做的大灯笼，在杆子上挑着的铁丝上挂满了一排一排，远远就能听见各种音乐声。舅舅精心地挑了一个好看的，小心地拿在手里去给外甥送灯。女儿女婿一家则在家待客，岳父母也顺便看看女儿一家生活的光景如何。一来一往，这也是中华民族的礼仪之道。

初五以后不光是送灯，给小辈回拜也正当时。走亲访友现在成了任务，听有人说他一天出门走了八家亲戚，这家东西一放直奔下家，吃饭都不知道能遇到谁家；也有人抱怨过年走亲戚挺麻烦，不如停了不去；其实我认为，一年到头来亲戚们之间走动走动是感情的交流，是礼尚往来，是礼仪的传承。放下心情，放慢节奏，走个亲戚，有时也是蛮惬意的事情。

下雪天，踩着厚厚的积雪，几个人一起步行，背着礼物去走亲戚。不太远的几里路，清新的空气，白晃晃的四野，令人心旷神怡、神清气爽。到亲戚家后把跑热了的外套脱掉，围坐在厦房中间的火炉旁。炉火烧得旺旺的，煮一搪瓷缸子茶，说东道西，谈古论今。吃饭时烫一壶小酒，拌一盘豆腐丝、瘦肉丝的"乱丝子"，炒两个土鸡蛋，推杯换盏地喝着、谝着。门外院子里的雪花飞舞着，整个世界静得出奇，这时候会感到时间都停了下来，这样的感觉岂不美哉！现在听到有人说过年没有啥意思了，不是过年没意思了，是人的性子太急，找不到乐趣了！

走亲访友持续到初十左右就基本结束了。接下来大人们就忙着敲锣打鼓地耍社火、扭秧歌了，每年政府都要组织比赛活动。小孩子们开始每天晚上点亮灯笼在街道上游玩，比着谁的灯笼好看。从初十晚上开始的"试灯"到正月十五晚上的"碰灯"，每天晚上都是孩子们的节日。

正月十五，各家各户买了元宵，孩子们也互相碰着燃烧了自己的灯笼。回家后一家人吃着元宵，看着元宵晚会，甜甜蜜蜜地结束了春节。孩子们明天准备上学了。整个过年大戏就到此结束了！外出打工的人也准备好了行李踏上新的征程。春天来了，新的一年开始了，人们又都投入到紧张的工作中，酝酿着下一个春节。

年过完了，但年味儿却久久不散！

偷 豌 豆

记得我小时候，生产队里经常种豌豆，豌豆是牲口的"硬料"。生产队里骡、马等高脚牲口，隔几天饲喂草料时，就得加一些玉米和豌豆夹杂在一起炒的"硬料"，这样才能快速给它们补充体力和营养。那个年代家家户户普遍缺少吃喝，因此饲养室炒"硬料"的香味总引得我们想方设法地去偷吃。

我们几个小孩子，夜间从饲养室的大门进去，沿着黑暗的通道一直向里。炒好的玉米和豌豆，在正中间的铁锅里晾着。趁饲养员不注意，我们快速地抓上两把就跑。"这几个货又来了。"饲养员在身后骂着。我们跑到饲养室外没有人的地方，一粒粒地咀嚼着焦香的炒豌豆，满嘴都是香味，比现在的椒盐青豆还要香。

生产队里豌豆是和小麦在一起种的。我们早早地就通过关系打听到，村东南那块地就是生产队的豌豆地。春节过后，麦苗返青的时候，豌豆苗也开始了生长。一垄垄的麦畦里套种着豌豆，圆圆的叶片上有着白色花纹的豌豆苗格外显眼。

我们几乎每天都要去看豌豆苗的长势。我们对豌豆苗的关注程度，比队长都精心得多。啥时候豌豆苗开始扯出了第一条细丝，啥时候开始扯蔓爬上麦秆，啥时候开了第一朵或白或红的花，我们都知道。用手拨开绿叶，看谢了花的子房一天天地长大，竟结出了小豆角。

我们对豌豆苗的过分关注，引起了大人们的警惕。队里派了人专门去看护了。

"五一"节后，刚长成型的豆角吸引着我们。清甜的豆角对我们来说是极大的诱惑。村子里其他的果子和蔬菜还未长大，偷豆角就成了我们开年后的第一大戏。

趁着给羊割草的机会，我们到了地边，在多次观察确认无人看管时进了地。那结在蔓上的一根根扁扁的，像小刀片儿一样翠绿的豆角，仿佛在向我们招着手，"勾引"着我们。

"我刚看地头插着的牌子上写着'打了农药'，咱敢摘不？"有人问。

有人说："没事儿，小亮爷爷说了，是假的。"

小亮摘了一根，丢进嘴里，证明爷爷说的是真话。

又有人说："我昨天下午看见打农药了。"

有人说："打的是水。"

我不管那么多，揪了一根，塞进嘴里，甜甜的，美味极了。

"有人来了，快跑。"我们偷豆角时趴在地上，头埋得很低，却把屁股抬得高高的，像鸵鸟一样，其实早都被人发现了。听到人家大声一喊，我们赶紧跑了，草笼都不要了。其实人家并没有真追来，在确认安全后，我们又返回去取了草笼。也出现过因为偷豆角的事被老师用红墨水在嘴角画了豆角并罚站的情况。我们就这样和看护庄稼的丁爷爷斗智斗勇，一天天陪着豌豆角长大。

小满节气过后，小麦梢已发黄，快要成熟了，这时豌豆也黄了。原来刀片儿一样薄薄的豆角，现在已变得饱满紧实，里面的豆子鼓得好像要把豆皮撑破一样，豆角已发白变干。这时候的豆角，蒸煮出来吃甜软糯香的，好吃得很。然而，这是队里牲口的粮食，全村人都关注着，我们要吃的话着实要费上一些心思。

同村伙伴小利的父亲在外地工作，母亲最近去了父亲单位去探亲，把他安顿在爷爷家里，这是绝佳的机会。大伙整天在村里村外疯，经常是不到半夜不回家，也没有人过问。下午放学后，我们相约一起写完了作业，商量着今夜偷豆角回来煮着吃的事。

我们研究了看护人员小亮爷爷的作息规律，小亮说他爷爷头觉紧，七点多就睡了，即使发现了，还有小亮在，不怕的。我们对活动进行了分工，由小亮负责看人把风，我们几个负责摘豆角，然后带回小利家里煮着吃。大家都把书包倒空了背在身上，准备出发。

一直挨到七点多天彻底黑了，我们才出门，出门前又把灯关了，以免引起大人的注意。快要出村时，才发现小利家的狗大黄跟在身后，小利又折回去几次，把狗关进了家里，我们才正式出发。在月明风高的夜里，我们出村向东而去。为了不引起大人的注意，我们几个沿着渠沿，走走停停地边"侦察"边前行，倒也顺利。

豆角地头"人"字形的小棚子里还有微微的灯光，我们停止前行，小亮独自去"侦察"。不一会儿，小亮回来说他爷爷已经睡下了，我们这才放心地进了地。为了减小动静，我们分散开，每人占一垄麦田，左手扶着缠在麦秆上的豆角蔓，右手沿着麦秆从下往上摸，平时的演练没有白费，摘豆角倒也轻松。正摘得起劲时，小亮的爷爷起身出了棚子，用手电光在地里照了一遍，大家都赶紧趴在地上不敢动。

"谁在那里，出来！"大家不敢应声。手电光照了一遍后，小亮的爷爷爷又进了棚子。

"原来是诈术，胡乱喊着壮胆的。"小利说。

此地不宜久留，我们不敢"恋战"，赶紧出了地回家，一路上小心地边"侦察"边前行，轻手轻脚的，怕惊扰了村里的狗。进了小利家，大伙关上门才放下心来。

我们把豆角倒在一起，开始生火，往锅里加水去煮豆角，又放了几勺盐进去。我们围坐在灶台前轮流烧火，等待着享用美味。

我们几个围着出了锅的豆角，抓一根用牙齿一捋，豆子就全进了嘴里，美味极了！于是大家左右手齐开弓，先用嘴吸吮汁味，再在牙关间轻轻往外一扯，然后牙齿慌乱地咀嚼着豆粒，满嘴香味。

"我爷爷明天怕是要受队长的批评了。"小亮担心他爷爷。

"不怕，豆角又没个数，看不出来，咱们能摘几个？"小利宽慰着。

"那天下午我看见队长他女子端了一个盆也去摘了，正大光明去的。"另一个小伙伴说。

"一年就摘这一回，不怕。"我也给大家宽了心。

大家你一句我一句地讨论着，手却没闲着，一大盆豆角很快被我们消灭干净了，只剩下大黄在地上舔着散落的豆子。我们为了消灭"罪证"，把豆皮埋在了小利家羊圈边的粪堆里，然后打着饱嗝，各自回家睡觉去了。

后来麦收后，我又和大伙一起去麦田里捡拾过落在地里的豌豆粒，也去生产队的场院里，偷抓过几把刚筛出来的豌豆，还在冬天照样去饲养室偷吃过给牲口炒的"硬料"，但味道都不及那夜的豆角香！

背馍上学的日子

我上中学的时候，家离学校较远，因此上学时必须背馍。

读小学时在本村，一天三晌不愁吃饭。考上了初中，在准备迎接开学的兴奋时，不得不考虑吃饭的问题。我有两个布包：一个是书包，用来装课本、文具的；另一个是生活用包，用来装馍的。开学那天，装好四个馍背上，准备出发时，父亲告诉我："好好上学，看你现在背的馍多好的，我上学时没啥吃，背的是苜蓿野菜拌了少许面的食物，不得成形，只能用手捏了，根本就不叫馍。你本来就不爱吃饭，这下顿顿都能吃馍了。"我很庆幸也很欢喜。

走读上学不用住校但很辛苦，早上五点多钟天不亮就得起床上学，村子里静得出奇，我开关门的声音显得特别大。叫上同伴，背上今天吃的馍，就冲进了黑幕中。

为了走近路，我们一般沿着泾惠渠的渠沿上走。渠里不行水时，我们走在渠里，宽宽平平的。若渠里行水浇地，就只得沿着渠沿走，两边草上的露水一会儿就把裤腿打湿了。更重要的是，同行的女伴儿总是一惊一乍的，不是把木棍当作了蛇，就是说沙沙的声响是有人跟着我们。一路小心地步行到了学校，天已麻麻亮，就准备开始上早读了。下午放学后沿原路返回，天黑时才到家。

走读了几个月，进入冬季，别人都投亲靠友住在了学校附近，就剩我一个人走读了。父亲托人找关系，把我安排住在了学校附近他朋友的家里。我不用天天跑回家，但每三天要回家背一次馍！

父亲朋友家里有三个儿子，我和他们住在一起。他们家里有一条大黑狗，一次中午我回去拿馍时，冷不防被狗扑上来咬了一口，用剪刀铰了狗毛烧成灰贴在伤口上，肿疼了好几天，以后再也不敢一个人行动了。每天早上我和他们几个一块儿出门上学，要带够一整天的馍，中午不回来，晚上回来睡觉。为了讨好人家不致招人眼黑，我经常在放学后帮人家收玉米、剥棉花。对于我来说，其实只是缩短了背馍的距离，把馍集中放在了住处，其实质还是每天背馍上学。

几个月下来，我就对吃馍渐渐不那么喜欢了。首先是馍又干又硬，冬天的馍，从蒸好的第二天开始，就硬得咬不动。外面下着雪，中午放学坐在教室里，拿馍去蘸了用纸包着的拌了盐的辣椒面，吃得头上冒着热气，或者用缸子接了开水泡馍吃，尝试了馍的多种吃法。其次是背来的馍总是要计划着吃，要是有一顿吃得多了，或者是馍发霉变坏了，就不够三天吃了。

冬天的老鼠也特别多，睡在炕上，能听见顶棚上跑来跑去的老鼠发出的声响，像过队伍一样。为了防范老鼠，保护我的口粮，我也想了许多的办法。把馍吊在空中，但有老鼠顺着铁丝爬下来吃馍，后来晚上睡觉时把馍藏在被子里，可早上起来一看，还是有老鼠啃咬的痕迹。老鼠有时掏着洞地咬，不但把馍咬了，还把装馍的布袋也咬个圆洞。被老鼠啃过的馍也不能扔掉，用小刀剜去被咬的部分，留下的可以继续吃；要是被老鼠啃咬得多了，馍就不够吃了。所以为了保护干粮我经常和老鼠斗智斗勇，但总是屡战屡败。

为了解决背的馍到第三天就干得不能吃的问题，我去找在镇上塑料彩印厂管灶的三爸，让他做饭时把我的馍一块儿热了，软馍就好吃多了。但没过几天，三爸就告诉我不要去了，他怕别人说闲话，无奈我又开始了吃硬馍的时光。

夏天，背的馍容易发霉变质。背的馍到了第三天，就长了绿色的霉点，只得揭去馍皮凑合着吃。母亲为了防止馍发霉，也想了许多的办法，比如蒸馍时多蒸十几分钟，能大大降低发霉的概率。后来干脆在面里加了调料用锅烙成锅盔，既吃着有味儿也耐放。烙的馍虽不容易变霉，但到第三天也硬得像骨头一样，基本吃不了了。第三天中午，我空着肚子坐在教室，心里想的是尽快回家吃母亲做的热饭热菜，根本就静不下心思学习。

一周中三天一次的回家背馍是雷打不动的。周三或者周六的下午，总是加快了速度地往回赶。每次到村口，远远就能闻见母亲饭菜的香味。母亲总是像掐准了点一样做好饭菜。进了村子碰见大爷大叔，他们总是欢喜地打着招呼："咦！可回来背馍了？"一年到头都要背馍，我记得母亲好像整日里都在忙着给我起面、蒸馍、烙馍。

下雨天，回家背馍是最恼人的。我记得天好像故意和学生作对，在周三和周六很容易下雨。要返校时，头上顶着尼龙袋子，身上腿上缠着塑料布，把鞋包了藏在书包里背在背上，光着脚踏进冰冷的泥水里，那种滋味至今都难忘。到处是泥路，推着自行车，手里拿着棍子不断地掏泥，前行，再掏泥，满身泥水地赶到学校，疲惫不堪！

冬天，学校把开水灶改成了玉米糁灶。从家里背馍时，再背上十几斤的玉米糁交到灶上，换几十张的饭票到手。每天吃中午饭时，灶房外排了长长的队伍，大家拿着各式的缸子瓷碗，交上一张票，打一瓢玉米糁的稀饭，就着自己带的咸菜，别提多舒服了。后来和做饭的熟识了，把冻得非常硬的馍在上早读时放到灶下，往往别人的馍被烧成了炭灰，而我的馍还黄黄亮亮的。虽然关系好，但也不敢经常去烤馍，因为这样香软的热馍往往会多吃，就怕挨不到回家背馍的时候。

这样背了五六年的馍，背馍的用具也从布袋变成了尼龙带子编织的馍篮子。上高二时，一次偶然的机会，背了几十斤麦子，又用母亲给我去参加班级春游的几元钱，交了灶费开始上了灶，有了热菜热饭吃。

后来工作了，再没有了背馍的经历。那些年的背馍经历，让我后来讨厌吃任何干的东西，锅盔之类的在别人看来好吃的美味，却引不起我半点食欲。每当看到孩子们偏爱吃馍不爱吃饭时，我总是在心里说："娃呀，你是没背过馍，吃够了干硬的馍，你才知道饭菜的香。"

现在就连农村人也不蒸馍了，都是买工厂生产的馍。自己蒸的酵面手工馍是很难买到的。能送给城里人，都是重要的亲戚。学生上学不但不用背馍，学校还发免费的蛋奶。农村也早已没有了土路，过去常走的泾惠渠沿上也早已没有了路，不能行人了。

　　站在窗户边望着远处的农田，时不时地就想起了繁星满天的黑夜，走在渠沿上背着馍，急急赶路上学的情形！

过　腊　八

晚上正看着电视，丈母娘对妻说："明天是腊八哩，准备吃啥饭？"看了日历才知道已进入腊月好几天了。翻看了手机，满屏都是准备腊八粥的信息。

一年中节气最多的就是腊月。农耕为主的社会，冬天田里上冻了，也就农闲了。忙了一年的人们准备"猫"在家里"窝冬"，想着法儿地做着改样饭，就兴起了很多节日。从吃了饺子冬天不冻耳朵的冬至节开始，一个个节气都到来了。

冬至节的饺子刚吃过，腊月初五就到了，我们北方人叫作"过五豆"。用红小豆、花生米、红枣、绿豆、黄豆等五种以上的豆子和江米熬成粥，叫"五豆饭"，寓意"五谷丰登"。刚吃过了"五豆饭"，就到了腊八，所以断不能再吃粥了，于是就有了吃面的讲究。

"红白萝卜切疙瘩，叫着她女吃腊八。"这是陕西关中一带的习俗。上学时，每年冬天吃到我妈做的腊八面，就意味着快放寒假了，心情激动，越发觉得腊八面吃起来香极了。

腊八面做起来比较复杂：用碱水揉了面团饧好，在大案板上用一米多长的大擀杖，将面团擀得既匀又薄时，用刀跟着擀杖退去的方向，一道道地割面，一把把宽窄匀称的细面条就码在了案板上。

把红萝卜、白萝卜、豆腐和白菜心儿切成丁，配了葱花、生姜，有时还加细肉末一起炒成臊子。滚开的锅里下了细面，煮上两开，把炒好的臊子下锅调和入味，撒上香菜末。吃面喝汤，一顿能吃三碗。

"过了腊八，长一杈把；吃了腊八面，日子长又长。"母亲总是吃饭时念着这些"歌段"。我不知道大人为啥总要盼日子长，我恨不得日子过快些，我盼的是快快过年，又能长大一岁。

有一年，"腊八"到了，母亲从院子墙根下的土里刨出了几个月前就埋在那里的几根红萝卜、白萝卜，要做腊八面。虽然没有肉，但不能没有豆腐。连续下了几天雪，没有了熟悉的"豆腐呦"的叫卖声。眼看着腊八面吃不成了，母亲摆弄着几个萝卜看来看去，虽然自己还在发烧，但还是决定走路去几里外的豆腐坊买几斤豆腐。她用碗舀了两碗自家种的黄豆，装进了布袋子，背着布袋子出了门……

放学时，我很惊喜地吃上了期盼已久的"腊八面"。看着母亲走路时一跛一闪的，才知道母亲为了去换豆腐，大雪天在路上跌了两跤。那顿"腊八面"，虽然没有肉末臊子，但是我觉得格外香！

"过了腊八就是年。""腊八面"也算是掀开了过年大戏的一个序幕吧。农家人的日子就是这样简单，盼望着日子越来越幸福，长长久久。

后来每年腊八节时，即使

是上学住校，我也要请假赶回家，为的是吃上一碗我妈做的"腊八面"。再后来，工作忙的时候，就去外面的面馆要上一碗臊子面，就算是过腊八节了。但总感觉外面做的面有些粗放，不细发，不如我妈做的面香。

妈做的面，有家的味道。那是从农家小院厨房飘出的一股浓香，也是冬天黄昏时从窗户里透出的暖暖的光。

现在，随着生活节奏加快，年轻人紧跟了时尚，很少有年轻人知道腊八节吃面的讲究。日子越来越好了，天天都像是过年，吃饺子、喝粥、吃面，全凭个人喜欢。人人都忙得顾不上享受生活，随便叫个外卖就行。在微信朋友圈里发个关于腊八的动态，只是表示自己紧跟时尚和对朋友的问候罢了，没有几个人真的去自己买米熬粥喝了！

疫情防控出不了门，我和母亲又没住在一个小区，手擀碱面是吃不成了。红萝卜、白萝卜、白菜、豆腐切丁，又加了精瘦的肉末，切了油炸豆腐，泡发了黄花、木耳。红的、黑的、白的、绿的，按妈的做法炒了很有食欲的臊子，调了面条，还是那个味道。长长的臊子面，寓意老百姓的生活平安、久长。

腊八节，不管吃啥，都是准备迎接过年了！

卖　瓜

　　为了增加家庭收入，一九八五年，我家种了两亩西瓜。

　　从先一年冬天的施肥、耕地，到第二年春天的催芽、下种，盖了地膜的瓜苗长势喜人。我在父母的带领下，整日辛勤地侍弄着西瓜苗，给它们压蔓、整枝、浇水，指望着当年能有个好收成，多卖几个钱。

　　七月初，满地滚圆的西瓜挺着肚皮，可爱极了，眼看着瓜熟该卖了！

　　刚放暑假，父亲在学校里忙着新课改的事情，无暇顾及卖瓜。为了分担家务，我决定约上姨妈家表哥一起去卖瓜，并许诺卖了瓜后，每人买一个肉夹馍解馋。表哥听见肉夹馍眼里放光，就答应了。

　　村子里有专门从事跑车拉砖生意的车户，每天几趟地往返砖瓦厂拉砖，阎良城区是必经之地，村子里早有人搭顺车去城里卖东西，运输不成问题。

　　下午日头还很红，很晒，我回祖屋去请了我爷给我卸瓜。我爷是有多年种瓜经验的把式，卸瓜我爷是首要人选。我跟在我爷的身后，在瓜田里敲敲这个拍拍那个，总共卸了二十几个西瓜，装了两竹笼，共二百多斤的样子，用架子车拉回家里。

　　晚上去村子里给拖拉机司机李叔打了招呼，顺便借了邻家的一杆秤。回到家里，母亲反复教我看秤认秤。"考试"合格后，母亲给我拿了十元零钱，这是给卖瓜时找零准备的。收拾停当早早睡觉，只等第二天去卖瓜了。

第二天早上五点来钟，天刚蒙蒙亮，住在邻村的表哥就到了。我们兄弟二人把瓜笼抬到了村口。不大工夫，拖拉机就从村子里开出来了。我们家的瓜和另外一家的两笼菜一起，满满当当的一车。拖拉机在沙石铺就的公路上行驶着。我坐在车厢里，一手扶着车帮，一手时不时捂一捂装着零钱的口袋，心里满是壮士出征般的豪迈。

车沿着外围的环城路进入阎良城区后行了不多久，司机就把我们放在公园路口后，径直向北走了。因为这种车不能进入繁华街区。

瓜笼被卸在路口，几百斤重，我和年龄相仿的表哥黑娃"老虎吃天无处下爪"，搬不动、挪不走，只能就地支起摊子。路口虽人来人往，但没有别人摆摊，我们的摊位显得非常突兀。我和表哥你看看我，我看看你，不知所措，谁也没有过卖瓜的经验，只好坐地等客。

我们的摊位摆了近两个小时，还是无人问津。

表哥问我："得是咱的瓜不甜，要不然为啥没人问？"

"不知道。"我心里没有一点儿底气。

说实话，虽然开园卖瓜了，但我还没有舍得去尝一尝瓜的味道。身后人行道上过来一个老者，我叫住了他，问："叔、叔，你说我这瓜咋没有人问呢？"

"今天是周末，大家起得晚，一会儿就有人问了，先别急，但你也得会吆喝啊。"老者诚心地点拨我。

"卖瓜……卖瓜嘞，快来尝尝。"末了一句恐怕连自己也听不到了。

"不行，你声太小。"表哥说完大声吆喝了一句。

我自认为在吆喝叫卖方面表哥不如我。我们总结了瓜的特色，把所知道的西瓜几乎所有的优点全集中起来，当作卖点叫卖了！

"卖瓜了，看一看，周末回家捎个瓜，保证乐开花。红沙瓤赛冰糖，保沙保甜、保黑籽儿、保红瓤，不甜不要钱……"

果不其然，大约十点来钟，我们的瓜就开秤了。每斤两毛，秤瓜收钱，卖了两个瓜，我俩就有了兴致，盯着过往的人不放，总希望每个路过的人都能买一个西瓜带回去。有一位中年人说刚买瓜回去吃了，味道还行，决定再买两个回老家，听了他的话我有点小得意，心想做生意靠的就是回头客和一个好的口碑。

太阳越晒越热，我们的生意并不景气，卖出几个瓜后又无人过问了。我和表哥很着急，表哥人虽然有些木讷，但心很灵。他让我看着摊子，他去附近考察了一番，回来告诉我，不远处有个农贸市场卖瓜卖菜，生意红火得很。但无奈我们搬不动笼，只能在原地卖。

大约过了十二点钟，我和表哥已叫卖得口干舌燥，对过往的行人也没有了开始那般关注。这时走过来一个漂亮女士，问了价挑了四个西瓜，她在自行车前筐放一个，后座上夹了一个，还有两个瓜没法带，要求我们必须送货上门，表哥去我不放心，我决定亲自去送。

我抱着两个大西瓜跟在女士的车子后面走。刚开始还行，但不到一站路后感

觉两个瓜越来越沉，胳膊也越来越酸。到了目的地，尽管上楼时我千注意万小心，还是有一个西瓜顺楼梯滚了下去，我赶紧去撵，但早已摔成了两半儿，红红的西瓜汁溅了一地。卖瓜的在送瓜途中打碎了瓜，不用说得给人家赔。女士让我随便给她换一个送来就行。我捡起碎成两半儿的西瓜，气得想哭，又换了一个西瓜，再一次小心地送去。一来一往，走了近四里路，还摔了一个瓜，这生意做得让人心里极不畅快。

我们兄弟二人没吃午饭，干脆留下半个西瓜做广告招揽客人，把另一半瓜掰开分着吃了。因是自己种的瓜，还是在距家几十里之外的城市路边吃的，我吃得认真极了，连瓜籽儿都一颗颗咬碎了舍不得吐。觉得这个瓜香甜无比。

《卖炭翁》里有"心忧炭贱愿天寒"，我们是"心忧瓜贱愿天热"。下午三点左右，我们兄弟二人在吃了半个西瓜后，也不觉得饿了。重点是操心瓜怎么才能卖完，远处的柏油路上冒着滚滚的热浪，太阳晒得人直闭气，谁也懒得再提肉夹馍的事。

太阳火辣辣地烤着大地。没有人出来，瓜也就卖不动。眼看着还有一半的瓜没有卖出去，我们心里十分熬煎，焦急地左顾右盼。有人从我们面前经过时好心地说："娃呀，早市儿的萝卜两毛钱一斤，过了中午就卖成一毛了，到了下午给钱就卖，要活泛一些！"我们商量后一致认为不能降价。想到中午时考察过的附近的农贸市场，我们决定想办法去市场里碰碰运气。

说干就干，我们二人把剩下的瓜平分开装了两个半笼，每人挎一只笼向市场挪去。笼把胳膊压得生疼，不知道歇了多少次，走了多久才到了市场。我们在生疏的市场里找了一个边角，收费的人走过来看见我们年纪小，瓜又少，就没有收费。

下午的市场里不像早市时，人已经少了很多。倒是偶尔有人问，但愿意出的价格极低，只出一毛钱一斤。无奈我们只想尽快卖完，又卖出几个。碰见上午买了我们瓜的一个人，看见我们卖一毛一斤，他又说自己当时买得贵了不应该，又说卖给他的其中一个瓜是生的，非要给我们五毛钱，再拿走一个算作赔偿，我们说不过人家只好作罢。

眼看着天快黑了，我们忍痛割爱，以每个瓜一元的价格被同样做卖菜生意的几个人买了几个后，还剩下五六个。市场里几乎没有了人，扫地的大爷已开始打扫卫生了。天色已晚，估摸着拖拉机该返回了，我们急忙收拾东西往路口赶。

等我们狼狈地坐车回到家里时，天已黑了，村子里亮起了灯。母亲在门口等着我们，见我们回来赶紧下面做饭，我们二人美美地吃了一碗面，喝了一碗面汤才缓过来。我给母亲交了忙活一天卖的钱——不到二十元。遗憾的是，没有让表哥黑娃吃上出发时就许好的肉夹馍，表哥说争取下次再去！

后来我们的瓜只是拉到邻村去批发给了瓜贩子，虽然价格低一些，却不用大费周章，也再没有去城里卖过瓜。那次的卖瓜经历却一直叫人难以忘却。那次卖瓜的经历，让我明白了人生道路上要诚信经营、独立处事、吃苦耐劳。

好几回，我都从睡梦中急醒了，梦见在没有人的街市上，两个瘦小的身影提着或挎着两半笼的西瓜吃力地挪动，急切地叫喊："卖瓜……卖瓜了……"

收　鸡　蛋

夏日骄阳下，从村里的土道上过来一位小心翼翼骑自行车的老者，到村口就下了车，小心翼翼地推着车子。车子后面的两个竹笼里，白白细细的麦草像用刀裁过一样整齐地铺满竹笼。麦草里卧着或多或少白壳和红壳的鸡蛋。

"收鸡蛋喽！"一声高亢的吆喝声迅速顺着街道在村子里传开。

这是 20 世纪七八十年代，各村每日里常有的吆喝声。

吆喝声过后不久，便有各家的农妇端着或提着各式的瓦罐出了门，瓦罐里装的是各家攒的或白壳或红壳的鸡蛋。收鸡蛋的老者已支稳车子，取下带盘子的杆秤。妇女们从各自的瓦罐里极小心地拿出鸡蛋轻轻地放进秤盘里，盯着老者称重，称鸡蛋时秤锤要稳稳平平尽可能低地挂在秤杆儿上她们才高兴，之后认真地计算价钱，领到红红绿绿的一沓钞票后，才满意地回去。

在那个年代，农村各家各户都散养几只鸡。白天鸡在村子里四处找食，晚上回来随便卧在羊圈或者牛圈里靠墙横支着的棍子上，既不占地方吃得也少，鸡下的蛋除了过节、来客人或者家里有人生病能吃外，其余时间从来不敢大方地去吃。偶尔有谁家在灶下的铁勺里炒个鸡蛋，那股油香味能香遍整个村子！

过日子的柴米油盐、娃的学费等开支都要靠这几只鸡，大家都说这是当时农村的"鸡屁股银行"，零存整取保证了过日子的正常开销。

我家也养了几只芦花鸡，母亲靠着这几只鸡下的蛋，不知多少次带我去商店里换油买盐。"鸡屁股银行"在我家是非常重要的，生蛋的老母鸡就是我家的"取款机"，是功臣，是母亲视作生活依靠的"命根子"！

收鸡蛋要讲诚信。秤秤的高低、算账的分分厘厘，农村妇女们对此都是极认真和要计较的。每天来村里收鸡蛋的人不少，但村妇们都给自家鸡蛋安排好了买主。谁的秤好不哄人、谁的账算得准不亏人，这些都是打过很久交道后村妇们认可的标准。村妇们根据不同的吆喝声辨别是不是自己信任的收鸡蛋人，然后才出来成交。

"收鸡蛋喽……"每当听到这低沉的吆喝声时，村妇们便提着、抱着各自的鸡蛋罐子出了门。

收鸡蛋的几乎都是四五十岁的人，年轻小伙子很少有从事这行当的。因为年轻人没有年龄大的人沉稳，不容易获得村妇们的信任，也因为各村各寨的土路崎岖不平，年轻人着急慌忙，在这路上骑车，鸡蛋易碎，要是跌倒或者摔倒，今天的生意就亏大了。

收鸡蛋是农妇们过日子的头等大事。鸡蛋下得勤与不勤是全家最为关注的。谁家的鸡照看得好，舍得喂粮食，下蛋就勤，一天一个很准时。要是哪一天突然少收了一只鸡蛋，女主人一定得查个究竟，是不是鸡吃得不好或者受了惊吓而造成隔窝的现象，或者在家里家外的炕洞中、柴草房里四处翻找，看是否鸡把蛋下到了鸡窝外。鸡要是生病，女主人就如临大敌，要仔细地照料。

为了让鸡多下蛋，我放学后经常给鸡喂食，帮母亲认真地照看那几只鸡，因为鸡蛋下得勤了可以多卖钱，不光家里的生活会好一些，我新学期的学费、笔墨纸张等花费都靠着这几只鸡呢！若是能再吃上炒鸡蛋，那就再好不过了。我巴不得鸡每天能下两只蛋！白天我一边割草，一边在草丛里、麦草垛下抓了蛐蛐，用毛毛草穿成一串拿回家去喂鸡；晚上去村南公路旁的树下摸寻知了喂鸡，把鸡喂得鸡蛋一个接着一个地下，从不隔窝。

几声鸡的叫蛋声传来，刚下了蛋的母鸡从窝里跳出来，在院子里踱着方步，自豪地叫着。这时女主人停下手里的活路，不敢耽搁，高兴地去收鸡蛋，再小心放进瓦罐里，把温热的鸡蛋拿在手里，很有成就感。瓦罐是用土坯烧制而成的，有透气性。鸡蛋放在罐里面不容易坏，能保存得久一些。女主人又仔细地数了一遍存在瓦罐里的鸡蛋，计划着啥时候该卖鸡蛋，准备仔细地留意收鸡蛋人特殊的叫卖声。

因为收入来源有限，鸡蛋对于各家就很重要了。就连婆媳妯娌间，有时也因为收鸡蛋的事闹得不愉快。邻里之间，鸡蛋下到了别处的猜忌和理论是经常存在的。如果谁家的鸡被别家的狗咬死了，那可是大事件，人家是要找上门算账的，不但要求赔偿了鸡，还要赔偿蛋的损失。村干部对这类的官司是最头痛的。

下蛋的鸡是舍不得杀了吃肉的。过年、过事时也是杀了公鸡，老母鸡即使是不幸病亡，也会被像对待功臣一样埋在树下。

鸡蛋在当时是最重要的礼品，谁家老人过寿了，谁家媳妇生孩子坐月子，或者谁家有人生病，邻居、亲朋好友便会提着用麻纸包着的一包挂面，再用手帕包上六个或者八个鸡蛋送过去。能收到几个鸡蛋的被看望者，无疑都是各家最重要和最亲近的人。我本家五妈坐月子，她娘家是山东人，礼重，拿来半筐近二百个鸡蛋，令一村子人都惊讶和羡慕。

再后来，农村没有了土路，收鸡蛋人也消失了。各家各户为了干净和方便，也不养鸡了。村道上看不见鸡在粪堆里刨虫子吃的情形了。村子里来的却成了卖鸡蛋的生意人，大姑娘小媳妇衣着光鲜地在门口买鸡蛋，也不问价也不看秤，好像是从自家盆里取一样。就连装鸡蛋的瓦罐，偶然被人发现，也成了稀罕物。城里的小孩要看鸡也得去养鸡场里看。

"收鸡蛋喽……"低沉的吆喝声传来，我好像又看到了农妇们讨价还价、仔细看秤、算账、收钱的场景。

然而这情形再也不会有了！

带　粮

二姨家和我家相距二百余里。在华山北麓华阴市郊的农村，家里子女多、地少，总是缺粮吃不饱。三姨家和我家都住在渭北平原的产粮区，虽然面粮黑些、粗些，但却够吃，相比二姨家就好得多了。因此，二姨经常派表哥来我们这儿带粮。带粮，不是借，也不是换，更不是买，而是接济，也可以说是姊妹亲戚间的帮衬。

20世纪六七十年代，秋、麦两忙之前这一段时间，农家人常常青黄不接、缺粮断顿，表哥总是在这个时候来带粮食。我便天天地盼着表哥来。妈说："好瓜娃哩，你盼他来不好，说明没啥吃，我倒不希望他来。"而我所盼望的则是表哥带来的一些好吃的东西。

听说表哥到了邻村的三姨家，我就按捺不住了，一路小跑着穿过没有水的苇子壕，来到三姨家的村口。花狗接我，摇着尾巴带路，一直到三姨家的后门外。顾不上和姨打招呼，进院子，寻表哥。

两个表哥坐着院子的竹椅上，都是十五六岁的年纪，一样的灰头土脸，一样破旧的蓝灰色衣服，一样瘦弱干黄的肤色和身形……看见我来了，一边高兴地叫着我的名字，一边指着院子里一辆破旧的自行车说："快去，布袋里有麻糖。"我赶紧去寻，车前把上挂着一只灰布手包，里面只有两块干黄的玉米面饼，哪有什么麻糖啊，不禁面露尴尬之色。再看那辆自行车，早已浑身铁锈，已到了认不出品牌的地步，车轮上不见了瓦圈，一副木制脚踏板怪异地安放在两侧。表哥说："我这车子呀！除了铃不响，到处都响！哈哈哈。"

表哥因为脸黑，小名叫黑蛋。黑蛋哥来带粮，三姨就得事先准备好自家的和从我家收集来的粮食。渭北平原土地宽广肥沃，是产粮区。三姨家劳力多，姨夫又在生产队的饲养室和豆腐坊上工，除了自己吃嘴方便，还能给家里节省些粮食。三姨省吃俭用，每年都要准备百八十斤的粮食，支应着表哥，实在不够时，也由我家和另外一个姨妈家凑一凑，凑够整整一口袋粮食让表哥带回。

黑蛋哥年轻时脑子灵光，一股侠肝义胆的"匪气"，是姨夫说的"不省油的灯"，在外面从不受人欺负，由他来带粮最好不过。姨妈也总是特别稀罕表哥，常盼着他来，经常说："我黑蛋就是个土匪。"

黑蛋哥每次来带粮时，都会带一些土特产，有秦岭山里的毛栗子，有收麦口华山阴坡里刚发芽的香椿，有时也有山西的红苕粉面或粉条。这些东西是值得我向伙伴炫耀好久的。黑蛋哥每次来都在三姨妈家住几天，帮着三姨家里干一些活儿，或者教姨妈他们扎竹篾、糊灯笼的手艺。

准备停当要回家时，三姨妈总是要反复地看了日历，最后决定让表哥再等一天，要等到星期天 172 厂过完会再走。

一大早，三姨妈去自家自留地里掰一些玉米棒子，骑车去十几公里外的 172 厂卖了钱，给表哥作为路上的花销，又给黑蛋弟兄二人洗了衣服，发面烙馍，准备停当。

表哥要走了。天刚亮，姨妈就给表哥收拾了早饭，装了烙好的锅盔，水壶里带上水，把粮食分成两份儿。仔细地把口袋在车子后座上绑好，一遍遍交代路上注意安全的话，把表哥兄弟二人送出村口，看着兄弟二人挎上车子，忽忽悠悠地上路，直到看不见时才回来。

听说表哥他们沿大华公路从大荔过渭河，一路上不敢多歇，马不停蹄地赶路，争取天黑时要回到家里。饿了吃一口三姨妈给带的干粮，自己带的水喝完了就寻找路边水渠里的凉水喝一口。三姨妈给带的那几毛钱，一分也舍不得花。

黑蛋哥兄弟二人骑着车子在土路上的车渠里拐来拐去，太阳白晃晃地晒着，俩人衣服早已湿透，贴在身上很不舒服，树上的叶子一动不动，没有一丝风，热得他们喘不过气来。空无一人的路上，两个身影艰难地行进着。

表哥说有一次大热天，他正奋力地蹬着车子，链条却断了。离家还有将近一半的路程，必须想办法修好，不敢多停，怕天黑了到不了家里，父母会担心。兄弟二人停下车子，卸下粮食，走了很远才找了两块砖头，砸了半天，凑合着把链环接上，小心地骑到了罗敷镇，稍作休息赶紧修车子。

还有一次因为颠簸，不知不觉把口袋绳子颠开了，玉米粒儿撒了一路。兄弟二人赶紧停车捡粮食，费了一个多小时，土里、草丛里翻了个遍才捡完，舍不得丢下一粒粮食。

黑蛋哥兄弟二人紧赶慢赶，夜里九点多钟才到了村口，二姨妈早已在村口等着，接住表哥心疼得直掉眼泪。其实姨妈并不知道表哥他们哪一天回来，但每天晚上都要到村口去接。

二姨妈接住表哥后先不回家，就从表哥车子上卸下粮食，倒出一部分直接去还了早先借别人的粮，再倒出一半粮食直接送去磨坊。一家人已经等了好几天了，这些粮食细发点儿吃，也许就能接上新粮了。

在那个饥荒的年月里，表哥弟兄几个每年都会有几次来我们这里带粮，骑着破旧的车子，穿梭在这二百来里的路上。每次

几十斤的粮食，却养活了一大家子人。

　　几十年过去了，几个姨妈都上了年纪，我总是找机会想多让她们姊妹几个见上几面。每次开车带母亲去华阴看姨妈，和表哥说起当年骑自行车带粮的情景，他总是感慨万千，姨妈也总是眼泪汪汪。妈说："黑蛋，现在得是有二百两银子叫你去拿车子带，你都没工夫去取？"黑蛋哥笑了笑说："多亏了那几年从你们那里带粮。那个情景，我一辈子也忘不了。"说着话，又讲起了他当年去深山里扛木头和去临潼带粮时好多大家不知道的情形，饱经沧桑的黑脸上透出深深的无奈。

　　表哥的生意后来越做越大，再也不来带粮食了。他有时候开着汽车，急匆匆地来，又急匆匆地走。三姨妈高兴地盼着表哥来，但再也不用准备粮食了，也不用掰苞谷了，有时做上一顿家常饭，拉着表哥不丢手地骂一声："我黑蛋个挨打的！"笑声就响了一院子。

　　晨曦中，仿佛依然能看见黑蛋哥兄弟二人瘦小的身影，骑了带着粮食的车子，晃晃悠悠地出了村向东而去！

捉　知　了

我老家的发小，无意间在门口的半截子树上摸了一只知了，这在村子里成了"稀罕事儿"。消息不胫而走，引得一众大人小孩儿每天晚上，仗着忽明忽暗的灯光，不停点儿地寻，一连几天竟都有收获。偶尔有大人寻见，就带回去给自家的孩子看。小孩子们也赶走了在树下蹓摸的猫狗，生怕少寻了一只。

可能是因为全村都打了水泥地面，唯有此处还是土路；也可能是因为移栽来的这棵女贞树根部就带有知了的虫卵，反正，这是全村近几年来，唯一发现有知了的地方。

捉回家的知了，或许被油煎着吃了；也或许被大人养着，让孩子看看蜕了壳的知了是什么样子的，反正很是金贵。

而这"稀罕物"在我们小时候却是稀松平常的。

天刚黑，手里拿着半个冷馍，去自家菜地里寻摸着揪一根尖椒就了馍吃，手里攥着一只装过洗衣粉的空塑料袋子，一路向南而去。

一里地远的村南公路上，两排粗大的杨树远远看去像一堵墙一样，那杨树下就有我们去摸的知了。越往前走，就越能碰见同样是去摸知了的人，我不由得加快了脚步，超过他们，迫不及待地向那些杨树跑去。

杨树的叶子沙沙地响着，砂石公路上也少有大车经过，凉风沿着寂静的公路吹过来,我却有几分怯意,好在远远近近有不少人在树下摸知了,才壮了几分弱胆。

摸知了的人都在路两边的树下蹲下,静静地一棵树一棵树地仔细地去摸。绕树转上一周,再向上寻;下一棵树,再绕树一周,再向上寻……

我总结了摸知了的规律,树的高处根本不用去寻,被这么多人一遍遍地寻,很难有知了能爬到高处的!在距地面二三十厘米的范围内,眼要尖,看到树上有一小团黑东西,就用手去摸,寻见一只,就迅速捉了,装入塑料袋中。

摸知了的人,大多都是黑影里去寻,很少有人带手电筒,嫌太费电。在杨树沟里,寻知了的人相互碰见了,问一句"摸了几只了",得知自己摸的比别人少时,就扭身越发仔细地去寻了。

公路很长,而我却不敢走太远,只是在自己村子的这段路边来回走上一遍,每晚也能摸上四五十只知了。手里攥着鼓鼓的塑料袋,知了挠着袋子,乱哄哄地拱着。我迎着凉风,走在回家的路上,像胜利归来的将军一样内心充满自豪感。

摸回家的知了,放进有水的脸盆里,不让褪壳。知了用盐水泡过,再热锅上油去炒了,听说味道极美!然而我却没有吃过。看到知了肚子里白色的东西,我实在是不敢去尝!

早上起床后,先去拿盆里的知了去喂刚下架的鸡。扔进后院的知了,迅速地吸引来了所有的鸡。一口一只,吃了知了的鸡咯咯地叫着,迈着方步去寻窝下蛋。鸡吃了知了,下蛋也从不隔窝,一天一个准时地下着。就连小鸡仔儿也长得特别快,鸡的长势和下蛋的程度让退休在家的三爷爷惊叹不已,于是也每晚上和我一起去摸知了喂鸡。

放暑假在家的日子,早上写作业,下午去割草,而中午除了偶尔结伴去看看一直惦念在心里的村西地里不知道是谁家的西瓜熟了没有之外,就是逮知了了。

村里、村外到处都是知了聒噪的叫声。用铁丝弯成圆圈,把洗衣粉袋子用针线缝在铁圈上,将铁圈儿绑在长长的木杆子上,去村外田间的树上,顺着知了的叫声去寻,照准朝爬在树枝上正在唱歌的知了套去,知了扑闪着翅膀就进了袋子。

有时候用面粉揉成团子,用水洗去淀粉,只留下小团儿的面筋,把面筋粘在木杆的顶端，照准知了的翅膀怼上去，一粘一个准儿。

还有就是用火去熏知了。傍晚，在树下点一小把柴草，用脚去蹬树干，知了在树上被烟熏，就会顺着火光掉下来。火灭后，可以直接在灰里找出烧得焦黑的知了吃了。烧知了的办法有危险性，会遭大人骂，故不常用。

知了是从地下钻出来的，土地上经常布满知了留下的圆洞。找见一个极小的黑眼儿，用手指轻轻地抠去上面的地皮，就露出了圆圆的洞口。小心地伸了手指下去，知了用钳子般的足夹着手指就可以被钓上来，然而胆小的孩子却不敢，害怕钓上来其他的虫子。

蜕了壳的知了飞走了，留在树上的蝉蜕也是一味中药。听说有人收购，我便去收集，很费劲地收集了一大包，因为分量太轻，卖不了几毛钱，后来干脆就不收集了。

逮来的知了被放进灶下去烧，掐头去尾，只留中间鼓起的地方。烧好后揭开黑色的外壳，露出细白的瘦肉，香气四溢。丢进嘴里解个馋，因为那个年月很少有吃肉的机会，这难得的野味的确让人唇齿留香。

后来听说有人摸知了去卖给172厂的工人，每只可卖二分钱。我因为摸得少，又不通路数也就没去卖，仍旧是每天喂了鸡换蛋吃。

再后来，农村里到处都成了水泥路、水泥地面，田野里也没有了树，村南的公路也扩建了，新栽了两行国槐，知了没有了。村里村外的树上，只有麻雀和斑鸠飞来飞去时发出的声音。炎热的夏天，听不到知了的叫声了，连小孩子们也不认识知了为何物了。

近几年，又听说有人专门在果园里"种"知了，说是种，其实是把人工孵化、繁育的知了的幼虫撒进果园的土里，三年后便能在果树上摸知了卖了。摸来的知了送进城去卖，八毛钱一只，很是抢手。因为营养价值高，也或许是因为人们对旧时光的怀念，知了成了金贵物了。

"小亮，昨天晚上摸到了没有？"有人问道。

"摸了一只。"发小自豪地答道。

"那油锅怕是不敢断油了！"大家起哄地笑起来。

　　午休时，看微信朋友圈里有人发广告："天下美味知了猴，三年孕育今朝生；一鸣惊人食雨露，待君品尝话乡愁。"说是有亲戚在果树园里"种"知了，欢迎大家带孩子去抓知了，瞬间勾起我满满的回忆。

　　猛然间，觉得现在孩子的暑假生活除了学习，就是上各种培训班、补习班，大人也不放心孩子独自去田野里自在地撒欢儿玩耍。孩子们没有了掏鸟窝、逮知了的玩趣，也或许他们又有了新的乐趣、新的快乐。

　　摸知了的确成了乡愁！但我真的希望树下的泥土里，依旧能够爬出知了，在树上蜕了壳，欢快地唱着。阵阵蝉鸣的树下，依然有孩童在掏知了或摸知了。

　　这才是夏天的味道！

崩苞谷花

"砰！"从村道中间远远地传来一声响，穿透乡村里冬日干冷的空气后，迅速地散去。这声响村外都能听得见。声响过后，白花花的苞米花儿就钻进了铁笼子里。腾起的白气里夹杂着苞米花儿的香气，跟随着那一声响，弥散在了乡村的角角落落。

小时候，只要听到这一声响，我们不管在写作业还是在玩耍，都急忙嗅着香气，向那声响发出的地方跑去。

村子中间，一户人家门前的空地上，由十几个大人、小孩儿围着的人群中间，支起了一个小炉子，一个小风箱被同村一个孩子抱在怀里，两只脚蹬在地上，双手抱了风箱杆，火苗从炉子里高一下低一下有规律地冒出来，一口黑乎乎的锅，顶着一只长"犄角"，在火上转着圈儿。

操作的人满脸黝黑，头上破旧的布帽子上有星星点点的白色灰烬，坐在一张几乎没有高度的小板凳上，手上虽然戴着手套，却早已辨不清手套的颜色，他不停地一圈圈地转动着锅，偶尔停下来看看气压表，提起锅就势用手抓几块煤塞进炉子里，又转了起来。只是那神情，镇静且略显"牛气"。

一帮大人、小孩像看戏一样专注、耐心地等待着。

火一直烧到锅上的气压表到了一定刻度时操作的人就停了手，烧火的孩子也闪到了旁边，提了竹笼准备去接苞谷花儿。操作者又不停点儿的快速转动了几圈锅，锅头前的"犄角"处，已有一丝白汽溢出。

只见操作者起了身，用一根铁管套住了铁"犄角"，另一只手提起带手柄的锅的另一端，双手将锅端于身前，转身去寻那只铁笼子。这时候，大人、小孩儿早已用双手捂了耳朵，有的甚至闭上眼睛，在等那一声响。没有人说话，空气仿佛突然就凝固了起来。

操作的人抬脚踩在铁锅的圆肚子上，把那只套筒的铁管子用力一掰，响声如期而至。从响声的清脆程度可以判断，这一锅肯定差不了。

白汽散尽后，孩子们不等大人去整理苞谷花儿，一窝蜂地扑了上去，趴在地上捡拾散在四处白白的苞谷花儿。"不准拾，这是我家的。"烧火的孩子大声地呵斥着同伴，但无济于事，没有人理会。大人一边笑嘻嘻地骂着，一边整理着苞谷花儿，装进竹笼里带回。一路上不停点儿地向别人散发着，淳朴的乡情弥漫在人们之间。

新的一锅已经装好，烧火的风箱又换了新主人，刚才烧火的孩子又加入了新一轮的等待，等待着看热闹，也等待着拾别人家的苞谷花了，不为了吃，为了那争抢的热闹。

崩苞谷花儿有个讲究，就是来村子后的第一锅不收钱。虽然少了一毛五分钱的收入，但这一声响权当是广告，也因为锅子不热，第一锅苞谷花不是生了就是煳了，不收费倒也合情合理。

小时候零食很少，苞谷花就深受大家的喜爱，因为苞谷是家家都有的，崩一锅就有一大笼，能吃好几天。剥去苞谷花底部的干皮儿，丢进嘴里，那香味回味悠长。

所以，在那阵阵响声的诱惑下，各家孩子去央求大人，花一毛五分钱去崩苞谷花。但大人是不会轻易答应的，炕席底下那几张钞票不敢随便花，为了过日子，花钱也得精打细算。孩子央求不成，就躺在地上打着滚，使出了"杀手锏"。

正在这时，"砰"又一声响。

"看，这回把锅打烂了，看他拿啥崩呀！"大人故意惊讶地说。

果然孩子不闹了，起了身去寻那打烂锅的热闹。不一会儿，又一声"砰"，孩子又折回来，说："爸，你骗人，我要……"说完又哭闹着躺在地上。

经不住孩子的哭闹，大人只得去舀了一碗苞谷，提了笼去排队崩苞谷花儿。操作者根据各人的需要，有时也打开小瓶，加几粒糖精进去，把主家的苞谷倒进锅子盖严盖子，用力拧紧后架在火上，开始转动。轮到哪家，哪家的孩子就主动去烧火。

"这货在家里从来不烧锅，这会儿倒是很积极。"大人骂着。

孩子却不管他，只顾认真地拉风箱烧火，一边烧火一边警告旁边的孩子："这是我家的，一会儿谁都不准去拾、去抢。"大家都不作声，只顾着看热闹，但响声一起，谁也不管谁，都开始了争抢和捡拾，先前的警告也全然不起作用。

崩苞谷花的苞谷要干，湿了水分大，崩出的苞谷花就小，有时就崩不开花，苞谷越干，崩出的花越白，吃起来也越香。

崩回来的苞谷花用塑料袋子装了，能吃几天。每回出门玩耍和上学前，先在两只衣兜里塞上满满的苞谷花。这是最好的零食。后来，人们的生活好了，各类零食也多了，惦念苞谷花的人也越来越少了。

城里的爆米花儿，是用奶油和专用的玉米在无压力的钢精锅崩的，玉米粒儿一粒粒自然地崩开，没有炉子风箱，也不见满身煤黑的锅。崩出的爆米花儿奶香四溢、香酥可口。口味也丰富多样，有菠萝、椰子、芒果等口味，非常好吃，但总感觉少了些什么。

农村也很少有人来转乡崩苞谷花了。乡村道路成了水泥路，光光亮亮的，却引不来崩苞谷花的人。

偶尔在城市边沿的马路边，看见有人支起炉子在崩苞谷花儿。围在一起看热闹的都是上了年纪的老人，孩子们是不来的。各种学习和补习班充斥了孩子们的童年生活，没有人有工夫去看这情形，而围观的都是过去在乡间生活，如今进城享福的农村人。

现在的设备也先进了，没有了风箱和煤，烧的是煤气，锅还是原来的锅，但已成了马达带动的自动转圈儿的，不再用手搅了。只是操作的动作还是一样的，操作者戴着的手套是白生生的，很干净卫生。

　　正在发着愣，随着"砰"的一声，一锅白亮亮的苞谷花崩进了铁笼子。白汽散去，却没有人去抢着捡拾苞谷花了。

　　而这一声响，带来了一分热闹，更带来了一分生活的烟火气！

咥　面

电视剧《白鹿原》中，白嘉轩蹲在院子厦房之间的天井里，用筷子挑起红亮亮、油旺旺的像裤带一样宽长的面条，用秦人特有的方式，伸着脖颈、歪着头很香地咥着。那香味儿隔着屏幕就飘到了观众跟前。

西北地区广产小麦，西北人的生活当然就以面食为主，面食就被发明出了多种的做法和吃法。除了或蒸或烙的馍、饼等主食外，正餐的饭食也以面为主，或块，或片，或条或带状；吃法或油泼，或干拌，或汤、或炒、或蒸等。

西北人喜食面食，秦人尤甚。扯面、搓搓、拉条子、臊子面、油泼面是陕西人每日正餐必不可少的饭食。

"房子半边盖，帕帕头上戴，油泼辣子一道菜，锅盔像锅盖，盆碗分不开，凳子不坐蹲起来，姑娘不对外，秦腔不唱吼起来。"这是坊间流传的"陕西八大怪"，概括了秦人的风格气概，其中十之八九都与吃面有关。

秦人会做面也会吃面，能行的女人的基本功就是擀面。聪慧、贤淑、手巧的秦妇，在窗明几净的灶间，白瓷的面盆里，用极娴熟的动作去揉动着面团。揉好刷了油饧好后，取出一条在案板上压成扁平状，用极轻盈的动作上下左右地在空中拉扯几回，像裤带一样白亮宽长的扯面，就被顺势轻柔地抛进滚开的锅里。翻滚几遍后，用筷子捞进如盆般的青花粗瓷大老碗里，放了佐料及葱末，再放上一勺辣子面，用滚油泼上去，一股油香迅速充斥在灶间。

端着粗瓷大老碗的西北汉子，蹲在厦房外，用筷子翻江倒海般地将面搅拌均匀，油旺旺、香喷喷！挑起一条，伸长脖子呼噜噜连吸带喝，间或就着一口带皮儿的大蒜，过瘾、爽快！那个香味儿能传出几里远！

陕西人过事待客也离不开面。过红白喜事，客人刚到时的饭就是面，给儿女订婚干脆就叫吃面。过事的前一天，就在村子里挑了擀面好的能行女人，揉面、擀面、劈面忙活一天后，簸箕、笸箩里摆满了一团团宽窄匀称的面条。客人到场入席后，用木方盘端上来八碗同样是青花粗瓷的小喇叭口碗，酸香油旺的臊子调成的清汤里，一筷子细白的面丝儿若游若躺地漂浮其中，面不多，被称为"一口香"。吃面喝汤，连吃三碗，以致忘了正席的美味。

武功、乾州一带的涎水面，汤香味正，讲究的是只吃面不喝汤，不断回余的

老汤越熬味道越正，一个人更是能吃几十碗。

最有影响力的莫过于岐山臊子面，店面遍布大江南北。"酸辣香、薄筋光"，加了碱擀的面条越发筋道。红油旺、肉烂香，吃面喝汤，很是舒畅。

陕西人的面如同陕西人一样，有着不同于别处的"豪横"和"爽朗"。生活在有厚重文化的黄土地上的西北人，一日三餐都离不开面，一天不吃面就觉得浑身没劲儿。哪怕是到了夜间临睡前，也要下一碗面或者去夜市上要一碗炒面过过瘾、解解馋。

招待新女婿擀的是绿面，老人过生日要吃长寿面，"送客的饺子接客的面"，接待远道而来的客人下一碗臊子汤面，能够迅速让客人解除路途的劳顿。就连在大规模和正式的宴席上，都少不了解酒的酸汤面垫后，面端上来才表示宴席的结束。

外出旅游或者出差几天，回来时刚一下车，拉着行李先去面馆里咥一碗面，再喝一口原汁的面汤，这才长出一口气，有了到家的感觉。

陕西街道上，开着一家家大大小小经营面食的饭馆。面馆里卖搓搓、拉条子、扯面、拌面、菠菜面等，卖出了好多知名的连锁品牌。进店吃面的大多都是爷们儿，姑娘相对少一点。

进店先吼上一声"一碗面"，坐静后店主先上一碟儿小菜、一碗面汤，少时便有如盆般大小的一碗面送到跟前。用筷子搅匀拉扯着红油裹着的面条，就着早已剥好放在旁边纸巾上的蒜瓣儿，前倾着身子，趴在桌子上呼噜噜吃得满头大汗。间或有人撩起上衣，露出结实的肌肉。

女人们喜欢吃酸酸凉凉的各式面皮，吃相也相对文雅得多，实在要过瘾解馋想去吃面，则身子微微前倾，微启朱唇，用筷子小心地挑起一根面，撮起嘴小心地吃。为了保持身材，女人想吃面又不敢多吃，大多都有一大半儿的面剩在碗里。偶尔不小心时油辣子溅在白亮的衣裙上，便紧皱眉头，懊恼地用纸巾擦拭。

"老板，算账。"吃完面的西北汉子，说话时有着秦腔里花脸唱腔般的豪爽。不爱吃面的女人，却都无一例外地喜爱着喜吃面的西北男人，甘愿继承了擀面的手艺，为自家男人做上一碗香喷喷的面食。

"吃的啥饭？"

"咥的面！"陕西人说起面来，无不流露出自豪和满足。

"走，咥面走。"下班后的一声邀约，迅速地把人的馋虫勾了出来。

街道上大大小小的面馆儿里，都是咥面的人。

面就是陕西人的魂！

蒸 年 馍

"腊月二十八把面发"，北方人过年离不开馍，蒸年馍也就成了年前最重要的事情。

腊月二十八前一天的晚上，各家都开始了第二天蒸年馍的准备工作：把活性最强的酵头面用水泡开后，拌面粉和好，等待发酵；男人在院子里开始了劈硬柴的活路；女人再翻找出准备好的干枣泡发，用铁勺熟了热油，泼到拌有葱花的干面粉里制成油酥，然后再去剁肉、切菜、泡木耳、切生姜，准备蒸包子的菜馅，临睡前也不忘再次清点准备好的物料。

蒸年馍的当天，全家齐上阵。男人负责锅里添水、架硬柴烧火，女人则一遍遍地看起在热炕上粗瓷斗盆里的面团。

第一锅蒸包子。一年到头了，必须蒸一锅香气四溢的肉包子。白的萝卜、红的胡萝卜、黑的木耳、绿的葱，拌上肉馅，擀了雪白的面皮子，包成柳叶形或圆形的包子。柳叶形的包子花棱均匀，像一片柳树的叶子，均匀对称；圆包子上有细细密密的褶皱，胖胖的躺在案板上，馋得人直流口水。这时候家家都在蒸包子，只是肉块大小不同而已。来人待客主人也总是热了包子端出。

第一锅包子蒸熟出锅，满院飘香，全家人吃得肚饱嘴香之后，便开始了正式的蒸年馍。

最先蒸的是拜年要用的油角角，这是给长辈拜年必须要有的。根据重要程度不同，送的油角角个数不同，有四个、六个之分，新亲出门必须是八个。有一年，我和母亲在一百多里外的外婆家过年，要去给舅家的本家拜年，用布袋装了妗子蒸的八个油角角。回家时亲戚说太多，要回礼，我任性着全留下了，后被舅舅训斥："八个馍是给过白事的鬼子吃的，你这个二杆子！"但我知道，舅舅就是心疼几个馍，觉得不该拿得太多。

既然重要，就要格外上心。母亲总是先揪下一小团面团，交给我在灶下火里简单烧烤一两分钟，掰开看看面团发得怎么样，直至满意了，才用刀切下一团放在案板上，一遍一遍地揉着，在揉好的面里包了准备好的金黄油香的油酥，合了口揉圆，在馍的背上捏上一条花棱，大小均匀的油角角泛圆发好后上锅，紧火蒸上四十分钟。母亲一遍遍地看着灶下的柴，仿佛锅里蒸的不是馍是圣物，要小心翼翼地经管。火不能太大，也不能断，断火蒸"气死了"的馍是拿不出手的，就得重新蒸。

接下来蒸的是花馍，是给晚辈送灯要用的。面同样是仔细地起发好揉到，造型就随便多了。有用筷子、木梳搭配作为工具，压制成各式各样带花纹的造型。

我父亲会做熊猫、螃蟹、小猪等动物造型，背上粘一颗发好的红枣，用黑豆做了眼仁儿，在剪开的嘴里装上一丝红辣椒，造型好看，寓意吉祥。

蒸出门用的馍显示的是各家的实力。出门的馍，因为要一遍遍地揉到，面不但要白，要发得好还不能有裂口，火候也要

到，吃到嘴里要有嚼头。过年一家人吃饭时都会评论，哪个馍是外甥媳妇蒸的，哪个油角角是娃他姑蒸的。谁家日子好，谁家媳妇细心是个能行人，就有了结论。

过年期间，有给外甥娶媳妇和丈人过寿这类喜事的，就必须蒸大花馍。一个大圆馍上，用细竹篾挑着一个个龙、凤、虫、鱼、花、鸟等吉祥造型，色彩艳丽、造型逼真，寓意龙凤呈祥或花开富贵。过喜事时摆在供桌上，舅家的这对花馍被人围观拍照，是好彩头。

最后蒸的是蛋蛋馍。面团揉到后盘成条，用刀剁成一个个小小的剂子，也叫蒸剁馍、碎馍、蛋蛋馍。同样的方法蒸上三锅，倒在竹席上，晾凉后装入铺了细白麦草的瓷瓮里。过年待客时，几道菜后的主食，必须是每人一个蛋蛋馍夹肉片子。

其实，我小时候最不喜欢家里蒸年馍，要烧一整天火，是无聊之极的，但对母亲蒸的肉包子，总是情有独钟。我吃过许多别人蒸的包子，总感觉没有母亲蒸的包子香。现在母亲年纪大了，揉不动面了，我就很少能吃到这样的包子了，再也没有吃出过那样的香味。

现在农村人也没有大锅大灶，也不烧柴、烧煤，用上了天然气。年馍也是用小锅蒸，虽然不方便，但还是要做的。在外面买来的蒸馍，面太白也不香，也吃不出家的味道。面粉厂出厂的面粉有了添加剂，工厂化生产的蒸馍用的是酵母粉，很少有人蒸馍还用老酵面，馍也少了纯正的麦香。

年关将近，各家都用自家留下的麦子去磨了面粉，发了酵面，施了纯碱，小锅小灶上蒸上几锅，送给城里的重要亲戚，或者等在城里工作生活的儿女们回来取上一些。

过年出门走亲戚，带的是各式的烟、酒、糖、茶。要是谁带了一袋子馍，不用问，那一定是至亲。正月初一刚过，我家的冰箱里就装满了亲戚们送来的自己手工蒸的各式的年馍。母亲总是感到很自豪和满足。

"蛋娃，往回走，烧锅蒸馍。"村道上远远地传来一声喊。我仿佛又看见家家灶房里面案子前忙碌的身影。

"快走，蒸年馍去。"我和妻也赶紧回家发了面，今年也要蒸上一锅年馍。

吹 鬼 子

在关中渭北平原的农村，正在过丧事的人家门前人影杂乱、纸幡摇曳，哀乐声声、缟素满院，一班乐人手把唢呐、洋号吹得奋力起劲。一首秦音《渭水秋歌》，直吹得天动地哀、肝肠寸断。这些乐人被叫作"吹鬼子的"。

据传，西汉时期，龟兹国不断地发展壮大。在民族大融合时期，部分龟兹人在陕北定居后，与农耕文化逐渐相融，把"龟兹舞"和伴舞的"龟兹乐"及乐器唢呐也引进了中原地区。后来，跳"龟兹舞"和吹"龟兹乐"被秦人按方言习惯说成了吹"龟兹"的，延续至今叫成了"吹鬼子的"。

关中人生活在十三朝古都长安城的脚下，对生活中的仪式感特别注重。婚丧嫁娶及满月、上梁等红白喜事，都要请一班乐人来庆祝。结婚、上梁、过寿、贴对联这类喜事的吹手叫乐人或乐队，吹的曲子也是《好日子》等吉祥、欢快、喜庆的乐曲。

凡过喜事，所请的乐队进门收拾利索后先吹上一曲，场面立刻就热闹了起来。主家上前给乐队搭了红，给唢呐乐器绑上红绸布，再给乐队发了毛巾、香烟等礼物，正式的庆典就开始了。从婚房到接新娘下轿，个个吹得欢天喜地。其他的如过寿、贴对联、上梁等庆典活动，仪式就相对简单一些，没有繁杂的流程，乐手可以随便吹，热闹喜庆就好。

过白事，请乐人是必不可少的。逝者为大，人死了也得风风光光地把事过好，乐队这时也被真真正正地叫作"吹鬼子的"。

人倒了头要过事，先由总管安排联系"鬼子头"。"鬼子头"是当地人，手里掌握着方圆百里"吹鬼子"搞演艺的资源。

接到委托后，"鬼子头"立即按主家的要求组织队伍。在过去没有手机的年代，组织一班乐人要靠骑自行车去联系。有时因为信息有误，同时请了几班子人到场，乐队相撞后，有时就辞退一班子，有时就让主家留下，哪怕是少些工钱，乐人权当混口饭吃，图个热闹罢了。乐队规模也按主家的要求来定。

人过世了，亲朋一般都会打听着："有'鬼子'没有，几口的？"穷人一般请不起乐人，若是"四口乐人"，就是好过；要是请"八口乐人"，不用说，那事就过得洋火了。后来，也有请三班乐人的：一班唢呐接客迎饭；一班洋号门前迎宾；另一班在灵前专管祭奠仪式，不用说，这就是家境殷实的有钱人家了。

"吹鬼子"在旧社会是被人看不起的行业，是为了讨生活而从事的行当。农村人过白事，吹手少的时候，也有乐队一边拉着板胡或者二胡，一边敲着木梆子伴奏来接客迎饭。

再后来，有了"八跨五"的行当讲究，就是由敲梆子打锣、铙钹、板鼓各一名，三把二胡、一把板胡、一架扬琴组成共八名专业唱戏的自乐班子，加上两名乐人吹唢呐、一名吹长号、一人敲大洋鼓、一人敲铙钹。吹鼓手负责迎饭及灵前礼仪，不忙的时候放下唢呐，拿起二胡、板胡、板鼓、梆子、铜锣等，与另外八人组成生旦净丑的角色，吹拉弹唱，文武班子齐备，就开了戏，"吹鬼子"也就成了多面手。

再后来，乐队由多名唢呐吹手和多名洋号吹手组成，被称作"风搅雪"，中洋结合，气势宏大。现在的乐队一般是唢呐和洋鼓洋号结合而成的。家家过事都是三班乐人各司其职。

过白事一般从先一天的下午开始。四点多钟，"吹鬼子的"就陆续进了门，停了摩托车、汽车，卸下大洋鼓和乐器，集合后就开始了工作。先在灵前吹一曲《祭灵》安了灵，再与总管对接流程后，就开始了固定的仪式，引魂接灵、迎饭、转村子通知。一时间鼓乐齐鸣、哀乐声声，直至夜间烧纸后亲朋点戏，一曲曲农民能听得懂的乐曲，被一遍遍地吹奏着，村子的角角落落都能听见，全村就进入了过白事的氛围当中。全村男女老幼也都到齐，都成了过事中帮忙的一员。这些程序一直要忙到半夜，"吹鬼子的"就被主家安排在自家屋里歇息了。

第二天天刚明，高音喇叭的响声就打破了沉寂，全体帮忙的人来主家集合吃了早餐，乐队就忙开了。从献饭、烧纸开始，到接客、迎饭，这时候是乐队最卖力的时候，亲戚朋友们都到齐了，也是显示乐队实力的时候。

一张大鼓被倒上了水，敲得水星四溅；也有洒上酒，点燃后冒着火焰的火鼓。吹鼓手为了吸引眼球留着长发，穿着挂有链子或者金属扣子的衣服；有时光着膀子就上了桌子倒立着表演，或者在肚皮上敲鼓，变着法儿地"呈本事"；间或还有用牙齿嘎嘣嘎嘣咬着吃瓦等粗俗的表演，要功夫为的是要给"鬼子头"和大总管留下好印象，在村子里把名声立住，以后还能再来这里挣钱。若是被封杀了，就真的是凉了饭碗。

出殡时，乐队就全部上手，在棺罩前排成两行，鼓乐齐鸣，喇叭口朝天腮圆嘴鼓地吹，大洋鼓鼓槌恨不得把鼓面砸烂，响声震天。哀怨的乐曲被卖力地吹着，一时间炮声、哭声、乐曲声齐鸣，很是悲壮。

送葬的路上，跟随起灵的炮车，乐队在前，抬埋的人和孝子长长的队伍在后，悲悲切切，浩浩荡荡。乐手们用一曲哀乐引亡魂上路。下葬后烧纸祭奠又是乐鼓齐鸣，在炮声、呼声和鼓乐声里完成了仪式。乐队这时兵分两路，一半人马已经收拾了行李上路，要先行前往已经定好也是过白事的下一家把场面稳住；留下一半乐人跟随主家回到了家里安灵，最后一段音乐响起，亡魂就被安放在了正厅中，整个白事也就结束了。

民间的"吹鬼子"与专业的舞台唢呐表演不太一样。舞台上的唢呐演出，表演的成分多一些，乐人通过对乐曲的专业理解和技巧，把乐曲的意境体现得淋漓尽致，讲究的是艺术性，从表情、乐感到音乐都相对专业一些。而农村过事"吹鬼子"的乐人，大多都不识谱，不懂乐理知识，凭的是卖力和一份真诚，把一首首《大祭灵》《黄土情》《柳青娘》吹得催人泪下，吹得魂灵难舍，吹得云卷西风瘦。

赶场子"吹鬼子"，凭的是功夫。功夫硬的吹手能一口气吹到底不停歇，连着吹一个多小时的《大祭灵》，吹得喇叭口水滴直淌，冬天冷的时候能吊一尺长的冰溜子，被称为"铁嘴"。

"吹鬼子"乐队中也有吹出名堂的。当地的老袁技师，就是把唢呐从一支吹成两支，进而用鼻孔吹，用两只手各按三个眼，曲调虽然也只是简单的"321、123、3232321、1212123……"，但八支唢呐连在一起吹就产生了美妙的效果。唢呐上飘着红，嘴里还抽着烟，高潮时还有喷火和吐丝带的功夫。因这个技艺，他也成了非物质文化遗产传承人，被称为"西北唢呐王"。曾多次登上舞台表演，可与专业演出相媲美。

"吹鬼子的"原来是不准进主家门的下九流行业，只能在门外搭的席棚下吃喝，吃的是舍饭。而今的吹鼓手已经成为专业艺人，主家要好吃好喝地招待，收入也提高了，是能挣钱又可快乐生活的人。

后来，好多"吹鬼子"的吹手成立了自己的演艺公司，承接着当地大大小小的红白喜事，把"吹鬼子"、戏曲歌舞演艺和场面布置结合起来，为乡亲们热情周到地服务着。

"吹鬼子"的唢呐声看来也的确是越吹越响了！

打着灯笼过新年

"外甥打灯笼——照旧（舅）。"过新年时，中国人讲究打灯笼。灯笼原本是生活中必不可少的日用品，居家照明、行走照路都离不开它。孩子出生后，舅舅家要送灯，女儿长大出嫁时舅家也要送灯，因此灯被百姓赋予了非常多的意义。将最重要的送灯和最重要的节日——春节联系在一起，就是理所应当的了。打灯笼也成了过年最鲜明的特色。

过新年闹花灯，过年也就从买灯笼、挂灯笼开始了。

过新年、迎新春、接百福、纳千祥。一年之计在于春，辛苦了一年的人们放下忙碌，又在计划着来年的幸福，把希望寄托在来年，为美好的一年画上句号，为幸福的来年开启希望。贴春联、挂灯笼就成了过年的大事儿。

春节前的商场、集市，五彩缤纷的年货堆满了货柜和街头，春联、灯笼把集市街头装扮得喜气洋洋。做生意的老板把水杯放在树下，饭盒放在凳上，饭菜顾不上吃早已凉透，但个个都精神抖擞地招揽着客人，包货收钱，不知疲倦地忙着。

采买完商品，汽车后备厢里塞满了各式的年货。临回家前，最后一件重要工作就是揭年画、写春联、买灯笼。于是找一处僻静的地方停了车，朝着那红红绿绿的胜利路走去。

从腊月二十三日开始，胜利路步行街就被红彤彤的春联和灯笼填了色彩。街道两边的法国梧桐树身上拉了几道绳子，挂在绳子上的是各式的对联、福字、中国结和大小不一、形态各异的灯笼，有各式的宫灯、彩灯、莲花花卉灯，十二生肖、汽车、火箭等样式的手提灯。各式灯的不同音乐热闹地响着，春节的喜庆就开始上演了。

仔细地挑选了寓意吉祥的春联后，一眼就选中了一对吊着亮黄须子的宫灯。老板说："好眼力，这灯笼造型和天安门城楼子上挂着的一个样，大气富贵。"于是高兴地买下，仿佛自己家的大门也成了天安门一样。还有最重要的，就是必须给小外甥买上一盏灯，这是必不可少的讲究。在老板的推荐下，挑了一个会走动的马儿造型的手提灯，还顾不得数钱就惹得媳妇提在手里不停地要。

"看把你碎的稀的。"男人笑着去要灯。

"给、给、给，看怕把你外甥的灯要坏了，看你那样子！"女人喜滋滋地去开车门上了车。车子启动，汇入了出城回家的路上。

年三十下午，从城里到乡村，家家都要贴春联、挂灯笼，乡村的气氛要比城里热闹得多。村子里锣鼓队的几个男女老少，进入腊月就响动了好几场呢。贴对联、挂灯笼必须有锣鼓助兴，长长的鼓槌儿围着大老鼓上下翻飞，铙钹铜器震耳欲聋，在门口就拉开了场子。

一通鼓响，新的对联在邻居的指挥下端端正正地贴在了门墙上；又取下旧灯笼，把新灯笼装了灯头挂上门楼，三通鼓响过，发了礼品，又放了一挂鞭。红彤彤的一地炮皮和门墙上红艳艳的春联，在大红宫灯的照耀下，红红亮亮的，年气就进了院子里。

开了灯，红彤彤的灯笼就照亮了街道的两边，让人想起了电影《大红灯笼高高挂》的场景。现在的人，家家都是红灯高悬，日子红红火火的。

做生意的人闲不住，大年初二刚过，街道上的生意就忙开了。十字路口、商店门前都有卖灯笼的摊点，红亮亮的，挂起一堆，远远望去，似一团火一样惹眼。卖灯笼的人高兴地收钱、装货，买灯的人喜气洋洋。

过年送灯从初三就开始了。走亲戚时买的啥吃喝并不重要，外甥接住，先看他舅买的是啥灯，孩子母亲也在一旁帮着腔地强调："舅家的灯不敢断。"新婚的家里，娘家人来送灯要买一盏大红灯笼，外带一盏小蛋蛋灯，俗称"灯坠子"，寓意早生贵子，今年要添丁进口。如果外甥是婴幼儿还被抱在怀里，年轻的母亲就提着娃他舅买的音乐灯在地上跑着，逗引着孩子咯咯咯的笑。大几岁的孩子等不得天黑，就吵闹着准备点火打灯笼。

原本应该在正月十三才开始的"试灯"，在孩子的不断要求下，刚过初五就早早地开始了。好不容易等到天黑，各家孩子就都把灯笼打出了门。

灯笼的点法是要根据所附带的蜡烛决定的。如果附带的蜡烛是木棍缠了棉花做烛芯的，就从灯笼下细铁丝的小圆洞中穿出来，在木棍下面坠半截子萝卜就可以了。如果蜡烛是线捻子，没有木棍，就要加工灯笼底。灯笼底子一般用纸板或者木板制作，用在炉子上烧红的铁丝，在木板上钻三个洞，把提灯笼的铁丝穿过去勾好，在灯笼底上消了蜡汁粘上去就可以打灯笼了。

粘在灯笼底的蜡烛容易倒，木棍儿蜡也容易侧翻，一不小心，灯笼就起火了。看见火苗儿上来，年龄小些的孩子吓得不知所措，胆大些的上手去扑，嘴吹手盖地忙活半天，仍不能灭。"赶紧尿尿。"不知道谁提醒了一句，于是就有男孩子脱下裤子，对着着火的灯笼浇了一泡尿，火虽然浇灭了，但灯笼也坏了。看着同伴惋惜的样子，就拉着他的手，一

起去玩自己的灯笼了。

城里人过年也打灯笼。新婚夫妇收了灯笼，刻意挂在阳台上，关了电灯，在楼下望去，一仰头就能看见红光撒满阳台，平添了几分浪漫。有小孩子的人家就在客厅里把电动的各式手提灯摆出来，全部打开玩上一阵子。孩子们即使下楼去玩，大人也要陪同，各式的彩灯和响着的音乐就在楼下广场上热闹起来了。

过年就是过灯节，白天出门去看灯，各类的灯展、灯会、猜灯谜的活动丰富多彩，晚上回来又打开了自己家里的灯笼，反正天天都是灯。

年快过完了，年味变淡了，大人们开始收心准备工作。对孩子们来说，正月十五晚上才是过年的高潮。

"打个灯笼寻娃咧，寻不着胡骂咧。"满村的孩子把自己的灯笼点亮，月光下在村子里的街道上一遍遍地转着，念唱着从父母那儿学来的几乎一样的儿歌。穿着红红的毛衣或者棉袄，戴着红红的帽子，小脸被灯光照得红扑扑的，喜庆中透着幸福。

正月十五晚上讲究"碰灯"。灯笼玩够了，年过完了，明天也该上学了，今儿晚上玩到尽兴时就要把灯笼碰燃，意味着过年结束了。所以孩子们都打着灯笼去找相好的伙伴一起玩，然后结伴去村子里找人碰灯笼。

"耍够了没有？"

"够了。"

"那咱一碰。"把灯笼小心地碰在一起，有时碰了几遍还没有着火。着了火的也不恼，扔了灯笼扭头又去看那碰灯的热闹；没有碰着火的，就像一位打了胜仗的将军，或左或右地去挑战和寻找目标；舍不得碰灯的，就吹灭了灯笼，跟着别人去看热闹。一直玩到很晚，各家的大人在门口不断地催叫，孩子们才恋恋不舍地回家，年就算正式过完了。

挂在大门外的大红宫灯要亮一夜，喜庆地装扮着生活，只等来年三十，重新换上新的宫灯，再开始新一轮的打灯笼、碰灯笼。

豆 腐 脑

制作豆腐时，卤汁点浆后自然凝结而成小块，被称作豆腐脑。早市上所卖的，则是用葡萄糖去点浆，用桶或碗直接去蒸，形成的膏状豆腐脑。

小时候，生产队有专门的豆腐坊。我曾见过爷爷端回来一脸盆豆腐水泡脚，那豆腐水里残留的豆香勾引着我，于是夜间和小伙伴在大人做豆腐时跑去偷吃队里的豆腐。而豆腐脑却是从来都没有吃过的。

我第一次吃豆腐脑是上小学的时候。

姨父家和我家同村。姨夫是做豆腐的把式。

姨夫家在村东头，最显眼的就是门前的木桩子上，常年拴着一头白唇黑身子的毛驴。三间草房里靠西盘了一口大锅，锅口正上方吊架着的木撑子上绑着一块白布包，旁边案板上放着几只用木条做成的方形木框，几块方形黑青的顽石放在旁边，是用来压豆腐的，这些就是他做豆腐的全部家当。

我总是喜欢看姨父做豆腐，像变魔术一样神奇。他把泡软的黄豆加在石磨盘上，套上用黑布蒙了眼的驴子，带着"暗眼"的驴子就听话地一圈圈地拉着磨盘转圈儿。白色的豆浆顺着磨盘流到最下层的小槽子，最后又流进了铁桶里。姨夫把一桶桶的豆浆倒进锅上方的布包里，然后用手优雅地摇动着，如此豆浆就流进了锅里。锅下架火添柴，把锅里的豆浆烧到滚开时，用铜勺去舀了自制的卤水，顺着锅沿四周浇下去，不一会儿，豆腐脑就成形了。把豆腐脑舀出来，倒进铺了布包的木筐子里，再压上顽石，第二早上卸掉模具，就成了豆腐。

我经常看姨父做豆腐，并积极地帮忙添柴烧火。对于豆腐后期的制作过程，我并不关心，只盼着能吃一口豆腐脑，不知道和几年前偷吃的队里的豆腐脑是不是一样味美。

终于有一天，适逢队里要放电影，姨夫的孙女玲玲闹着要去看电影。姨夫哄着我们烧火，并答应了今晚给我们吃豆腐脑！

为了快快干完活，早早地去看热闹，玲玲用玉米秆儿打着驴屁股让它跑快些，烧火的时候，又把玉米秆儿不停地往灶下塞，豆浆烧开了，点了浆，终于大功告成了。

姨夫准备好了两个小花碗，在小碗里放了醋水，浅浅地舀了一勺豆腐脑，豆香味扑鼻而来，我不停地吞咽着口水。用小勺子舀上一小口，轻轻地送入口中，豆腐脑的香味儿就在唇齿间乱窜，是与平日里吃的豆腐脑不同的口感，有些酥软，又有些Q弹，沾了醋水的豆腐脑更是奇香无比。电影约莫着快开演了，早已吃完的玲玲一直催着我快走。我却不慌不忙地品着这人间美味，连最后一点儿汤汁都不剩。

那晚的豆腐脑太香了，嘴里豆腐脑的香气久久不散，以至于看电影的时候满脑子都是豆腐脑，总是在回味那诱人的美味。那晚的电影内容早已不记得了，而那豆腐脑的香味儿却一直记到今天。

又过了几年，我十二三岁的样子，当时正上初中一年级，寒假随父亲外出。他要去省城办事，把我放在临潼县城三爸处。三爸在农行做厨师。我住在他的宿舍里，每日里好饭不断，又结识了同大院里的新伙伴，并结伴去华清池泡汤，我觉得那个寒假过得很愉快。

县农行对面有个市场。一个人无聊的时候我就去市场里逛，我喜欢看市场里买卖东西的热闹景象。市场里有一排卖小吃的摊位吸引了我。各色的小吃摊位中间有一块立着的木牌，上面用红漆写了"豆腐脑"三个字，引得我赶紧去看。

摊位小桌后面的交椅上，一个中年妇女手里提着用铜片制成的带着九十度长柄的小铲子，像打酱油一样，在一口大搪瓷缸里铲出一块块的豆腐脑，轻盈地放入蜂窝煤炉上的一口小铝锅里，锅里热气腾腾地咕嘟着小泡儿。一毛钱一碗，我要了一碗。妇女轻盈地铲几块豆腐脑，各式佐料一放，再加了香菜和咸菜，滴了香油，一碗香气扑鼻的豆腐脑就送到了我的面前。我急忙坐下来吃，果然美味。还是那个香味儿，只是更加软滑，像极了母亲蒸的鸡蛋羹。一碗吃完还不解馋！掏出兜里仅剩的五分钱，妇女又热情地舀了半碗给我，吃完后我满意而去。那天的午饭是我最爱吃的炸酱面，我却只吃了半碗，三爸很诧异，而真正的原因只有我知道。

再后来豆腐脑也常吃。用碗装的豆腐脑，不敢搅动，一搅就成了糊糊，吃豆腐脑成了喝豆腐脑。很讲究的佐料、醋水浇上去，味道却不香。山西人讲究浇卤汁，黏黏稠稠的，我并不喜欢；南方人的吃法是加糖；我却独爱加了醋汁儿的吃法。后来找到了诀窍，每次吃豆腐脑时，让店家蒸煮得老、硬一些，就接近了记忆中的味道。

听说南孙村口有家豆腐脑不错，我特意开车去尝。一样的传统做法，铲出来的一块块豆腐脑在铝锅里煮，调了一碗吃了，但感觉味道也一般。

姨父已去世多年了，子女们也都有了各自的事业，早已不见了村东头的那驴、那磨、那锅、那烟火气，那诱人的豆腐脑，我再也没有吃到过。

而那夜那碗豆腐脑的香味儿，伴着淡淡的乡愁，却一直在我心里挥之不去！

减 肥 记

年轻时找对象，别人说我瘦，这在当时是要命的缺点。我和妻子见面的时候，就有她家对门的好事者登门奉劝："你咋把女子说给那人了，那个小伙子瘦巴巴，黄瓢烂西瓜的。"当时的我的确是瘦长脸、高颧骨，一副穷酸样。

结婚十三年后，我在妻子的劝说下戒了烟，感觉最明显的就是我的身体像放在热锅里的发面一样，迅速地胖了起来。脸上出现了双下巴，原来平平的肚子竟像孕妇的肚子一样鼓了起来，体重一路飙升，继而到了九十公斤，毫无悬念地进入了胖子的行列。

人一发胖，稍一行动就气喘如牛，弯腰系鞋带都费力。人一胖，首先给人的感觉就是"油腻"，年轻的美女是不会多看一眼的，外出活动时，单位的美女同事更是不愿意和我多搭话。在街道上碰见曾经的老熟人，大都惊掉了下巴："几年未见，咋发福得都不敢认了？"我就像祥林嫂一样一遍一遍地给人讲我因为戒烟而发福的故事。而听的人大都不关心故事，只是关注我的胖。

最恼人的是衣柜里的衣服一件都穿不成了，每到换季时都要添置新衣。春天买的西装，秋天就套不上身了，有些衣服还没来得及上身就穿不成了。

首先和我谈论减肥问题的，是我们公司的老总："看你胖成啥样子了！走过来，大老远就能看见肚子挺着。"我知道他关心我的身体是其一，其二是嫌我影响公司形象。后来又发生了一件事，我的一位同学因肥胖得了脑梗，不能行走，整日坐在轮椅上，我感到了害怕，打算减肥了。

我在网上搜了许多减肥的办法，听同事说吃代餐、喝奶昔可以减肥，于是花了几千元钱，在网上联系代购买回了新西兰的奶昔代餐。每日按时早晚用餐，过了两个月发现毫无作用。

年三十回老家聚会时，听本家小叔说跑步减肥效果明显，不仅要快跑，还得满足一定的运动量。从第二天也就是大年初一早上开始，我就付诸了行动。出了小区，沿公路跑到郊外，往返六公里，跑得大汗淋漓，谁知道好几个月下来，体重丝毫没有掉，只是再未有更迅猛地增长，看来效果还是不明显！

最后一次的减肥方案是按摩加辟谷。朋友介绍时说效果看得见，他自己深有体会，我决定去试一试。通过周身按摩及特殊的手法揉肚子，用仪器做理疗来减肥，这次看起来很科学。安排的食谱用餐周一至周五不重样，但天天都是水煮菜，不能吃主食，每周安排一次牛肉或鸡腿，只有一次吃面食的机会，吃的还是包子。为了达到减肥效果，我还每周辟谷一天，啥都不吃。

那些日子，我总是盼望着每周能吃鸡腿和吃包子的日子。按规定吃鸡腿时只能吃一个，我就恨不得在全城找最大的卤鸡腿。一个月后，实在是想那一碗油泼面的香味儿，但为了减肥，只能忍住。我自认为我的毅力够坚定，必须拿出我戒烟的决心来减肥。

欣喜的是，这个方案进行了一周后，体重就开始掉了，半斤、一斤，六个月后，我的体重从九十二公斤掉到了八十二公斤，少了二十斤！我越发有信心了，继续坚持不吃主食只吃水煮菜，然后每天小心地上秤，起床后要等上完厕所排了便后再称；之后连续几个月体重都只有二三斤的细微变化，基本维持在了八十公斤。

我感觉肚子好像有些平了，原来的衣服又能穿上了，打了包准备送人的衣服又取了出来。我感到人人看见我都是喜气洋洋的，美女同事和我见了面也话多了起来。

我一定要巩固战果，努力保持体重不增长。为了达到目标，我从来都是小心翼翼地按照减肥中心给我制定的计划去做。有人请吃饭从不敢答应，如果实在推不掉，应酬时也要把菜用清水涮一下才能进嘴。喝酒就更不敢了，变了脸似的推辞。半年下来，几乎没有人再叫我去外面吃饭了，朋友同学都离我远远的，聚会再也不约我了，我成了局外人。

人是群居动物，是耐不得孤独和寂寞的。一年下来，我失去了所有的朋友，我屡屡拒绝美食的诱惑，成了别人心目中的另类。朋友不能失去，我开始参加活动，少吃饭，少喝酒，取消了令人反感的涮菜行为。社交活动刚恢复不久，又因为疫情封闭在家。闲在家里和全家一起吃饭，不能再娇气地挑食，也不能更多地讲究减肥餐了，有吃的就不错了，这样的日子和春节连在一起也有两月余。

两月过后，只觉得平了的肚子又隆起了，体重又迅速地回到了九十公斤。经过四五年漫长的减肥，又回到了起点。

同学聚会时，美女同学见面问我："几天没见，又瘦了！"我知道她说的是违心的话。"我没减肥。"我敷衍道，"其实胖些好，看着有势，有领导派头。"我出去后，听见她们在里面评论："咋胖得跟獾一样。"

我在酒店上班，碰见同村的老师来吃饭，礼节性地去打招呼，便被相邀一起用餐。我说你看我都胖成这样子，就不缺吃的。她说胖些好，又说前不久，她的婆家妯娌得了不好的病，就因为体胖，瘦了二十斤竟看不出来，气色还是和以前一样精神。看来胖也是有好处的！

过去的几年中，我整天都在找各种减肥的办法，整天都在尝试着，体重像气球一样地增了减、减了增，亲朋见到我总是喜欢问："最近还减肥了没有？"很显然，大家都能看见我的减肥方法一点儿作用都没有。

我总结了近几年屡次试过的减肥方案，无外乎就是不吃主食、少吃饭，但体重就像是和我捉迷藏，一节食就掉秤，一恢复就增长，我总不能一辈子就这样去减肥、去节食。我最终得出了个结论：这其实就是"品种"使然，是基因的原因，劳神费力没有作用。但我凭借我的经验可以自由掌控，能在想瘦的时候坚持一段时间的减肥行动，心情愉悦放松的时候体重回升一些，减减增增成了生活常态，倒也没有多少压力。

"咋样才能减肥？"经常有人这样问我。我总是回一句："种的事，不用减。"

前几天看了个段子，甲问乙："你身上鼓鼓囊囊的是什么？""是肉，我自己的，过年刚长的。"

我想，减肥的人大抵都和我有同样的经历吧！

后　记

我喜爱文学，早在上中学时就组织和参与学校"晓阳文学社"的创立，其间也曾发表过短篇散文。那时，我曾尝试创作小说，但因水平有限和思想不成熟，最终搁置。上大学时，我专门修了汉语言文学专业，博古鉴今，对中外文学、中国古代文学及中国当代文学进行了系统的学习。我对文学作品赏析非常感兴趣，也曾因此对中外名著反复研读，憧憬在文学路上有所成就。无奈后来为生计奔波，无暇顾及爱好，但碰见好的文学作品，仍如饥似渴地揽入怀中。再后来，生活相对安定、殷实了，又重拾文学创作，近几年，也有几十篇文字见于各省级报刊。虽多年努力，每以柳青、路遥为楷模，亦不敢期望有平凹、陈公忠实等大家之所成。

在此期间，感谢阎良《飞机城生活报》《阎良报》《陕西散文》《作家摇篮》"中国散文学会"等平台的厚爱，让我的文字变成了铅字，也感谢喜马拉雅平台蓝总音苑栏目，让我的文字变成了声音，被更多的听众喜爱，也使我收获了许多粉丝。

我生长在关中地区渭北平原，这里是秦栎阳都所在地，是商鞅变法之地，我也算生活在皇城根的人。古往今来，这里人杰地灵，这里的父老乡亲、一草一木都使我有着无尽的眷恋。我血液里流淌着乡间淳朴的民风，我用笔来记录和歌颂我身边的亲人、乡情，描绘我的故乡风情。文章《三姐》发表后，许多读者产生了强烈的共鸣；《带粮》发表后，远在华阴市的粉丝也相约见面，我知道这就是文学的魅力。

凭借几篇文章，在阎良作家协会和《作家摇篮》的推荐下，我加入了陕西省散文学会，后来又入了中国散文学会。散文《老河》荣获"第八届中外诗歌散文邀请赛"一等奖；《地平线下的村落》入选"延安杯"第六届《中国最美游记》；《父亲的自行车》《我的岳父是老兵》等几篇文章被选入"学习强国"平台。取得的每一点进步，更加坚定了我创作的动力，有生之年能有几篇文章结集出版，乃幸甚。

近年来，这个想法越来越强烈。感谢阎良作家协会冉学东主席和喜马拉雅平台蓝总的不断鼓励，感谢《作家摇篮》杂志主编孙亚玲和孙兴盛二位老师几年来的不断帮助，使我的文学功底得到了提升，终于有信心将曾发表过的文章结集出版。我生在农村，我的根在农村，我的文章和我一样，是从农村广袤的田野里自然生长出来的，顶着乡村的朝露羞涩走来。录入本书的拙文，乡土气息浓郁，确实"土里土气"，如小菜难登大雅之堂，愧对亲朋的大力支持和读者的殷切期待。

拙文结集后总想请大家把把关，后经我的挚友冉学东主席介绍，请到著名编审张纪芳老师对我的文章逐篇进行了讲评。本书在出版过程中，还非常荣幸地得到了被誉为"当代文学'磨刀石'"的著名文学评论家李星老师的点评和推荐，也有幸得到了著名作家、西安市作家协会副主席杨莹女士的肯定和推荐。

特别感谢高建群老师为本书题写了书名，感谢著名作家杜文娟对本书的出版给予了肯定，也特别感谢中国散文学会副会长、陕西省散文学会会长陈长吟老师给予本书高度评价。还有出版社对本书进行编校的老师，在此也一并致谢。

《老河》有幸于今天和读者见面，也是我创作历程的开始。凭借这股力量，我将笔耕不辍，把计划中的报告文学《农民工》和自传体长篇小说《韶华》等作品完成。争取写出更多更好的作品，用作品来回报我的亲朋、读者和父老乡亲。

感谢大家的耐心阅读，希望能喜欢我"土得掉渣"的文字！

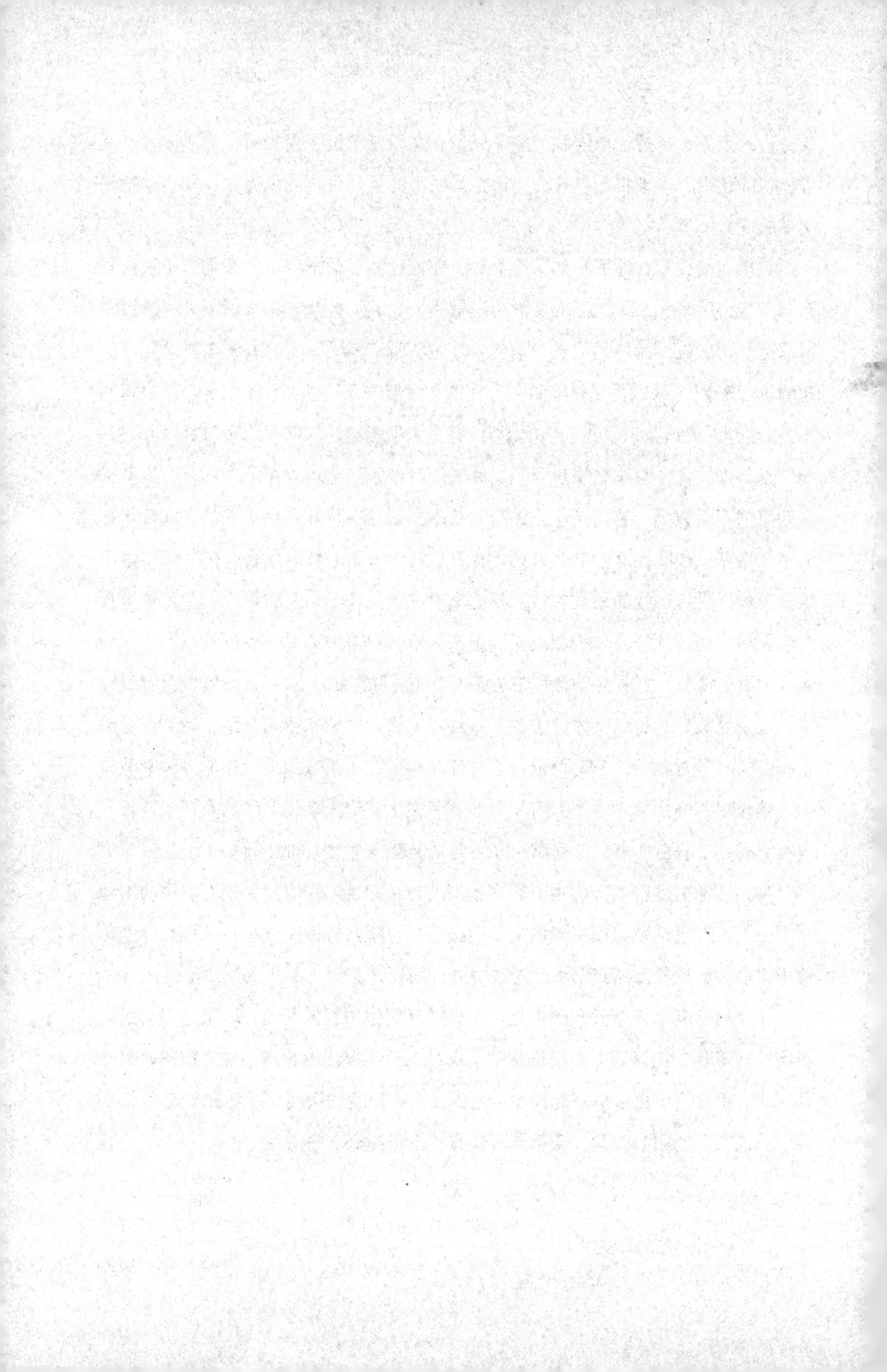